Benito Pérez Galdós

Episodios nacionales I
Juan Martín el Empecinado

Barcelona **2024**
Linkgua-ediciones.com

Créditos

Título original: Episodios nacionales I. Juan Martín el Empecinado.

© 2024, Red ediciones S.L.

e-mail: info@linkgua-ediciones.com

Diseño de cubierta: Michel Mallard.

ISBN tapa dura: 978-84-1126-381-8.
ISBN rústica: 978-84-9007-280-6.
ISBN ebook: 978-84-9007-242-4.

Sumario

Créditos _____ **4**

Brevísima presentación _____ **9**
   La obra_____9

I _____ **11**

II _____ **15**

III_____ **24**

IV_____ **29**

V _____ **39**

VI_____ **44**

VII _____ **49**

VIII _____ **53**

IX_____ **57**

X _____ **61**

XI **66**

XII _____ **69**

XIII _____ **77**

XIV _____ **86**

XV _____ 91

XVI _____ 97

XVII _____ 99

XVIII _____ 104

XIX _____ 109

XX _____ 113

XXI _____ 117

XXII _____ 121

XXIII _____ 129

XXIV _____ 134

XXV _____ 139

XXVI _____ 143

XXVIII _____ 150

XXIX _____ 156

XXX _____ 160

XXXI _____ 166

XXXII _____ 170

XXXIII_____ **175**

XXXIV_____ **182**

Libros a la carta_____ **185**

Brevísima presentación

La obra

Juan Martín el Empecinado es la novena novela de la primera serie de los *Episodios Nacionales* de Benito Pérez Galdós.

Narra la historia de Juan Martín, el más famoso guerrillero español de la Guerra de la Independencia, un militar que se levantó contra la invasión de las tropas napoleónicas en 1808 y que murió ejecutado en 1825 por oponerse a la restauración de la monarquía absolutista.

El libro comienza una vez terminada la batalla en Cádiz, cuando el protagonista Gabriel se despide de Inés, a la que deja en manos de la condesa Amaranta para dirigirse a Madrid, de donde tendrá que huir a Cifuentes, al ser perseguido por los detractores de la condesa. Se incorpora a un ejército regular, como oficial, y en su camino a Aragón pasa a las guerrillas de *Juan Martín el Empecinado*, donde conocerá a valientes soldados como Antón Trijueque (el sacerdote Mose Antón). Estas guerrillas de la Guerra de Independencia entre España y Francia, obtuvieron grandes victorias, en unas condiciones de vida miserables tanto para los militares como para el vulgo.

I

Anteriormente he contado a ustedes las hazañas de los ejércitos, las luchas de los políticos, la heroica conducta del pueblo dentro de las ciudades; pero esto, con ser tanto, tan vario y no poco interesante, aunque referido por mí, no basta al conocimiento de la gran guerra.

Ahora voy a hablar de las guerrillas, que son la verdadera guerra nacional; del levantamiento del pueblo en los campos, de aquellos ejércitos espontáneos, nacidos en la tierra como la hierba nativa, cuya misteriosa simiente no arrojaron las manos del hombre; voy a hablar de aquella organización militar hecha por milagroso instinto a espaldas del Estado, de aquella anarquía reglamentada, que reproducía los tiempos primitivos.

Ustedes sabrán que a mitad de 1811 Napoleón, creyendo indispensable tomar a Valencia, puso esta empresa en manos del mariscal Suchet, que había ganado a Lérida en 13 de mayo de 1810, a Tortosa en 2 de enero del siguiente año y en 28 de junio a Tarragona. Asimismo sabrán que las Cortes, dispuestas a defender la ciudad del Turia, enviaron allá al general Blake, regente a la sazón, hombre muy honrado, buen patriota, modesto, respetable, conocedor del arte de la guerra; pero de muy mala fortuna. Sabrán que las fuerzas llevadas por Blake desembarcaron mitad en Alicante, mitad en Almería, uniéndose al tercer ejército que se vio obligado a empeñar en la Venta del Baúl acción muy reñida contra las divisiones de Goldnot y Leval. Sabrán que el pobre don Ambrosio de la Cuadra y el desgraciado don José de Zayas tuvieron la desdicha de sufrir una derrota medianilla en el mencionado punto, retirándose a Cúllar, después de dejar 1.000 prisioneros en poder de los franceses y 450 cuerpos sobre el campo de batalla. Sabrán que Blake marchó a Valencia recogiendo en el camino cuantas tropas encontró a mano; pero lo que indudablemente no saben es que yo, aunque formaba parte de la expedición desembarcada en Alicante, ni fui a Valencia, ni me encontré en la funesta jornada de la Venta del Baúl.

¿Por qué, señores? Porque se enviaron 2.000 hombres a las Cabrillas a unirse a la división del segundo ejército que mandaba el conde de Montijo, y entre aquellos 2.000 hombres, encontrose, no sé si por fortuna o por desgracia, mi humilde persona. La condesa y su hija, que habían desembarcado también en Alicante y a quienes acompañé mientras me fue posible, separáronse de mí cerca de Alpera para marchar a Madrid, donde residirían, si contrariedades que la madre presentía no las echaban de la corte, en cuyo caso era su propósito establecerse en el solitario castillo de Cifuentes, propiedad de la familia.

De las Cabrillas nos llevaron a Motilla del Palancar, en tierra de Cuenca, donde nos batimos con la división francesa de d'Armagnac, y algunos adelantamos por orden superior hasta Huete. Entonces ocurrieron lamentables disensiones entre el marqués de Zayas y el general Empecinado, saliendo al fin triunfante este último, a quien dieron las Cortes el mando de la quinta división del segundo ejército, con lo cual se evitó la desorganización de las fuerzas que operaban en aquel país. El Empecinado, que en mayo de 1808 había salido de Aranda con un ejército de *dos* hombres, mandaba en septiembre de 1811 *tres mil*.

Recuerdo muy bien el aspecto de aquellos miserables pueblos asolados por la guerra. Las humildes casas habían sido incendiadas primero por nuestros guerrilleros para desalojar a los franceses y luego vueltas a incendiar por estos para impedir que las ocuparan los españoles. Los campos desolados no tenían mulas que los arasen, ni labrador que les diese simiente, y guardaban para mejores tiempos la fuerza generatriz en su seno fecundado por la sangre de dos naciones. Los graneros estaban vacíos, los establos desiertos y las pocas reses que no habían sido devoradas por ambos ejércitos, se refugiaban, flacas y tristes, en la vecina sierra. En los pueblos no ocupados por la gente armada, no se veía hombre alguno que no fuese anciano o inválido, y algunas mujeres andrajosas y amarillas, estampa viva de la miseria, rasguñaban la tierra con la azada, sembrando en la superficie con esperanza de coger algunas legumbres. Los chicos desnudos y enfermos acudían al encuentro de la tropa, pidiendo de comer.

La caza por lo muy perseguida, era también escasísima y hasta las abejas parecían suspender su maravillosa industria. Los zánganos asaltaban como ejército famélico las colmenas. Pueblos y villas, en otro tiempo de regular riqueza, estaban miserables, y las familias de labradores acomodados pedían limosna. En la iglesia arruinada o volada o convertida en almacén no se celebraba oficio, porque frecuentemente cura y sacristán se habían ido a la partida. Estaba suspensa la vida, trastornada la Naturaleza, olvidado Dios.

Los militares que habíamos estado en Cádiz echábamos de menos la hartura y abundancia de la improvisada corte, y experimentábamos gran molestia con aquel exiguo comer y beber del segundo ejército. Las largas marchas nos ponían enfermos y en vano pedíamos un pedazo de pan a la infeliz comarca que atravesábamos.

Cuatro compañías destinadas a reforzar el ejército del Empecinado entraron en Sacedón en una hermosa tarde de otoño. Cerca de la villa vimos un árbol, de cuyas ramas pendían ahorcados y medio desnudos cinco franceses, y un poco más allá algunas mujeres se ocupaban en enterrar no sé si doce o catorce muertos. La gran inopia que padecíamos no nos permitió en verdad enternecernos mucho con lo fúnebre de aquel espectáculo, y atendiendo antes a comer que a llorar (por mandato de la estúpida bestia humana), nos acercamos al primer grupo de enterradoras, significándoles bruscamente que nuestras respetables personas necesitaban vivir para defender la patria.

—Vayan al diablo a que les dé raciones —nos contestó de muy mal talante una vieja—. Con dos patatas podridas nos hemos quitado un día más de encima mis nietas y yo, ¿y nos piden ustedes que les llenemos la panza?

—Señora, tripas llevan pies, que no pies tripas, como dijo el otro, y que nos han de dar raciones no tiene duda, porque estos valientes soldados no han probado nada desde ayer.

—Sigan adelante, y en Tabladillo o Cereceda puede que encuentren algo. Lo que es en Sacedón...

—De aquí no hemos de pasar porque no somos máquinas. Venga lo que haya al momento, o sino lo tomaremos: que eso de derrotar ejércitos franceses sin probar bocado no está escrito en mis libros.

—¡Derrotar ejércitos franceses! —exclamó la vieja con desdén—. ¿Quién? ¿*Ustés*? Los militares de casaca azul y morroncete? Hasta ahora no lo hemos visto.

—¿Duda de nuestro valor la señora?

—La gente de tropa no sirve para nada. Van y vienen, dan dos tiros al aire y luego ponen un parte diciendo que han ganado una batalla... Señores oficialetes, estos ojos han visto mucho mundo... y en verdad que si no fuera por los *empecinados* y demás gente que se ha echado al campo por dar gusto al dedo meneando el gatillo...

—Bueno; dejemos a la historia que nos juzgue —dijo con festiva gravedad mi compañero, que era algo chusco—. Entretanto, nosotros necesitamos para nuestra gente pan, un poco de cecina, caza, legumbres y vino si lo hay... Veamos quién manda aquí. ¿No hay alcalde, corregidor, gobernador, ministro, rey, o demonio a quien dirigirnos?

—Aquí no hay nada de eso, amiguito —repuso la vieja—. Ya he dicho que sigan hacia Tabladillo o Cereceda.

—¿De modo que en este bendito pueblo no hay autoridades? Así anda ello —exclamó con enfado mi compañero.

—¡Autoridades hay, hombre! Y no griten tanto que no soy sorda. Ahí está la *señá* Romualda. Eh, *señá* Romualdita, aquí piden pan.

Vimos una mujer fornida y varonil, la cual, echándose al hombro la azada, después de dictar las últimas órdenes para que se rematara la triste inhumación, se nos acercó y se dignó miramos.

—Raciones, señor alcalde, raciones para la tropa, que se muere de hambre.

—No hay nada, mi general —respondió bajando hasta el suelo el hierro de su instrumento agrícola y apoyándose majestuosamente en el cabo—. Ayer hicimos una cochura por orden de don Juan Martín. Vino por la noche el pícaro francés, señor *Tarugo*, y se la llevó. ¡Bonito dejaron al pueblo, bonito! Siete doncellas de menos y veinte cuerpos de más bajo la tierra... A mí me quitaron el cuero... un cuero de vino que tenía, quiero decir, y toda la miel... Se llevaron los pendientes de todas las muchachas de la villa, y allí está casi muerta Nicasia Moranchel, a quien arrancaron media oreja con la fuerza del tirón... Cargaron hasta con la lana que había en los telares, y al tío Sotillo, que tenía un sombrero de paja traído de las Indias por su sobrino, le dejaron con la cabeza desnuda. El sombrero, con el palmito que había en el balcón de mi casa desde el domingo de Ramos, se lo dieron a comer a los caballos.

—Siempre habrá quedado algo para nosotros, *señá* Romualda —dijo mi compañero—; aunque sea otro sombrerito de paja.

—Ni un sacramento, señores. Me falta decirles que esta madrugada los franceses salían por un lado y la partida de Orejitas entraba por otro.

Hubo algunos tiros... pin, pum... Los franceses mataron algunos paisanos y los de la partida pusieron en aquel árbol el racimo que desde aquí se ve... Orejitas pidió raciones... no había... yo me enfadé con Orejitas... Orejitas me amenazó... yo le di dos palos a Orejitas, que al fin hizo saquear el pueblo, llevándose lo poco que quedaba.

—Luego quedaba algo. Ahora también quedará... Pero vamos a cuentas. ¿Usted es la autoridad en esta insigne villa?

—Sí, mi general —contestó ella contrariada porque se pusiese en duda la autenticidad de sus atribuciones concejiles—. Yo soy el alcalde, o mejor dicho, la alcaldesa, porque soy mujer.

—Ya nos lo figurábamos.

—Mi señor marido, que es don Antonio Sacecorbos, ha ido con don Juan Martín a la *conquista* de Calatayud. Allí están todos los hombres del pueblo.

—Pues señora de Sacecorbos, nosotros no arrancaremos las orejas ni la doncellez a las muchachas de este pueblo: pero tomaremos todo lo que caiga bajo la jurisdicción del estómago, sin más dimes ni diretes.

Señá Romualdita gritó y vociferó; mas nada valieron las amenazas y protestas de la caterva mujeril. El pueblo fue saqueado por tercera vez en un solo día, y aún se encontró algo, aún se encontró una pequeña cochura que la alcaldesa había preparado aquella tarde para la partida de Sardina. Ignoro si cometieron los soldados algún desafuero en cosas comprendidas dentro de jurisdicción distinta de la del estómago. No lo aseguro ni tampoco lo niego, y envolviéndome, como suele decirse, en el manto de mi irresponsabilidad, dejo a la historia y a la señora de Sacecorbos el cuidado de averiguarlo.

II

Pocos días después nos unimos a la partida de don Vicente Sardina, subalterno del Empecinado. He aquí cómo.

Dormíamos en Val de Rebollo, cuando nuestros centinelas avisaron la aproximación de gente armada. El recelo de que fuesen los franceses se disipó bien pronto, porque las avanzadas de la partida gritaban y cantaban a lo lejos, y la gente del pueblo que, aun antes que nuestros escuchas, había olfateado carne española, salió ruidosamente a su encuentro. Pronto vimos desfilar por la única calle del lugar, sin formación, orden ni concierto, un pequeño ejército compuesto de infantes y jinetes, armados los unos de trabuco, de escopeta los otros, cada cual vestido según su calidad, gusto o hacienda, casi todos con un pañizuelo puesto en la cabeza por único tocado, el ceñidor en la cintura, la manta puesta al hombro y la alpargata en el infatigable pie. Veíanse, sin embargo, en algunas cabezas, sombreros, chacós, cascos de franceses, y algún descolorido y rancio uniforme español en el cuerpo de otros.

Iban llegando y se acomodaban en las casas, escogiendo cada cual la que mejor le parecía, sin ceremonia ni cumplidos, y fraternizando al punto con la tropa, aunque sin dejar de mostrarnos cierto desdén, como si fuéramos unos desdichados incapaces de intentar la conquista de Calatayud. Los habitantes de Val de Rebollo ofrecían a unos y otros la poca hacienda que les quedaba, y en un instante las llamas de los hogares lamiendo las repletas panzas de ollas y peroles, iluminaron las habitaciones, despidiendo por puertas y ventanas tanta claridad que el lugar, alegrado al mismo tiempo por las voces, gritos y cantorrios, parecía celebrar una fiesta.

El jefe de la partida don Vicente Sardina se alojó en la misma casa donde yo estaba. Era un hombre enteramente contrario a la idea que hacía formar de él su apellido; es decir, voluminoso, no menos pesado que un toro, bien parecido, con algo de expresión episcopal o canonjil en su mofletudo semblante, muy risueño, charlatán, bromista y franco hasta lo sumo. Cuando mis compañeros y yo nos presentamos a él, diciéndole que mandábamos la fuerza destinada por O'Donnell a engrosar las filas del Empecinado, nos miró con aquella expresión de generosidad propia del hombre dispuesto a proteger al prójimo desvalido y nos dijo:

—Bueno; veremos cómo se portan ustedes... Creo que aprenderán el oficio en poco tiempo... Parecen buenos muchachos; pero tiernecitos, tiernecitos todavía. Ea, fuera miedo: ya se irán haciendo al fuego y se les quitará esa cortedad...

—Mi coronel —repuse— no somos nuevos en la guerra; pues de nosotros el que más y el que menos ya ha despachado catorce batallas, diez sitios y más de cincuenta encuentros menores.

—¿Batallitas, eh? —exclamó riendo con pueril candidez—. Y mandadas por generales de entorchado... Me parece que las veo... Mucha escritura, parte acá, parte allá, oficios en papel amarillo con sello, y mucho de *Excelentísimo señor, participo a vuecencia que habiéndose presentado el enemigo...* Farsa, pura farsa. En fin, señores, ustedes aprenderán a hacer la guerra, porque no les falta entendimiento ni voluntad... Ahora, ayúdenme a despachar esta pierna de carnero y lo que contiene este bendito zaque.

Sin que nos lo rogara dos veces, nos apresuramos a participar de la cena. Olvidaba decir que a la derecha de Sardina estaba, animado también de propósitos hostiles contra la pierna de carnero, el segundo jefe de la partida, un hombre altísimo, descarnado y morenote, con barba entrecana, pelo corto, ojos fieros, cejas pobladísimas y unas manos tan largas como velludas que velozmente pasaban del plato a la boca. Era mosén Antón Trijueque, cura aragonés, que había tomado las armas desde el principio de la guerra, y servía en las filas de Sardina, no como capellán, sino como... jefe de la caballería.

—A fe, mosén Antón —dijo Sardina empinando el vaso—, que no creí pasar esta noche más acá de Almadrones. ¿Cree usted que encontraremos el destacamento de Gui siguiendo la vuelta de Brihuega?

—Me parece que no se nos escapan mañana —repuso el cura dando muestras de excelente apetito.

—Los espías del francés habrán ido contando que caminábamos hacia Torremocha del Campo. Por la sotana que visto, señor don Antonio, que hemos de hacer una buena presa. Mi ayudante, el sargento Santurrias, se nos unió, como usted sabe, en Mirabueno. Venía de espiar la dirección del enemigo. No hay otro Santurrias bajo el Sol, señor Sardina, y con su traje de pastor y su aspecto y habla de idiota es capaz de engañar a media Francia, cuanto más al general Gui.

—¿Y qué dice Santurrias? —preguntó el jefe.

—Que parte de la tropa francesa que desde Daroca bajó al auxilio de Calatayud en la gran embestida que le dimos hace tres días, se ha corrido por Cogolludo, y como en su cobardía se les figura sentir el resoplido del caballo de don Juan Martín, van tan aprisa que mañana han de llegar a Brihuega.

—¿Y cómo se sabe que van a Brihuega?

—¿Cómo se ha de saber?, sabiéndolo —exclamó con energía mosén Antón que además de jefe de la caballería, era el Mayor general de la partida y el gran estratégico, y el verdadero cerebro de don Vicente Sardina—. Esas cosas no se saben, se adivinan. Pasaron ayer por Cogolludo, ¿sí o no? Se les vio desviarse del camino real y tomar las alturas de Hita, ¿sí o no?

—Sí, tal era en efecto su camino... —dijo Sardina con modestia, reconociendo el genio de mosén Antón.

—Ahora, si no nos hemos de mover hasta que el enemigo no nos mande aviso de dónde está... —dijo el cura reanudando las interrumpidas relaciones con un sabroso hueso.

—Pues adelante —afirmó Sardina con decisión—. Vamos a Brihuega. Les cogeremos desprevenidos, y ni uno solo volverá a Madrid. Ahora que tenemos el refuerzo de cuatro compañías de tropa...

Mosén Antón miró a mi compañero y a mí con menos desdén que antes lo hiciera el jefe.

—Cuatro compañías... —dijo observándonos de hito en hito—. Veremos qué tal se portan estos señores, que aún no se han batido.

Nuevamente tuvimos que exponer mi compañero y yo los distintos encuentros en que habíamos tenido el honor de hallarnos; pero Trijueque, refiriéndonos en pocas palabras sus proezas, desde el primer sitio de Zaragoza hasta la acción del Tremedal, nos cerró la boca y abatió nuestro orgullo.

—Aquí —nos dijo al concluir su poema heroico— espera a ustedes una vida distinta. Aquí no hay descanso, aquí se come lo que se encuentra, y se descabeza un sueño con el dedo puesto en el gatillo, dormido un ojo y despierto y vigilante el otro. Además el que no tenga buenas piernas, que se marche a su casa, porque aquí no se corre, se vuela.

Mientras el jefe de Estado Mayor general decía esto, don Vicente Sardina estiraba los brazos y echaba la cabeza hacia atrás, no con intento de remedar a Jesucristo en la cruz, sino por lo que llaman desperezarse, lo cual advertido por el fiero clerizonte, inspiró a éste las siguientes palabras, que en ejércitos de otra clase no hubieran sido dirigidas a un jefe por un subalterno.

—Señor don Vicente, ¿hay pereza?... Bien, iré yo solo en busca de Gui con la gente y las cuatro compañías. Somos cuatrocientos hombres y trescientos soldados. Adelante. Cogeremos al general Gui y se lo presentaremos a Juan Martín.

—Amigo Antón —dijo el general riendo—, no puede uno ni abrir la boca para un condenado bostezo delante de usted... Y gracias que me ha dejado poner un puntal al estómago... ¡Maldito cura! Pero ¿olvida usted que va para tres noches que no hemos dormido? Vamos, que digan las señoras si hay cuerpo que resista a tan larga velada, aunque sea el cuerpo de don Vicente Sardina el de Valdeaberuelo...

Mosén Antón miró al jefe de la partida con expresión de lástima, y luego arqueando las cejas más negras que ala de cuervo, alargando el hocico y cerrando el puño se expresó de esta manera:

—¡Dormir, dormir, cuando los franceses han quemado nuestras casas y asesinado a nuestros padres y deshonrado a nuestras mujeres!... sí señor, a nuestras mujeres.

Sardina reía y nosotros también; pero Trijueque imponiéndonos silencio con su habitual imperioso gesto, prosiguió así:

—Me gustan estos señoriticos que no piensan más que en dormir. ¿Por qué el señor Sardina no lleva consigo en campaña un colchón de pluma o canapé de rasos y holandas para echar la siesta? Buenos soldados tiene la patria, buenos, sí... como que se tumban, cuando el enemigo, ocultándose en las sombras de la noche, intenta sorprendernos. Es preciso que los curas echen la llave a la parroquia, se la guarden en el bolsillo, y cogiendo una escopeta, un sable y dos pistolas, corran al campo a enseñar a los patriotas su deber. Aquí estoy yo que no duermo, no, señor don Vicente, no duermo —al decir esto los ojos negros que despedían pasajeros reflejos como una noche de tempestad, parecían querer salírsele de las sanguinolentas órbitas—, porque no puedo dormir, aunque quisiera... porque si cierro los párpados, dentro de ellos veo al general Gui y al general Hugo, y al general Belliard con sus manadas de gabachos. Cuando de tarde en tarde me arrojo en el suelo, procurando dar descanso a mi cuerpo, los caminos, las veredas, las trochas, los atajos, los montes, los cerros, los ríos y los arroyos se me meten en la cabeza, y todo se me vuelve pensar si iremos por allí, si pasaremos por allá, si les encontraremos por acullá... Aquí está un hombre que no tiene más descanso que inclinar la cabeza sobre el pecho y amodorrarse un poco con el paso del caballo, que es más suave que una litera llevada por buenos jayanes... ¡Dormir! ¡Por las benditas ánimas del Purgatorio!; ¡voto a Barrabás!, ¡reviento en Judas! Juro que desde el 3 de junio de 1808 no sé lo que es una sábana. Estoy despierto, estoy velando por la patria, y temo que la dejen perecer los que duermen.

Trijueque dio un resoplido, no menos fuerte que el de un mulo y se levantó. ¡Dios mío, qué hombre tan alto! Era un gigante, un coloso, la bestia heroica de la guerra, de fuerte espíritu y fortísimo cuerpo, de musculatura ciclópea, de energía salvaje, de brutal entereza, un pedazo de barro humano, con el cual Dios podía haber hecho el físico de cuatro almas delicadas; era el genio de la guerra en su forma abrupta y primitiva, una montaña animada, el hombre que esgrimió el canto rodado o el hacha de piedra en la época de los primeros odios de la historia; era la batalla personificada, la más exacta expresión humana del golpe brutal que hiende, abolla, rompe, pulveriza y destroza.

Para que fuera más singular y extraño aquel guerrillero, cuya facha no podía mirarse sin espanto, vestía la sotana que llevaba cuando echó las llaves de la parroquia el 3 de junio en 1808, y de un grueso cinto de cuero sin curtir pendían dos pistolas y el largo sable. Abierta la sotana desde la cintura dejaba ver sus fornidas piernas, cubiertas de un calzón de ante en muy mal uso y los pies calzados con botas monumentales, de cuyo estado no podía formarse idea mientras no desapareciesen las sucesivas capas de fango terciario y cuaternario que en ellas habían depositado el tiempo y el país. Su sombrero era la gorra peluda y estrecha que usan los paletos de Tierra de Madrid, el cual se encajaba sobre el cráneo, adaptado a un pañuelo de color imposible de definir y que le daba varias vueltas de sien a sien.

Después que estiró brazos y piernas, dio dos puñetazos en la mesa, y dijo con voz temerosa:

—El que quiera dormir que duerma. Yo me voy en busca del general Gui. ¡Mal cuerno!

Don Vicente Sardina, risueño primero, mas luego atemorizado ante la ruidosa energía de su segundo, quiso contemporizar con él y dijo:

—Bueno, mosén Antón. Celebraremos consejo de guerra. Señores oficiales, ¿qué opinan ustedes?

Sin vacilar dijimos mi compañero y yo que convenía seguir el dictamen de mosén Antón.

—Pues yo —dijo Sardina bostezando de nuevo y haciendo la señal de la cruz sobre la boca— creo que si marchamos esta noche, no encontraremos ni sombra de franceses. ¿Cómo es posible, señores, que la división de Gui se corriera por el lado allá del Henares?... Vamos, que ni mosén Antón con todo su talento militar, tan grande como el de Epaminondas, me lo hará creer.

—Señor don Vicente —dijo el clérigo asiendo la solapa de uniforme de Sardina—, yo me voy con los que me quieran seguir.

—Poco a poco, despacito. Sepamos en qué se funda el señor pastor Curiambro para creer...

—Que vengan los espías.

El jefe con voz de trueno gritó:

—¡Viriato, maldito Viriato!... ¿Dónde se ha metido ese condenado?

Sorprendiome el nombre de la persona llamada, que era el ayudante de don Vicente Sardina.

El amo de la casa apareció riendo, y dijo a nuestro jefe:

—El señor Viriato está cortejando a las mozas del pueblo.

—Ya le ajustaré las cuentas a mi ayudante —dijo don Vicente— por no estar aquí cuando le llamo. Hágame usted el favor, tío Bartolomé, de llamar al señor Santurrias, que creo está en la caballeriza.

Apareció al poco rato, soñoliento y malhumorado, el venerado personaje, a quien la historia conoce con el nombre de Santurrias, y al punto reconocí su abominable efigie. Era el mismísimo acólito de don Celestino del Malvar, el mismo rostro que no indicaba ni juventud ni vejez; la misma boca, cuyo despliegue no puedo comparar sino a la abertura de una gorra de cuartel cuando no está en la cabeza, la misma doble fila de dientes, la misma expresión de desvergüenza y descaro.

—A ver, señor don Gorito Santurrias, ¿qué tienes que decirme de tu espionaje? ¿Qué lugares has recorrido y qué has visto?

—Mi general —dijo Santurrias respetuosamente—, anteayer, al filo de medio día, entré en Robledarcas pidiendo limosna. Llevaba la pierna pintada al modo de llaga y un niño de pecho en brazos, el niño era el que recogimos en Honrubia, cuando los franceses pegaron fuego al lugar matando a todos sus habitantes.

—Bien; ¿y dónde viste al enemigo?

—El chiquillo lloraba, y yo lloraba también, pidiendo limosna a los franceses que venían de Atienza.

—¿Venían de Atienza?

—Sí señor.

Trijueque hacía gestos afirmativos y de aprobación, sin quitar los ojos del sacristán mendigo y guerrillero.

—Venían con mal modo —continuó este—; y me parece que rabiaban de hambre. Un oficial me dio un pedazo de pan... Yo pedía para el pobrecito niño de pecho que dije era mi nieto, pasó el general con algunos húsares, y al fin un sargento que me miró mucho, como queriendo conocerme... Mi general, para no cansar, ello es que me dieron veinte palos, y me amenazaron con fusilarme... ¡Qué palos! Las llagas fingidas se trocaron por mi desgracia en verdaderas, y ahora estaban descansando mis lomos en la cuadra.

—Vamos a lo principal; ¿qué dirección tomaron los franceses?

—No tenía yo ganas de quedarme en su compañía, después de las misas, quiero decir, de los palos, y cogiendo al chiquillo, me vine por la vuelta de Jadraque buscando a mi gente... Allí me junté con la *señá* Damiana Fernández, la cual me dijo que los franceses habían ido a Cogolludo.

—Que venga la *señá* Damiana Fernández —dijo el jefe—. ¿En dónde está?

—¿Dónde ha de estar? —replicó Santurrias—. Con el *señó* Cid Campeador. Ambos son uña y carne, y van montados siempre en un mismo caballo.

—Que la traigan —gritó el general—. ¿Pero dónde demonios está mi ayudante? ¡Viriato, Viriatillo de todos los demonios!

No tardó en aparecer la *señá* Damiana, que era una mujer joven, delgada y de buena estatura, algo varonil, de color malo, ojos muy negros, y un conjunto de facciones, si no hermoso, regularmente simpático y agradable. Vestía de la cintura arriba arreos militares, llevando pistolas y mochila, y en la cabeza un morioncete ladeado, cuyas carrilleras de cobre sucio se juntaban en el pico de la barba con no poco donaire. El resto de su persona lo cubría a lo mujeril, y una halda negra, sobre refajo amarillo, apenas dejaba ver las botas de cuero crudo con espuelas tan solo en la izquierda.

—¿Qué quiere saber mi general? —preguntó con marcial despejo.

—¿Estás segura de que los franceses entraron en Cogolludo?

—Mi general, yo fui a Montañón a llevar a mi madre los tres duros y medio que me dieron en Tor del Rábano. Dejé este vestido en Villanueva de Argecilla y poniéndome el de labranza, cogí a mis dos hermanitos, los monté en la burra y... ¡arre!, a Miralrío... de Miralrío, ¡arre!, a Carrascosa... de Carrascosa, ¡arre!, a Montañón... Mi madre se había muerto. Di los tres duros y medio a mi abuela y estuve llorando dos horas... Después al volver para unirme a la gente, pasé muy cerca de Fuencemillán y vi a los franceses dentro de Cogolludo, que está a un cuarto de hora de andadura... ¡arre!, apreté a correr... ¡arre!, volví a Carrascosa, y llegué por la mañana a Villanueva, donde dejando los chicos, la burra y el miedo, y poniéndome el uniforme, me junté a la partida.

—Está bien, señora Damiana —dijo el general—. Retírese usted y si por casualidad encuentra al tuno de mi ayudante, puede darle dos sopapos y mandármelo acá.

—Está jugando al naipe con el *señó* don Pelayo —contestó la guerrillera.

Por tercera vez habíamos oído designar con nombres de antiguos héroes españoles a individuos de la partida, y cada vez sentíamos mi compañero y yo más vivos deseos de conocer al *señó* Viriato, al *señó* Cid Campeador, y al *señó* don Pelayo.

—¡Jugando al naipe! —exclamó Sardina—. Han de llevar el maldito vicio a todas partes... En resumen, querido mosén Antón: sabemos con certeza (porque esta gente dice la verdad) que los franceses han entrado en Cogolludo. ¿En qué podemos fundarnos para creer que pasen el Henares y se refugien en Brihuega? Deben de estar cansados. Por aquí no encontrarán que comer y lo más natural es que pasen a tierra de Madrid por El Casar de Talamanca.

—Los franceses pasarán el Henares —dijo mosén Antón, llevando el dedo índice a la frente con tanta fuerza como si la quisiera agujerear.

—Usted lo adivina sin duda.

—Sí... lo adivino, lo preveo... no sé en qué me fundo... —replicó el cura con cierta expresión de hombre iluminado— lo tengo aquí entre ceja y ceja... Señor don Vicente; ¿me he equivocado alguna vez? Cuando he dicho «están en tal parte» ¿hemos dejado de encontrarles?... Sepa usted que los franceses van aprendiendo de nosotros esta difícil guerra de partidas. Tantas veces les hemos sorprendido, que también ellos discurren el modo de sorprendernos...

—Lo sé, lo sé.

—Pues bien... Los franceses saben que andamos por aquí, señor don Vicente; los franceses que escaparon de Guijosa el martes, cuando sorprendimos el destacamento, debieron decir a Gui que nos habíamos corrido por los cerros de Algora... Gui se está *empecinando*... Gui quiere ser guerrillero... Gui quiere sorprendernos, y si descansamos, si nos dormimos, Gui nos sorprenderá... Usted dice que el francés va hacia Madrid en busca de descanso y raciones, y yo digo que viene hacia acá en busca de gloria y de costillas que quebrantar... No me pregunte usted en qué me fundo. El mismo mosén Antón que está hablando no lo sabe... pero mosén Antón no se equivoca nunca, mosén Antón adivina, mosén Antón tiene un diablillo que viene a decirle al oído dónde están los franceses.

Oyendo esto don Vicente Sardina, que conocía la singular previsión estratégica de su jefe de Estado mayor general, sacudió de súbito la pereza, y dando una fuerte palmada y levantándose, dijo:

—¡Voto al demonio, que tiene razón el curita!... Eso mismo debí pensar yo... pero no lo pensé... Es que soy un bruto, y luego el maldito sueño...

—¡En marcha! —gritó mosén Antón no con palabras, sino con aullidos; no con entusiasmo, sino con una exaltación salvaje.

—¡En marcha! —repitió el jefe.

—¡En marcha! —gritamos mi compañero y yo, sintiendo que nos identificábamos poco a poco con el silvestre militarismo de aquella gente.

III

La partida, a la cual desde aquella noche pertenecíamos los de tropa, se puso en movimiento. Apagose el fuego de los hogares, sacudieron el sueño los que se entregaban a él dulcemente, deshiciéronse las honestas intimidades y las tertulias que en distintas casas se habían formado entre soldados y vecinos de ambos sexos; cada cual recogió lo que pudo de condumio sólido o líquido, y unos a caballo y otros a pie salieron del pueblo. Aquel ejército marchaba en desorden. Mosén Antón y don Vicente Sardina, que iban a la cabeza, detuviéronse en el camino junto a las últimas casas del pueblo, y entonces el primero dirigió la vista a los cuatro puntos del horizonte, recapacitó un buen espacio de tiempo, llevándose el dedo índice a la frente, y después volvió a dirigir el rostro a distintas partes del oscuro paisaje, no como quien mira, sino como quien olfatea.

El jefe le miraba con asombro, no exento de malicia, como diciendo:

—¿Por dónde nos querrá llevar este condenado?

—Hay que pensar qué dirección tomaremos, señor Sardina —dijo el jefe de Estado mayor y de la caballería—. Las veredas son nuestra ciencia militar.

—Creo que no hay lugar a duda —replicó Sardina—. El sendero de Yela está diciéndonos: «corred por aquí.»

—No hemos de ir por ahí, sino por aquí —dijo Trijueque imperiosamente, señalando un cerro bastante elevado que a nuestra derecha teníamos—. Por aquí, por aquí.

—Hombre de Dios... ¿pero vamos a conquistar el cielo? —exclamó con displicenciaSardina—. ¿Adónde demonios vamos en esta dirección?

—Por aquí —repitió el cura señalando a la tropa el cerro—. Yo sé lo que me digo.

—¿En qué se funda usted para creer?...

—Me fundo en lo que me fundo —replicó con impaciencia el atroz cura guerrillero—. Y no hay más que hablar. Cuando yo lo mando sabido tengo porqué. Y a prisita, a prisita, muchachos... hacer poco ruido.

Empezamos a echarnos a pecho la cuestecilla, que era más que regular para los que marchábamos a pie. En los primeros momentos de la marcha satisfice mi curiosidad de conocer a los misteriosos personajes a quienes oí nombrar con los apodos, pues apodos eran, de Viriato, Cid Campeador y don Pelayo, porque los tres iban junto a mí, y al punto me brindaron lo mismo que a mi compañero con su franca amistad. No eran barbudos personajes de teatro, ni fantasmas de héroes históricos evocados por la noche y la poesía, sino tres estudiantillos de Alcalá que desde el comienzo de la guerra se habían afiliado en la partida. Conservaban el traje clerical de las aulas, con el sombrerete tripico, amén de la faja de cuero para el pedreñal y un sable corvo ganado entre los despojos de cualquier acción desfavorable a los franceses. Eran muy jóvenes y uno de ellos casi tierno niño; los tres alegres, animosos, entusiasmados con aquella vida que para gente de otra casta será penosa, pero que para españoles ha sido, es y será siempre placentera.

—Yo, señor oficial —me dijo el que llamaban Viriato—, estudiaba en la Complutense cuando declaramos la guerra a Napoleón. Soy hijo de unos labradores del Campillo de las Ranas, y vivía en Alcalá unos días de limosna, otros de la sopa boba y otros de lo que mis compañeros me quisieran dar... En los veranos era el primer corredor de tuna que se ha conocido desde que el gran Cisneros fundó la Universidad... De este modo y aunque no lo parezca, adelantaba mucho en mis estudios, siendo *nemine discrepante* en humanidades e *Instituta*; pero llegó la guerra y al oír yo el *quadrupedante putrem sonitu quatit ungula campum*; al oír tal ruido de trompetas, tal redoble de tambores, tal relinchar de guerreros caballos, me sentí inflamado en bélico ardor. Cuando apareció la primera partida creí volverme loco de entusiasmo; púseme yo mismo el nombre de Viriato, en memoria del más grande y el más célebre guerrillero que hemos tenido, y soldado me soy. Esta es la mejor vida del mundo. Tengo el grado de alférez, y como esto dure, pienso no parar hasta brigadier, renunciando para siempre a los pícaros estudios, que no traen más que trabajo en la juventud y hambre en la vejez.

—Brava gente es esta —exclamé—. Pensar que con semejantes hombres nos han de quitar a nuestro rey Fernando, es majadería.

—No satisfecho aún —continuó Viriato— con el nombre que me puse (el mío verdadero es Aniceto Tortuera), expedí carta de heroísmo a estos venerables amigos míos, y a ese más pequeño, que apenas levanta cuatro tercios del suelo, por ser más bravo que un toro le puse Cid Campeador. Ahí donde usted le ve tan callado y modesto, hijo es del señor marqués de Aleas, uno de los señores más ricos de esta tierra; mas con tener tanta hacienda, prefiere el niño esta áspera vida a los regalos de su casa, y no se aparta de mí, su amigo y paje en Alcalá. Bien hizo el señor marqués en encomendarlo a mi cuidado y dirección durante la paz, porque pienso devolvérselo en disposición de conquistar a Valencia, como el otro Cid.

—Mi señor padre —dijo el Cid Campeador con voz y gestos infantiles— me ha llamado varias veces enviándome veinte propios para que me lleven a casa; pero ya le he dicho que estoy aquí defendiendo a la patria y que en diez años no me hablen de casas, ni de mamás, ni de golosinas... A fe que es triste cosa dejar esto, cuando uno va para alférez y cuando el mejor día le pueden caer del cielo las insignias de coronel. Militar quiero ser toda la vida, que no estudiante ni legista, ni físico, ni retórico, ni matemático.

—De todo ha de haber en el mundo —dijo enfáticamente Viriato—, y si no ahí está mi amigo el príncipe de sangre goda don Pelayo, que es legista de la partida. Púsele el nombre de Pelayo, por lo venerable y augusto de su persona. ¡Vean ustedes qué majestad en sus movimientos, qué mirar regio!

Le miramos, y en efecto, su fisonomía era la del pillete más redomado y pulido que han dado de sí claustros universitarios, porterías de convento, mesones y posadas de estudiantes *more tunesca*.

—Es hijo de uno de los bedeles de la Universidad —añadió Viriato—, y en fuerza de tratar con estudiantes sabe más leyes que Gregorio Sala, que el gran Madera y el célebre Montalvo reunidos. Buscaba posada a los estudiantes nuevos, acompañaba en sus diversiones a los antiguos y compraba libros viejos para cambiarlos por sotanas y zapatos. Es grande amigo nuestro y cuando llegamos a un lugar donde parece que no hay nada, él siempre encuentra algo. Señores oficiales, ustedes tendrán muchísimos buenos amigos en la partida, la cual con todos sus trabajos y fatigas vale más, mucho más que las siete famosas de don Alfonso el Sabio, por lo cual nosotros resolvimos trocar las siete por una sola.

Seguimos departiendo alegremente y cuando atravesábamos un áspero monte, sentí dentro de las mismas filas no un estruendo de combate, no un grito de guerra, no un redoble de tambor ni son bélico de cornetas, sino unos lastimeros lamentos de criatura de pecho, que con toda la fuerza de sus débiles pulmoncitos pedía lo que no suelen dar los ejércitos sino las amas de cría. Tan inusitados chillidos que yo no había oído en ninguna de mis campañas, despertó de tal modo mi curiosidad, que pregunté el motivo de llevar en la partida tan extraño apéndice.

No tardé en divisar al señor Santurrias que llevando en brazos una criatura como de dos años, mal agazapada en un medio refajo amarillo, procuraba, condolido de su incapacidad para desempeñar las funciones maternas, acallarla con exhortaciones, promesas y silogismos que habrían convencido a un doctor de la Iglesia, mas no a un infeliz huérfano hambriento.

—Este muchacho —me dijo Viriato— lo encontramos en un caserío donde entramos una mañana hace dos meses. Los franceses después de quemar el lugar habían matado allí mucha gente; nosotros matamos a los franceses y solo quedó vivo ese caballero que da tales berridos. El señor Santurrias lo cogió, y le lleva en brazos cuando va al espionaje, fingiéndose mendigo. Nosotros le damos sopas de leche y migas de pan; pero él no quiere sino teta y más teta, porque a pesar de tener dos años no le habían despechado todavía. Cuando llegamos a un pueblo donde hay alguna mujer criando, se da buenos hartazgos, y así va viviendo el infeliz. Pasamos el rato con sus monadas y gracias infantiles, y procuramos despecharle, no sin trabajo ni malos ratos. Será un buen soldado, ¿qué digo, buen soldado? Será general, sí señores, general. Le llamamos el *Empecinadillo*.

—Pero condenado, tragón —decía Santurrias al pobrecito personaje que llevaba en brazos— ¿no estuviste dos horas en Val de Rebollo, chupando de la *señá* Gumersinda?... Pues si ella decía que le sacabas los tuétanos... Callas, o te estrello.

—Deme acá, deme acá ese Heliogábalo, señor Santurrias —dijo Viriato alargando los brazos para recoger la carga—. Ven acá, tragaldabas... no hay teta... Comerá usted rancho si lo hay y beberá un cuartillo de vino. Un general pidiendo teta... calla, hombre, no toques diana, que nos vuelves sordos... Arro, roooo... Ahora llegaremos a un pueblo; sorprenderemos a los franceses, matando unos cuantos, y por fuerza habrá allí otra señora Gumersinda que te dé una mamada... Vamos... es preciso ir dejando esas mañas... los hombres no maman... Es preciso comer. ¿Para qué quieres esos dentazos?

Después Viriato, arrullando al niño en sus brazos, le adormeció con cantares de cuna; y el guerrillero de dos años, metiéndose ambos puños en la boca para acallar su violento apetito, se durmió.

La *señá* Damiana Fernández vino a pedirnos municiones.

—*Señá* Damiana —le dijo Viriato—, cargue usted este mostrenco, que antes debe ir en sus brazos que en los míos.

—Una doncella no carga chiquillos —repuso con desdén la guerrillera—; que si entro con él en el pueblo, si a mano viene creerá la gente que es mío. Hay que guardar la honra, señor Viriato.

—¿Qué honra? ¡Ay, honradillo está el tiempo! Mal cosida has dejado la sotana del Cid Campeador. Damiana, por Dios, carga un rato este becerro.

—Cuando los eche al mundo los cargaré... Cartuchos, señores, un cartucho por amor de Dios.

—¿El Cid, no te los da, pimpolla? Pícaro Cid Campeador... si le cojo...

Estas conversaciones y otras igualmente festivas siguieron adelante, pero no pude gozar de ellas, porque me adelanté llamado por mosén Antón. El cura iba caballero en un gran jamelgo, que parecía, por su gran alzada, hecho de encargo, para que sobre la muchedumbre ecuestre y pedestre se destacase de un modo imponente la tosca y tremebunda estampa del jefe de Estado mayor. Caballo y jinete se asemejaban en lo deforme y anguloso, y ambos parece que se identificaban el uno con el otro formando una especie de monstruo apocalíptico. Los brazos larguísimos y negros de mosén Antón dictando órdenes desde la altura de sus hombros; las piernas, ciñendo la estropeada silla, que echaba fuera el relleno por informes agujeros; la sotana partida en dos luengos faldones que agitaba el viento, y que en la penumbra de la noche parecían otros dos brazos u otras dos piernas, añadidas a las extremidades reales del caballero; el escueto cuello del corcel, ribeteado por desiguales crines que le daban el aspecto de una sierra; su cabeza negra y descomunal, que moviéndose a compás de las patas, parecía un martillo hiriendo en invisible yunque, el son metálico de las herraduras medio caídas, que iban chasqueando como piezas próximas a desprenderse; todo esto, que no se parecía a cosa ninguna vista por mí, se ha quedado hasta hoy fijamente grabado en mi memoria.

IV

—A esos barbilindos que ha traído usted —me dijo mosén Antón, mirando hacia abajo como quien está en lo alto de una torre—, ¿se les puede confiar una comisión delicada?

—Sí, mi coronel —respondí—. Ya saben lo que se hacen.

—Una comisión delicada —repitió—, por ejemplo, tapar la salida de un pueblo, poniéndose como muralla de carne desde una casa a otra.

—Haremos todo lo que se nos mande, pues para eso hemos venido.

Mientras esto hablábamos miré al jefe de la partida, el cual con las manos cruzadas sobre la barriga, aflojadas las riendas del caballo y dejándole marchar pausadamente, se había sumergido en beatífico sueño. Despierto, vigilante, inquieto como un sabueso que adivina la presa, mosén Antón escudriñaba con sus ojos de buitre el estrecho horizonte del valle por donde caminábamos y las cercanas colinas.

Habíamos comenzado a descender, y a nuestra izquierda el cielo empezaba a teñirse de rosa y pálido oro, anunciando el cercano día. Las crestas de los cerros irregulares cuyas siluetas semejaban, cual un perro dormido, cual un pellejo de vino, principiaban a aclararse, dejando ver desparramados caseríos, manchas de carrascales, olmedas y grupos de colmenas.

—Quiero saber otra cosa —me dijo mosén Antón inclinándose de nuevo sobre mí, como un picacho próximo a desprenderse—. En caso de entrar en combate las tropas regulares que manda usted y su amigo ¿deben batirse por separado o mezcladas con mi gente?

—Creo que de una manera u otra lo harán bien. Mezclándolas se evitan las envidias y la rivalidad que siempre existe entre la tropa del ejército y la voluntaria.

La cara de mosén Antón se contrajo de un modo especial, indicando disgusto.

—Ya, ya comprendo lo que mi coronel desea —dije con viveza, y era verdad que lo comprendía—. Lo que mi coronel quiere es precisamente que exista esa rivalidad y emulación. Ahora caigo en que lo mejor es hacerles pelear por separado para que unos se estimulen con el ejemplo de los otros, si hay diferencia en el modo de combatir.

—Muy bien, señor oficial —repuso con satisfacción—, veo que usted tiene todo el saber militar en la punta de la uña.

Llegamos a lo hondo de un estrecho barranco y la partida hizo alto. Mosén Antón dispuso que se guardase el mayor silencio y don Vicente Sardina despertó exclamando:

—¿Qué hay? ¿Hemos dado con los franceses? ¡A ellos!... ¡Que se escapan!... ¡Viva Fernando VII, muera Napoleón!

—Despabílese usted, hombre —dijo entre veras y burlas el cura—. Aquí no se ven franceses más que en sueños.

—¿Acaso yo dormía...?

—No, velaba.

—Eso es un insulto, mosén Antón... Sostener que el jefe de la partida dormía, cuando... Si se me cerraron los ojos fue porque estaba recapacitando sobre la bobería y descuido de esos tontos de franceses que se dejan sorprender...

—Silencio —dijo el jefe de Estado mayor, bajándose del caballo—, voy a hacer un reconocimiento.

—Sí —indicó con burlona malignidad Sardina—. Puede que detrás de aquella peña esté el general Gui, con veinte mil hombres... Pero si no me engaño, tras aquel muro arruinado se ve el sombrerito de Napoleón. Gran presa hemos hecho... Lo menos caen hoy en nuestras manos cincuenta mil gabachones.

—Descabece usted otro sueño —dijo Trijueque.

—¿Pero dónde estamos? Por fuerza este endiablado cura nos ha traído a Madrid. ¿Apostamos a que quiere sorprender al rey José en su misma corte y cogerle prisionero? ¿Aquel mojón no es la puerta de Atocha...? ¡Pero quia! Si es una colmena... ¿no hubiera sido más cuerdo quedarnos sosegadamente en aquel cómodo lugar de Val de Rebollo? A esta hora ni a usted ni a mí nos hubiera faltado un buen tazón de chocolate.

Mosén Antón no contestaba a las burlas de su jefe, y haciéndonos señas de que le siguiéramos, a mí, al señor Viriato y a otro guerrillero llamado Narices, hombre pequeño, flaco y resbaladizo como una culebra, llevonos por una vereda adelante y por entre espesos carrascales, cuyas ramas apartábamos a un lado y a otro para poder pasar.

—No hacer ruido —nos decía a cada momento—. Si el enemigo está donde sospecho, tendrá por aquí sus escuchas.

Mosén Antón apartaba, tronchándolas, ramas corpulentas que impedían el paso. El jabalí perseguido no se abre camino en la trocha con mejor arte. A ratos se agachaba, atendiendo con viva ansiedad; pintábase en su rostro, tan feo como expresivo, una dolorosa duda; volvía a emprender el paso y por último llegamos a lo más alto del cerro y a un punto desde donde se veía otra hondonada como aquella en que acababa de hacer alto la partida. En la meseta donde nos hallábamos el monte tenía una extensa calva, no reapareciendo la vegetación sino en lo más bajo del declive.

Mosén Antón se echó de barriga en el suelo. Parecía una inmensa cigarra negra en el momento en que, contrayendo las angulosas zancas y plegando las alas, se dispone a dar el salto. Nos colocamos a su lado en análoga posición y entonces nos habló así:

—¿Ven ustedes abajo el pueblo?

En efecto; bajo nosotros se veían los tejados rojos de algunas casas apiñadas.

—Ese pueblo es Grajanejos —añadió—. Anoche se me metió en la cabeza que los franceses que estaban en Cogolludo habían de venir a pernoctar aquí por Miralejo... Se me metió en la cabeza, sí señores; y cuando a mí se me mete una cosa en la cabeza...

—Tiene que suceder, aunque Dios no quiera —dijo Viriato

—Yo no me equivoco —añadió con cierta confusión el padre Trijueque—. Yo dije: «Pues que los franceses están en Cogolludo de regreso de Aragón, han de tomar una de estas dos direcciones, o la vuelta del Casar de Talamanca para ir a tierra de Madrid, o la vuelta de Grajanejos para tomar el camino real y marchar hacia Guadalajara o hacia Brihuega.» El primer movimiento es inverosímil, porque están muy hambrientos y habían de tardar tres o cuatro días en llegar a la Corte: el segundo movimiento es seguro, y sentado que es seguro, ahora digo: «Si pasan el Henares, ¿cuál puede ser su intención? O tratar de sorprendernos en este laberinto de bancos y pequeños valles, lo cual sería fácil si ellos fueran nosotros y nosotros ellos, o simplemente guarecerse dentro de los muros de Brihuega o Guadalajara, donde tienen abundantes provisiones.» En uno u otro caso, entrarán en el camino real, que está a nuestra vista. Observen ustedes; a la luz de la aurora se ve claramente el camino real que va desde Madrid a Zaragoza. Es una hermosa calzada, que podría empedrarse con los cráneos de franceses que hemos matado en ella.

Vimos en efecto el camino real de Aragón que serpenteaba entre el arroyo y la montaña de enfrente, siguiendo las sinuosidades del angosto valle.

—Todos esos cálculos —dijo Viriato— son admirables, y demuestran el consumado talento de vuecencia. ¡Y dice mosén Antón que no ha estudiado lógica!... no puede ser. Lo que hay de malo en esto, es que por de pronto esas ingeniosas previsiones han resultado fallidas, porque yo estoy ciego de tanto mirar y no veo franceses en Grajanejos.

Mosén Antón no decía nada, y miraba atentamente a los extremos visibles del valle y a las suaves colinas que enfrente teníamos. En su rostro se pintaba una ira reconcentrada y profunda; apretaba las mandíbulas; fruncía el ceño, haciendo culebrear las cejas negras y espesas como dos bigotes y el resoplido de su aliento no discrepaba en fuerza y calor del de un caballo.

He dicho que se había tendido de barriga, con las palmas de las manos en tierra y los codos en alto, en actitud muy parecida a la de los cigarrones cuando se disponen a dar el salto. De súbito mosén Antón saltó todo lo que puede saltar un hombre en tal postura; levantose en pie, extendió los brazos, lanzaron las cavidades de su pecho un graznido de ave de rapiña, brilló el rayo en sus ojos y señalando a la derecha hacia el punto donde desaparecía el valle formando un recodo, exclamó:

—¡Los franceses, ahí están los franceses!

No vimos nada; pero oímos un rumor vago y lejano que acrecían con sus hondos ecos las angosturas del valle. Era ruido de caballos, de gentes de armas, el ruido a ningún otro parecido de un ejército que se acerca.

—¿No lo dije? ¿No lo dije?... ¿Me he equivocado alguna vez? —gritaba mosén Antón desfigurado por el júbilo, con toda su persona descompuesta y alterada, cual máquina que se va a desengranar—. Cogidos, cogidos en una ratonera. Ni uno solo escapará... Lo que pensé, lo mismo que pensé; pasaron el Henares por Carrascosa, subieron a los altos de Miralrío, vadearon el Vadiel y han cogido el camino real en Argecilla... Todo esto lo estaba yo viendo anoche, señores, lo estaba viendo como se ve un cuadro que uno tiene delante.

Agitaba los brazos, sacudía las piernas y ponía en movilidad espantosa todos los músculos de su rostro, asemejándose a Satanás cuando padece un ataque de nervios, si es que el ministro de la eterna sombra experimenta iguales debilidades que las damas del mundo visible; desenvainaba su sable, volvíalo a envainar, frotábase las anchas manos con tal presteza que causaba asombro que no despidieran chispas; se acomodaba en la cabeza el mugriento pañizuelo y la gorrilla, se apretaba el cinto y profería vocablos ya patrióticos, ya indecentes, mezclados con blasfemias usuales y aforismos de guerra.

Las avanzadas de los franceses aparecieron en el camino real.

—¡Con cuánta confianza vienen! —dijo mosén Antón—. Esos bobalicones no aprenden nunca. No flanquean la marcha. ¿Ven ustedes columnas volantes en las alturas?

—Por este lado —dijo Viriato— se ven brillar algunos cañones de fusil.

—Retirémonos abajo —dijo Trijueque—. Dejémosles entrar tranquilamente en el pueblo.

Poco después de esto, la partida marchaba despacio y con orden admirable por una senda de escasa pendiente que conducía faldeando el cerro en repetidas vueltas al lugar de Grajanejos. Mosén Antón dispuso que una parte de la fuerza se escondiese en el carrascal, adelantándose con toda precaución para no ser vista ni oída. El resto marchó adelante.

—Mucho silencio —dijo Sardina—, mucho silencio. Cuidado no se escape algún tiro... Al que respire fuerte, le fusilo.

Cuando esto decía, oyose un chillido prolongado y lastimero. Era el Empecinadillo que pedía la teta.

—Si ese condenado chiquillo no calla —exclamó mosén Antón con furia—, arrojarle al barranco.

El Empecinadito, extraño a la estrategia, seguía gritando.

El jefe de Estado mayor, que llevaba del diestro a su caballo, se detuvo ciego de ira, y repitió:

—¡Arrojarle al barranco! ¿No hay quien le tape la boca a ese trompetero de mil demonios?

El señor Santurrias se esforzó en hacer callar al pobre niño, mas no le convencían los argumentos empleados, ni aunque se le dijo «que te va a comer mosén Antón», se resignó a la obediencia que el grave caso requería. Al fin creo que taparon su boca o sofocaron sus gritos envolviéndole en sus propios abrigos, con lo cual se libró por aquella vez de ser arrojado al barranco en castigo de sus escandalosos discursos.

Don Vicente Sardina, de acuerdo con su segundo, dispuso que los de la izquierda de la senda nos adelantáramos con objeto de cortar la salida del pueblo por el camino real en dirección opuesta a aquella por la cual entraban los franceses.

—No me fío de estos señoritos —dijo mosén Antón al vernos partir—. Que vaya el Crudo con ellos. ¡Crudo, Crudo!

Presentose un guerrillero rechoncho y membrudo, bien armado y que parecía hombre a propósito lo mismo para un fregado que para un barrido en materia de guerra.

—Crudillo —ordenó el jefe— a ti y a estos señores os toca cortar la salida por abajo. Lleva cien hombres de lo bueno. Apretar de firme.

Reforzados por la gente de el Crudo, que era de lo mejor que había en la partida, emprendimos la marcha por un suave declive que nos condujo a las inmediaciones del camino real por el mediodía del pueblo. Los otros al hallarse próximos y con la ventaja que les daba su excelente posición en lo alto, atacaron a un pequeño destacamento francés que avanzó a reconocer la altura, mientras el resto de la fuerza enemiga descansaba en el pueblo. Esta conoció al punto que había sido sorprendida y pensando en defenderse ocupó precipitadamente las casas. Los de la partida les atacaron, no solo con brío, sino con plena confianza por la fuerza moral que la sorpresa les daba, y los franceses se defendían mal a causa de la turbación del cansancio y la estrechez del lugar en que se habían metido.

Después de un breve combate, los enemigos comprendieron que no tenían otra salvación que la fuga por la carretera abajo o bien por la misma dirección de Argecilla que habían traído en sentido contrario. Muchos intentaron escapar por donde estábamos; pero viendo bien guardada la salida, y divisando hacia aquella parte uniformes de ejército y hasta veinte caballos que en su atolondramiento se les figuraron doscientos, creyeron que todo el segundo ejército al mando de don Carlos O'Donnell, se había corrido desde Cuenca a tomar el camino de Aragón, y optaron por la salida opuesta. El barullo y confusión que esto produjo en sus azoradas tropas fue tal que don Vicente Sardina con su gente escogida acuchilló sin piedad y sin riesgo a muchos infelices que no hacían fuego ni tenían alma y vida más que para buscar entre el laberinto de callejuelas el mejor hueco que les diera salida de tal infierno.

Algunos que advirtieron la imposibilidad de retroceder sin ser despedazados en la pequeña plaza, arriesgáronse a abrirse camino por el Mediodía, y vimos que se nos echó encima regular masa de caballería, cuya decidida carrera y varonil decisión nos hizo temblar un momento. Habíamos ocupado la casa del portazgo, y en el breve espacio de tiempo de que dispusimos habíamos amontonado allí algunas piedras, ramas y troncos que encontramos a mano. Se les hizo fuego nutrido, y cuando los briosos caballos saltaban relinchando con furia por entre los obstáculos allí mal puestos, el Crudo lanzose con los suyos, quien a la bayoneta, quien esgrimiendo la navaja, a dar cuenta de los pobres dragones. Estimulados por el ejemplo, corrimos los demás y pudimos detener el empuje de los caballos y desarmar los infantes que tras ellos corrían. Duró poco este lance; pero fue de los de cáscara amarga, y en él perdimos alguna gente, aunque no tanta como los enemigos. Bastantes de éstos murieron, y excepto dos o tres que fiados en la enorme bravura de sus caballos lograron escapar, todos los vivos fueron hechos prisioneros.

Cuando presentamos nuestra presa a don Vicente Sardina y a mosén Antón, que estaban en la plaza dictando órdenes para asegurar la victoria, ambos nos felicitaron con calor.

—Es preciso pegar fuego a este condenado Grajanejos —dijo mosén Antón—. Es un lugar de donde salen todos los espías de los franceses.

—Quemarle no —repuso Sardina con benevolencia.

—Eso es, eso es —dijo con arrebatos de destrucción el jefe de la caballería—. Mieles y más mieles. Así los pueblos se ríen de nosotros. En Grajanejos han tenido los franceses muy buen acomodo, y se susurra que de aquí han sacado ellos más raciones en un día que nosotros en un mes.

—No se hable más de eso —dijo Sardina—. El pueblo no será quemado. ¿Para qué? No rebajemos la gloria de esta gran jornada con una atrocidad. Gran día ha sido este... Bien sabía yo que los franceses habían de venir aquí... Mosén Antón, nada de quemar. Mande usted saquear el lugar, y al vecino que oculte algo tirarle de las orejas...

—Señor Mosca Verde —dijo mosén Antón a un guerrillero que venía a recibir órdenes—. ¿Cuántos prisioneros tenemos?

—Sesenta y ocho he contado ya. Entre ellos un coronel.

—Es demasiada gente —repuso el cura—; sesenta y ocho bocas a las cuales es preciso dar pan. Señor Sardina ¿doy la orden de quintarlos?

—¿Para qué? —dijo el jefe—. Dejémosles las vidas, y los entregaremos sanos y mondos a don Juan Martín para que haga de ellos lo que quiera... ¿Pero no hay en este infernal pueblo un poco de chocolate?... ¡Señor Viriato de mil demonios!... que siempre ha de desaparecer el tuno de mi ayudante cuando más lo necesito...

—Aquí estoy mi general —gritó Viriato, que venía corriendo con una sarta de chorizos en la mano—. ¿Pedía vuecencia chocolate? Ya lo he mandado hacer para vuecencia y mosén Antón.

—Yo —dijo este— tengo bastante para todo el día con un pedazo de pan y queso, señor Viriato; o si no dadme uno de esos chorizos y buscadme un zoquete que lo acompañe... Si todos fueran tan sobrios como yo... Repito que será preciso quintar a los prisioneros, si nuestra gente ha de tener ración para tres días.

—Mando que no se fusile a ningún prisionero —dijo Sardina—. ¿Se niegan los vecinos a dar lo que tienen?

—No señor —respondió Mosca Verde—. No se niegan porque como no dan, sino que lo tomamos... Algunas arcas repletas de pan y queso y miel se han encontrado.

—¿Ha muerto alguna gente dentro de las casas?

—Nada más que el tío Genillo el albéitar, que está clavado en la pared como un murciélago.

—Pero ese chocolate, ese chocolate... Señor Viriato, ¿sabe usted que tengo más hambre que seis estudiantes juntos?

Presentose de improviso Santurrias, diciendo:

—Mi general, hemos encontrado al fin a una mujer con cría; pero no quiere dar de mamar al Empecinadillo.

—¡Qué alevosía, qué desacato! —exclamó mosén Antón—. Que la fusilen al momento.

—Venga acá esa señora, y yo la haré entrar en razón —dijo con benevolencia Sardina—. Este Trijueque quiere fusilar a todo el género humano.

El Cid Campeador, la *señá* Damiana y otro guerrillero trajeron casi arrastrada a una mujer joven y hermosa, la cual clamando al cielo con lastimeros gritos, se esforzaba en desasirse de los brazos de aquellos bárbaros.

—Aquí está, aquí, mi general, la mala patriota, la afrancesada.

—Señora —dijo mosén Antón mirando a la buena mujer con fieros y aterradores ojos—, ¿no sabe usted que la hacienda del buen español ha de ponerse a disposición de los buenos servidores de la patria y del rey?

—La hacienda sí, pero no los pechos —repuso la mujer con varonil denuedo.

—Señora, rece usted el credo —vociferó Trijueque—. Que vengan cuatro escopeteros. Atadle las manos a la espalda.

—Pues qué, ¿me quieren fusilar? —gritó la infeliz con angustia.

—Este condenado mosén Antón —me dijo en voz baja Sardina— quiere hoy una víctima, y al fin habrá que dársela.

Creyendo luego conveniente interponer su autoridad para impedir un hecho abominable, habló así:

—Buena mujer, ponga usted sus pechos a disposición de la patria y del rey... El Empecinadillo es hijo adoptivo de este ejército... dele usted de mamar, y tengamos la fiesta en paz... Y a usted, señor Santurrias, le ordeno que despeche a ese becerro de dos años lo más pronto posible o que lo deje en cualquiera de estos lugares. Todos los días hay una cuestión por la teta que necesita el muñeco.

La hermosa mujer comprendiendo el peligro que le amenazaba, si no ponía a disposición de la patria los dones que natura le concediera, tomó al muchacho y lo arrimó a su seno. El gusto que debió experimentar nuestro Empecinadillo cuando se vio regalado con lo que en abundancia tenía su improvisada madre, figúreselo el lector y traiga a la memoria las hambres y los hartazgos de sus verdes niñeces, si es que tan remotas impresiones pueden venir a la memoria. El huerfanillo tragaba con voracidad insaciable, y según la fuerza con que sus manecitas apretaban lo que tenían más cerca, parecía querer tragarse también aquellas partes, causa de su regocijo, y que demostraban la longanimidad del Criador para con la *señá* Librada, pues tal era el nombre de aquella mujer.

Los circunstantes veían con alborozo el glotón rechupar del huérfano, y aplaudían en coro diciendo: —¡Cómo traga! ¡La va a dejar en los huesos! Es un fraile dominico que nunca acaba de llenar el buche.

Don Vicente Sardina, que continuaba teniendo más hambre que seis estudiantes, miraba al hijo de la guerrilla con ansiosa envidia.

V

Cuando el jefe marchó a despachar el almuerzo que le había dispuesto el señor Viriato, mosén Antón me dijo:

—Veo que están ustedes indignados y con mucha razón. No se castiga a nadie, no se escarmienta a los pueblos, no se procura hacer respetables a los soldados de la patria y el rey... Paciencia, señores. Ustedes están indignados como yo por las blanduras de don Vicente Sardina y don Juan Martín. El mal viene de arriba, del jefe de nuestro ejército.

Le respondimos que en efecto era grande nuestra cólera; pero que confiábamos en el inmediato triunfo de las ideas de justicia contra la anticuada y rutinaria bondad del jefe de la partida. Él se consoló un poco con esto y fue a dictar órdenes para la mayor seguridad de los prisioneros.

No permanecimos muchas horas en Grajanejos, y cuando la tropa se racionó con lo poco que allí se encontrara, dieron orden de marchar hacia la sierra, en dirección al mismo pueblo de Val de Rebollo, de donde habíamos partido. Nada nos aconteció en el camino digno de contarse, hasta que nos unimos al ejército (pues tal nombre merecía) de don Juan Martín, general en jefe de todas las fuerzas voluntarias y de línea que en aquel país operaban. El encuentro ocurrió en Moranchel. Venían ellos de Sigüenza por el camino de Mirabueno y Algora, y nosotros, que conocíamos su dirección, pasamos el Tajuña y lo remontamos por su izquierda.

Caía la tarde cuando nos juntamos a la gran partida. Los alrededores de Moranchel estaban poblados de tropa, que nos recibió con aclamaciones por la buena presa que llevábamos, y al punto la gente de nuestras filas se desparramó, difundiéndose entre la gente empecinada, como un arroyo que entra en un río. Encontré algunos conocidos entre los oficiales de línea del segundo y tercer ejército, que don Juan Martín había recogido en distintos puntos, según las órdenes de Blake, y me contaron la insigne proeza de Calatayud, realizada algunos días antes.

Yo tenía suma curiosidad de ver al famoso Empecinado, cuyo nombre, lo mismo que el de Mina, resonaba en aquellos tiempos con estruendo glorioso en toda la Península, y a quien los más se representaban como un héroe de los antiguos tiempos, resucitado en los nuestros como una prueba de la protección del cielo en la cruel guerra que sosteníamos. No tardé en satisfacer mi curiosidad, porque don Juan Martín salió de su alojamiento para visitar a los heridos que habíamos traído desde Grajanejos. Cuando se presentó delante de su gente advertí el gran entusiasmo y admiración que a esta infundía, y puedo asegurar que el mismo Bonaparte no era objeto por parte de los veteranos de su guardia de un culto tan ferviente.

Era don Juan Martín un Hércules de estatura poco más que mediana, una organización hecha para la guerra, una persona de considerable fuerza muscular, un cuerpo de bronce que encerraba la energía, la actividad, la resistencia, la terquedad, el arrojo frenético del Mediodía, junto con la paciencia de la gente del Norte. Su semblante moreno amarillento, color propio de castellanos asoleados y curtidos, expresaba aquellas cualidades. Sus facciones eran más bien hermosas que feas, los ojos vivos, y el pelo, aplastado en desorden sobre la frente, se juntaba a las cejas. El bigote se unía a las pequeñas patillas, dejando la barba limpia de pelo, afeite a la rusa, que ha estado muy en boga entre guerrilleros, y que más tarde usaron Zumalacárregui y otros jefes carlistas.

Envolvíase en un capote azul que apenas dejaba ver los distintivos de su jerarquía militar, y su vestir era en general desaliñado y tosco, guardando armonía con lo brusco de sus modales. En el hablar era tardo y torpe, pero expresivo, y a cada instante demostraba no haber cursado en academias militares ni civiles. Tenía empeño en despreciar las formas cultas, suponiendo condición frívola y adamada en todos los que no eran modelo de rudeza primitiva y sí de carácter refractario a la selvática actividad de la guerra de montaña. Sus mismas virtudes y su benevolencia y generosidad eran ásperas como plantas silvestres que contienen zumos salutíferos, pero cuyas hojas están llenas de pinchos.

Poseía en alto grado el genio de la pequeña guerra, y después de Mina, que fue el Napoleón de las guerrillas, no hubo otro en España ni tan activo ni de tanta suerte. Estaba formado su espíritu con uno de los más visibles caracteres del genio castizo español, que necesita de la perpetua lucha para apacentar su indomable y díscola inquietud, y ha de vivir disputando de palabra u obra para creer que vive. Al estallar la guerra se había echado al campo con dos hombres, como don Quijote con Sancho Panza, y empezando por detener correos acabó por destruir ejércitos. Con arte no aprendido, supo y entendió desde el primer día la geografía y la estrategia, y hacía maravillas sin saber por qué. Su espíritu, como el de Bonaparte en esfera más alta, estaba por íntima organización instruido en la guerra y no necesitaba aprender nada. Organizaba, dirigía, ponía en marcha fuerzas diferentes en combinación, y ganaba batallas sin ley ninguna de guerra, mejor dicho, observaba todas las reglas sin saberlo, o de la práctica instintiva hacía derivar la regla.

Suele ser comparada la previsión de los grandes capitanes a la mirada del águila que, remontándose en pleno día a inmensa altura, ve mil secretos escondidos a los vulgares ojos. La travesura (pues no es otra cosa que travesura) de los grandes guerrilleros puede compararse al vigilante acecho nocturno de los pájaros de la última escala carnívora, los cuales desde los tejados, desde las cuevas, desde los picachos, torreones, ruinas y bosques atisban la víctima descuidada y tranquila para caer sobre ella.

En las guerrillas no hay verdaderas batallas; es decir, no hay ese duelo previsto y deliberado entre ejércitos que se buscan, se encuentran, eligen terreno y se baten. Las guerrillas son la sorpresa, y para que haya choque es preciso que una de las dos partes ignore la proximidad de la otra. La primera calidad del guerrillero, aun antes que el valor, es la buena andadura, porque casi siempre se vence corriendo. Los guerrilleros no se retiran, huyen y el huir no es vergonzoso en ellos. La base de su estrategia es el arte de reunirse y dispersarse. Se condensan para caer como la lluvia, y se desparraman para escapar a la persecución; de modo que los esfuerzos del ejército que se propone exterminarlos son inútiles, porque no se puede luchar con las nubes. Su principal arma no es el trabuco ni el fusil, es el terreno; sí, el terreno, porque según la facilidad y la ciencia prodigiosa con que los guerrilleros se mueven en él, parece que se modifica a cada paso prestándose a sus maniobras.

Figuraos que el suelo se arma para defenderse de la invasión, que los cerros, los arroyos, las peñas, los desfiladeros, las grutas son máquinas mortíferas que salen al encuentro de las tropas regladas, y suben, bajan, ruedan, caen, aplastan, ahogan, separan y destrozan. Esas montañas que se dejaron allá y ahora aparecen aquí, estos barrancos que multiplican sus vueltas, esas cimas inaccesibles que despiden balas, esos mil riachuelos, cuya orilla derecha se ha dominado y luego se tuerce presentando por la izquierda innumerable gente, esas alturas, en cuyo costado se destrozó a los guerrilleros y que luego ofrecen otro costado donde los guerrilleros destrozan al ejército en marcha: eso y nada más que eso es la lucha de partidas; es decir, el país en armas, el territorio, la geografía misma batiéndose.

Tres tipos ofrece el caudillaje en España, que son: el guerrillero, el contrabandista, el ladrón de caminos. El aspecto es el mismo: solo el sentido moral les diferencia. Cualquiera de esos tipos puede ser uno de los otros dos sin que lo externo varíe, con tal que un grano de sentido moral (permítaseme la frase) caiga de más o de menos en la ampolleta de la conciencia. Las partidas que tan fácilmente se forman en España pueden ser el sumo bien o mal execrable. ¿Debemos celebrar esta especial aptitud de los españoles para consagrarse armados y oponer eficaz resistencia a los ejércitos regulares? ¿Los beneficios de un día son tales que puedan hacernos olvidar las calamidades de otro día? Esto no lo diré yo, y menos en este libro donde me propongo enaltecer las hazañas de un guerrillero insigne que siempre se condujo movido por nobles impulsos, y fue desinteresado, generoso, leal, y no tuvo parentela moral con facciosos, ni matuteros, ni rufianes, aunque sin quererlo, y con fin muy laudable, cual era el limpiar a España de franceses, enseñó a aquellos el oficio.

Los españoles nacieron para descollar en varias y estimadísimas aptitudes, por lo cual tenemos tal número de santos, teólogos, poetas, políticos, pintores; pero con igual idoneidad sobresalen en los tres tipos que antes he indicado, y que a los ojos de muchos parece que son uno mismo, según las lamentables semejanzas que nos ofrece la historia. Yo traigo a la memoria la lucha con los romanos y la de siete siglos con los moros, y me figuro qué buenos ratos pasarían unos y otros en esta tierra, constantemente hostigados por los Empecinados de antaño. Guerrillero fue Viriato, y guerrilleros los jefes de mesnada, los Adelantados, los condes y señores de la Edad Media. Durante la monarquía absoluta, las guerras en país extraño llevaron a América, Italia, Flandes y Alemania a todos nuestros bravos. Pero aquellos gloriosos paseos por el mundo cesaron, y España volvió a España, donde se aburría, como el aventurero retirado antes de tiempo a la paz del fastidioso hogar, o como don Quijote lleno de bizmas y parches en el lecho de su casa, y ante la tapiada puerta de la biblioteca sin libros.

Vino Napoleón y despertó todo el mundo. La frase castellana *echarse a la calle* es admirable por su exactitud y expresión. España entera se echó a la calle, o al campo; su corazón guerrero latió con fuerza, y se ciñó laureles sin fin en la gloriosa frente; pero lo extraño es que Napoleón, aburrido al fin se marchó con las manos en la cabeza, y los españoles, movidos de la pícara afición, continuaron haciendo de las suyas en diversas formas, y todavía no han vuelto a casa.

La guerra de la Independencia fue la gran academia del desorden. Nadie le quita su gloria, no señor: es posible que sin los guerrilleros la dinastía intrusa se hubiera afianzado en España, por lo menos hasta la Restauración. A ellos se debe la permanencia nacional, el respeto que todavía infunde a los extraños el nombre de España, y esta seguridad vanagloriosa, pero justa que durante medio siglo hemos tenido de que nadie se atreverá a meterse con nosotros. Pero la guerra de la Independencia, repito, fue la gran escuela del caudillaje, porque en ella se adiestraron hasta lo sumo los españoles en el arte para otros incomprensible de improvisar ejércitos y dominar por más o menos tiempo una comarca; cursaron la ciencia de la insurrección, y las maravillas de entonces las hemos llorado después con lágrimas de sangre. ¿Pero a qué tanta sensiblería, señores? Los guerrilleros constituyen nuestra esencia nacional. Ellos son nuestro cuerpo y nuestra alma, son el espíritu, el genio, la historia de España; ellos son todo, grandeza y miseria, un conjunto informe de cualidades contrarias, la dignidad dispuesta al heroísmo, la crueldad inclinada al pillaje.

Al mismo tiempo que daban en tierra con el poder de Napoleón, y nos dejaron esta lepra del caudillaje que nos devora todavía. ¿Pero estáis definitivamente juzgados ya, oh insignes salteadores de la guerra? ¿Se ha formado ya vuestra cuenta, oh, Empecinado, Polier, Durán, Amor, Mir, Francisquete, Merino, Tabuenca, Chaleco, Chambergo, Longa, Palarea, Lacy, Rovira, Albuín, Clarós, Saornil, Sánchez, Villacampa, Cuevillas, Aróstegui, Manso, el Fraile, el Abuelo?

No sé si he nombrado a todos los pequeños grandes hombres que entonces nos salvaron, y que en su breve paso por la historia dejaron la semilla de los Misas, Trapense, Bessieres, el Pastor, Merino, Ladrón, quienes a su vez criaron a sus pechos a los Rochapea, Cabrera, Gómez, Gorostidi, Echevarría, Eraso, Villarreal, padres de los Cucala, Ollo, Santés, Radica, Valdespina, Lozano, Tristany, y varones coetáneos que también engendrarán su pequeña prole para lo futuro.

VI

Perdóneseme la digresión y a toda prisa vuelvo a mi asunto. No sé si por completo describí la persona de don Juan Martín, a quien nombraban el Empecinado por ser tal mote común a los hijos de Castrillo de Duero, lugar dotado de un arroyo de aguas negruzcas, que llamaban *pecina*. Si algo me queda por relatar, irá saliendo durante el curso de la historia que refiero; y como decía, señores, don Juan Martín salió de su alojamiento a visitar los heridos, y al regresar, envionos a mi compañero y a mí orden de que nos presentásemos a él.

Después de tenernos en pie en su presencia un cuarto de hora sin dignarse mirarnos, fija su atención en los despachos que redactaba un escribiente, nos preguntó:

—A ver, señores oficiales, díganme con franqueza, qué les gusta más, ¿servir en los ejércitos regulares o en las partidas?

—Mi general —le respondí— nosotros servimos siempre con gusto allí donde tenemos jefes que nos den ejemplo de valor.

No nos contestó y fijando los ojos en el oficio que torpemente escribía el otro a su lado, dijo con muy mal talante:

—Esos renglones están torcidos... ¡Qué dirá el general cuando tal vea!... Pon muy claro y en letras gordas eso de *obedeciendo las órdenes de vuecencia...* pues. Después de los latines... (porque estos principios son latines o boberías), pon: *participo a vuecencia y pongo en conocimiento de vuecencia;* pero son éstos muchos *vuecencias* juntos...

El Empecinado se rascaba la frente buscando inspiración.

—Bueno: ponlo de cualquier modo... Ahora sigue... *que hallándonos en Ateca el general Durán y yo...* Animal, Ateca se pone con H... eso es, *que hallándonos en Ateca, risolvimos...* está muy bien... *risolvimos* con dos erres grandes a la cabeza... así se entiende mejor... atacar a Calatayud... Calatayud también se pone con H... no, me equivoco. Maldita gramática.

Luego, volviéndose a nosotros, nos dijo:

—Aguarden ustedes un tantico que estoy dictando el parte de la gran acción que acabamos de ganar.

Emprendiéndola de nuevo con el escribiente, prosiguió así:

—¡Si tú supieras de letras la mitad que aquel bendito escribano de Barrio-Pedro, que nos mataron el mes pasado! Estas letras gordas y claras, con un rasguito al fin que dé vueltas, y los palos derechitos... Cuidado con los puntos sobre las íes... que no se te olviden... ponlos bien redondos... Sigamos. *Yo (coma) no llevaba conmigo (coma) más que la mitad (coma) de la gente (dos comas).*

—No son necesarias tantas comas —replicó con timidez el escribiente.

—La claridad es lo primero —dijo el héroe— y no hay cosa que más me enfade que ver un escrito sin comas, donde uno no sabe cuándo ha de tomar resuello. Bien; puedes *comearlo* como quieras... Adelante... *porque había dejado en tierra de Guadalajara la división de don Antonio Sardina; pero Durán llevaba consigo toda su gente, y toda la de don Antonio Tabuenca y don Bartolomé Amor (punto, un punto grande). Reuníamos entre todos 5.000 hombres...* ¿Hombres con *h*? Me parece que se pone sin *h*... No estoy seguro. En el infierno debe estar el que inventó la *otografía,* que no sirve más sino para que los estudiantes y los gramáticos se rían de los generales... Adelante: *Pues como iba diciendo a vuecencia...* no, no: quita el *como iba diciendo...* eso no es propio, y pon: *el 26 de septiembre entre dos luces, aparecimos Durán y yo sobre Calatayud y les sacudimos a los franceses tan fuerte paliza...*

—Eso de paliza —dijo el escribiente mordiendo las barbas de la pluma— no me parece tampoco muy propio.

—Hombre, tienes razón —repuso el Empecinado rascándose la sien y plegando los párpados—. Pero es lo cierto que no sabe uno cómo decir las cosas, para que tengan brío... En los oficios se han de poner siempre palabritas almibaradas, tales como *embestir, atacar, derrotar*, y no se puede decir *les sacudimos el polvo*, ni *les espachurramos*, lo cual, al decirlo, parece que le llena a uno la boca y el corazón. Escribe lo que quieras... Bien: *les embestimos, desalojándoles de la altura que llaman los Castillos, y pescando algunos prisioneros.*

Entusiasmado por el recuerdo de su triunfo volviose a nosotros, y con semblante vanaglorioso nos dijo:

—Bien hecho estuvo aquello, señores. Si les hubiesen visto ustedes cómo corrían... Y eso que ya había mucha *diferiencia* en las fuerzas. Ellos eran más... Pon eso también —añadió dirigiéndose al escribiente—, pon lo de la *diferiencia*... así, está bien. Ahora sigue: *La guarnición se encerró en el convento fortificado de la Merced, y los mandaba un tal musiú Muller...* escribe con cuidado eso del *musiú*... se pone MOSIEURRE... muy bien... Ahora descansemos, y un cigarrito.

Don Juan Martín nos dio a cada uno de los presentes un cigarro de papel, y fumamos. Aunque habló por breve rato de asuntos ajenos a la acción de Calatayud, el general no podía apartar de su mente la comunicación que estaba redactando, y dijo a su amanuense.

—Vamos a ver. Adelante. *Pues como iba diciendo a vuecencia...* no: eso no; ¡maldita costumbre! Pon *Durán atacó el convento de la Merced, y como no tenía artillería, abrió minas... en fin, para no cansar a vuecencia, Durán los amoló.*

El escribiente, comiéndose otra vez las barbas de la pluma, miró al general con expresión dubitativa.

—Tienes razón —dijo el Empecinado—. Pero si esta maldita lengua mía no sirve para nada... ¿Por qué no he de poder poner en un oficio *amolar, reventar, jeringar*, y otras voces que expresan la idea con fuerza?... y no que ha de estar usted plegando la boca como un señoritico para decir *nuestra ala derecha hizo retroceder al enemigo*, y otras pamemas que están bien en labios de damiselas y abates verdes. Pon que Durán derrotó a los franceses y se zampó dentro del convento, y escribe el vocablo que quieras, porque una de dos: o dejamos las armas para aprender la gramática y las retóricas, o *hamos* de escribir lo que sabemos. Adelante. Ahora letra muy clara y redondita y bien comeado el párrafo. Oye bien. *Mientras Durán se cubría de gloria en la Merced* (esto sí está bien parlado y no criticarán los bobos del ejército) *yo me fui con mi gente al puerto del Fresno, maliciándome...* no, *maliciándome* no, *sospechando que el francés de Zaragoza vendría por allí con ojepto* (muy clarito eso de *ojepto*, que es palabreja peliaguda) *de auxiliar al de Calatayud...* (auxiliar con X grande que se vea bien) *y en efecto, Ezcelentísimo señor, el 1.º de octubre apareció una columna francesa, a la cual escabeché...* No, ya se han reído mucho otra vez porque dije *escabechar...* ¡como si hubiera en castellano alguna otra palabra para expresar lo que quiere decir esta!... *En fin, para no cansar a vuecencia, desbaratamos la columna; matándole mucha gente, y cogiendo muchos prisioneros, entre ellos al coronel Mosieurre* (muy clarito eso) *Guillot...* Ahora se añadirá lo de Grajanejos, y que conseguido nuestro fin, Durán se retiró por un lado y yo por otro, y me vine a la sierra, donde espero las órdenes de vuecencia, *Dios guarde a vuecencia...* Vamos, Recuenco, pronto, ponlo en limpio, lo firmaré y se llevará al momento... Letra clara y hermosa.

Concluyó al fin Recuenco, que así llamaban al escribiente, el oficio que firmó don Juan Martín con nombre y apellido, acompañados de una rúbrica harto adornada de rasgos, y luego se cerró con las obleas rojas para enviarle a su destino. Satisfecho el héroe de su obra, no se ocupó más del asunto, y departió un rato con nosotros, demostrándonos confianza suma.

—A esta fecha —nos dijo, después que le contamos algo de los sucesos políticos de Cádiz— ya debe estar hecha la Constitución. Veremos si hay alguien que ponga la mano en ella para quitarla. Yo, a ser la Regencia y las Cortes, les metería el resuello en el cuerpo a todos esos mandrias servilones... No sé para qué estamos aquí los hombres que sostenemos la guerra. Como defendemos a España, defenderemos mañana la Constitución. Dicen que será hasta allí... una ley liberal y española que meta en cintura a los que no la quieran... Pero todos la queremos. Está la gente entusiasmada con la Constitución... Hay que oírles... Y dicen que nuestro cautivo monarca está contentísimo de que la hayamos hecho.

—Así debe ser.

—Y díganme ustedes: ¿han oído ustedes hablar a don Agustín Argüelles, a García Herreros y a Muñoz Torrero? Parece que no se muerden la lengua.

—Los tres son eminentes oradores.

—¡Buena gente tenemos en España! Cuando se acabe la guerra se formará un gobierno regular con todos los hombres ilustres, y ya no tendremos más Godoyes. El pícaro gobierno absoluto es la peor cosa del mundo.

—En esta guerra —dije— han salido muchos hombres distinguidos, que después en la paz servirán al Estado de otro modo.

—Así será; pero no yo —repuso con modestia—, pues cuando esto se acabe me meteré en Castrillo de Duero o en Fuentecén y con un par de mulas... después de la guerra, lo único que me gusta es la labranza. No pienso poner los pies en la Corte. Si algún día necesita el rey de mí contra los serviles, allá voy. España, el rey, la Constitución: ese es mi remoquete. Nada más. Yo no hago la guerra como otros, por ganar perifollos, grados ni riquezas. Han de saber ustedes que yo soy muy militar, y que desde muy niño supe manejar las armas. Mis padres no querían que fuese soldado; pero tal era mi afición, que a los dieciséis años me escapé de la casa paterna para alistarme en el ejército. Mi padre me libertó del servicio y casi arrastrando llevome a Castrillo; pero cuando cerró el ojo volví a las andadas, y alistándome en el regimiento de caballería de España, estuve en la guerra del Rosellón. Concluida, volví a mi casa y en Fuentecén me casé.

»Tranquilo vivía cultivando mis tierras, cuando se dijo que al rey Fernando se lo llevaban a Francia. Yo quería echarme al campo; porque esta canalla francesa me cargaba, señores, y cuando la gente de aquí se entusiasmaba con Napoleón, yo decía: *Napoleón es un infame. Si entra Fernando en Francia, no sale hasta que le saquemos...* No me quisieron creer... Vino Mayo y al fin se descubrió el pastel. Yo no podía aguantar más y me picó mostaza en la nariz. Llamé a Juan García y a Blas Peroles, y les dije: *¿Nos echamos o no nos echamos?* Ellos me contestaron que ya tenían pensado salir a matar franceses, y en efecto, salimos. Éramos tres. Nos pusimos en el camino real a cuatro leguas de Aranda, en un punto que llaman Honrubia, y allí a todo correo francés que pasaba, le arreglábamos la cuenta. Fue llegando gente y se formó una partidilla... La verdad es que no sé cómo se formó. La partida se hizo ejército y aquí estamos. Me han hecho brigadier. Yo no lo he pedido. Quieren que sea general... He servido a la patria con fe, y también con buen resultado, ¿no es verdad?»

—La fama del Empecinado —respondió mi compañero— llena toda la extensión de España.

—Me han dicho que la gente de Cádiz, los políticos y los periodistas se ríen de mí —dijo don Juan Martín frunciendo el ceño—, porque una vez dije *la mapa* en vez de *el mapa*. Los militares no estamos obligados a estar siempre con el libro en la mano, viendo cómo se dicen y cómo no se dicen las cosas. Yo sé mi obligación, que es perseguir a los franceses.

Lo demás no me importa. Mi deseo es que se diga mañana: «El Empecinado cumplió con su deber.»

VII

Después recayó la conversación sobre la tropa que acaudillaba, y nos dijo:

—Muchas satisfacciones me causa la guerra, entre ellas la del buen resultado de mis operaciones; pero no es pequeño gusto esto del cariño que me tiene mi gente. Todos ellos, señores oficiales, se dejarían matar por mí. Verdad es que yo no les trato mal. Pero vamos al decir que yo tengo a mis órdenes a los hombres más honrados del mundo. Ninguno de ellos es capaz de faltar ni tanto así.

Cuando esto dijo, sentimos a nuestra espalda un gruñido, un monosílabo dubitativo, una de esas exclamaciones inarticuladas, que no diciendo nada, lo expresan todo. Detrás de nosotros, tendido sobre un gran arcón de pino estaba un hombre, a quien atribuimos la emisión de aquel gutural elocuente sonido. Levantose pesadamente de su improvisado lecho, estiraba los brazos y piernas para desperezarse, cuando don Juan Martín le dijo:

—¿Qué tiene usted que decir, señor don Saturnino Albuín? ¿No cree usted como yo que la gente que está a nuestras órdenes es la mejor del mundo?

—Según y cómo —dijo Albuín adelantándose con los ojos medio cerrados para resguardar de los rayos de luz sus pupilas, recién salidas de la oscuridad del sueño.

He aquí cómo era, si no me engañan los recuerdos que guarda en su archivo mi memoria, aquel célebre guerrillero, de quien hasta los historiadores franceses hablan con gran encomio. Don Saturnino Albuín, llamado el Manco, había adquirido la mutilación que fue causa de tal nombre en una acción entablada en el Casar de Talamanca. Su mano derecha fue por mucho tiempo el terror de los franceses. Era un hombre de mediana edad, pequeño, moreno, vivo, ingenioso, ágil cual ninguno, sin aquel vigor pesado y muscular de don Juan Martín; pero con una fuerza más estimable aún, elástica, flexible, más imponente en los momentos supremos, cuanto menos se la veía en los ordinarios. Si el Empecinado era el hombre de bronce, a cuya pesadez abrumadora nada resistía, Albuín era el hombre de acero. Mataba doblándose. Su cuerpo enjuto parecía templado al fuego y al agua, y modelado después por el martillo. Yo le vi más tarde en varios encuentros y su arrojo me llenó de asombro. Cuando se oían contar sus proezas, apenas se daba crédito a los narradores, y no es extraño que un general francés dijese de Albuín: *Si este hombre hubiera militado en las banderas de Napoleón, ya sería mariscal de Francia.*

Vestía don Saturnino traje de paisano con pretensiones de uniforme militar, y su chaquetón, donde lucían las charreteras y los mustios y mal cosidos bordados, estaba lleno de agujeros. Los codos del héroe, no inferior a Aquiles en el valor, se parecían a los de un escolar. En sus pantalones se veían los trazados y dibujos de la aguja remendona y zurcidora, y el correaje del trabuco que llevaba a la espalda y de las pistolas y sable pendientes del cinto, hacía poco honor a la administración de fornituras de aquel ejército. Todo esto probaba que las campañas de la partida no eran tan lucrativas como gloriosas.

—Según y cómo —repitió Albuín, poniendo su única mano sobre la mesa y atrayendo a sí la atención de los que estábamos presentes—. Eso de que todos sean gentes honradas no es verdad, señor don Juan Martín. Los calumniadores, los chismosos que están siempre trayendo y llevando cuentos al general, ¿pueden ser gentes honradas?

—Amigo Albuín —contestó el Empecinado—, usted tiene tirria a dos o tres personas de este ejército, y por eso se le antojan los chismes y enredos.

—Sí señor, chismes y enredos, y lo sostengo —afirmó don Saturnino—, lo sostengo aquí y en todas partes. ¿Cómo se llama si no el venir aquí contándole a usted lo que yo dije y lo que me callé? Yo no digo nada más que la verdad, y no en secreto sino públicamente, delante de Juan y de Pedro, de fulanito y de perencejo. Y esto que he dicho, ahora lo voy a repetir.

—Pues lo oiremos.

—Y no es más sino que digo y repito y sostengo —replicó Albuín con energía— que aquí se está uno batiendo, se está uno matando, se está uno destrozando el alma y el cuerpo; pasan meses, pasan años, y con tanto trabajar no salimos nunca de la miseria. Señores que me oyen, digan si es justo que don Saturnino Albuín no tenga otros calzones que estos guiñapos que lleva en las piernas.

Hubo un momento de silencio, durante el cual todos contemplamos la prenda indicada, que en efecto no era digna de figurar sobre el cuerpo de quien habría sido mariscal de Francia, si hubiera servido a Napoleón.

—Señor don Saturnino —dijo gravemente don Juan Martín—, después del valor, la primera virtud del soldado es la humildad. Nosotros no combatimos por dinero: combatimos por la patria. Me ha dicho usted que sus calzones están un sí es no es destrozadillos. Tortas y pan pintado, amigo don Saturnino. La guerra trae tales desgracias; el buen soldado no mira a su cuerpo, señores: el bueno soldado no fija los ojos más que en el cielo y en el enemigo.

Y luego, desabotonándose el uniforme, añadió:

—Señores, si les ha llamado la atención que don Saturnino lleve unos calzones rotos, miren hacia acá y verán que el Empecinado no tiene camisa.

Efectivamente, el uniforme abierto dejaba ver el velludo pecho del héroe.

—Y no me quejo, señores —prosiguió abotonándose—, no estoy siempre *glarimeando* como el señor Albuín. De aquí en adelante voy a mandar venir de la Corte una docena de sastres para que vistan de seda y brocado a mi oficialidad.

—Señor don Juan Martín —dijo el Manco—, no venga echándosela de anacoreta, usted no tiene camisa porque no quiere, porque es un desastrado y un facha. Señores, ¿les parece a ustedes propio de un general quitarse la camisa en medio del camino para dársela a un viejo pedigüeño que se quejaba de frío?... Basta de farsas. Ello es que nosotros luchamos, nosotros nos batimos y para nosotros no hay pagas, para nosotros no hay recompensa, para nosotros no hay más que palos, fríos, calores, lluvias, fatigas y por último una muerte gloriosa que para maldito nos sirve, si es que no nos coge en pecado mortal, para acabar de divertirse uno en los infiernos.

—¿El señor Albuín quiere dinero? —dijo el general—. Pues bien sabe ya que no se lo puedo dar. Casi todo lo que se recauda se entrega a la junta, y si ésta no da pronto las pagas porque hay muchas cosas que atender, ya las dará. En el ínterin nosotros nos cobramos en trigo, en cebada en paja, en almortas, en bellotas, en centeno y en otras *comibles* especies que vamos recogiendo por los pueblos.

—Y que yo le regalo al señor don Juan Martín —replicó vivamente el Manco—, para que con tales especies mantenga a su mujer y a sus hijos, y se llene el buche a sí propio, y se vista y calce... Pero voy a lo principal... ¡Ah, señor general de mi alma! Nosotros somos unos bobos, porque mientras usted y yo estamos el uno sin calzones y el otro sin camisa, en la partida hay quien se ríe de vernos desnudos y sin un cuarto.

—No dudo que tengamos aquí algunas personas ricas, como por ejemplo...

—No es eso, no, señor Martín Díez —replicó el Manco—. Estos de que hablo aparentan ser más pobres que las ratas, y son de los que todos los días nos piden un cigarro y dos cuartos para aguardiente; pero son de los que acaparan, de los que embaúlan lo que se recoge, de tal modo, que ni la junta ni cien juntas saben a dónde ha ido a parar. Y aguante usted esto, sí señor; aguántelo usted... y déjese usted matar por la patria y por el rey... En resumidas cuentas, se acabará la guerra, y los que lo han hecho todo quedaranse más pobres que antes, mientras que los uñilargos (aquí hizo el Manco con los dedos de su única mano un gesto muy expresivo) irán a Madrid a comerse en paz lo que han merodeado a nuestra costa. Si somos unos héroes, señor don Juan Martín, si la historia se va a ocupar de nosotros y a ponernos por las nubes; pero comeremos pedazos de gloria y páginas de libro.

—Amigo Albuín —dijo el general—, tan acostumbrado estoy a su genio endemoniado, que no me coge de nuevo lo que me ha dicho, y le perdono sus bravatas. ¡El demonio es don Saturnino! ¿Y quién al oírle diría que es el hombre mejor del mundo?... ¿Con qué dinero?... ¿Para qué quieren las personas de bien el dinero? Aquí no hay gente viciosa. Los *empecinados* no combaten sino por la gloria, por la libertad, por la independencia.

—Bueno es todo eso —repuso Albuín—; pero otros jefes de la partida, tales como Chaleco, Chambergo, Mir y el Médico, todos personas muy completas y honradas, sin dejar de poner a la patria sobre su cabeza, cuidan de asegurar el porvenir de sus familias, y hombre hay entre esos que ha hecho su capital en un quítame allá esas pajas.

—Conversación. Ni Chaleco ni Mir tienen sobre qué caerse muertos.

—No hablemos más —dijo don Saturnino—, porque pierdo la paciencia. El general hará lo que guste; pero yo no sé hasta dónde podré resistir.

—Usted resistirá hasta la misma fin del mundo —dijo el Empecinado mirando a su subalterno con severidad—. Basta ya de *retruécanos*, que me voy atufando con los humos de estos caballeros. Uno pide por aquí, otro por allí... Obediencia, señor Manco, obediencia y humildad —añadió golpeando la mesa—. Aquí todos *semos* pobres y yo el primero... Con que no digo más... Cada uno a su puesto, y prepararse para mañana.

—Buenas noches —dijo Albuín secamente.

—¿No reza usted el rosario conmigo?

—Lo rezaré con mosén Antón —repuso el guerrillero volviendo la espalda.

VIII

Mi compañero y yo nos retiramos a nuestro alojamiento, donde disfrutábamos la compañía de los más respetables individuos de aquel ejército. Ocupeme primero en escribir a la Condesa, de quien había tenido carta dos días antes con nuevas poco satisfactorias, y luego pensé en dormir un rato. Estábamos en una anchurosa estancia baja. Junto al hogar, el señor Viriato contaba al amo de la casa las más estupendas mentiras que he oído en mi vida, todas referentes a fabulosas batallas, encuentros y escaramuzas que harían olvidar los libros de caballerías, si pasaran de la palabra a la pluma y de la pluma a la imprenta. Oía todo el patrón con la boca abierta y dando crédito a tales invenciones, cual si fueran el mismo Evangelio.

El señor Pelayo roncaba en un rincón y no se sabía el paradero del gran Cid Campeador ni de la *señá*Damiana. Despierto, inquieto, agitado, el descomunal clérigo mosén Antón se paseaba de un extremo a otro de la pieza, midiendo el piso con sus largos zancajos. Parecía un macho de noria. Sentado, meditabundo, sombrío, tétrico, don Saturnino Albuín de tiempo en tiempo miraba al clérigo, como con deseo de hablarle. Deteníase a veces Trijueque ante su colega; mas dando un gruñido tornaba a los paseos, hasta que el Manco rompió el silencio, y dijo:

—Esto no puede seguir así.

—No, no mil veces. ¡Me reviento en Judas! —replicó el cura—. Eso de que hombres de esta madera sean tratados como chicos de escuela, no puede aguantarse más.

—Justo, como a chicos de escuela nos tratan —repuso Albuín—. Maldito sea el dómine y quien acá lo trajo.

—Yo, señor don Saturnino —dijo mosén Antón parándose ante su compañero—, estoy decidido a marcharme a otro ejército. Me iré con Palarea, con Durán, con Chaleco, con el demonio, menos con don Juan Martín.

—Y yo. Me creería digno de estar envuelto en trapos como el Empecinadillo y de pedir la teta al entrar en un pueblo, si sufriera más tiempo la humillación de servir sin pagas, sin ascensos, sin botín, sin remuneración ni provecho alguno.

—El corazón de manteca de nuestro jefe, me obligará a abandonarle —dijo Trijueque—. Así no se puede seguir la guerra. Entre él y don Vicente Sardina están haciendo todo lo posible para que el mejor día nos cojan los franceses, y den buena cuenta de nosotros.

—Ya lo estoy viendo. Y acá para entre los dos, señor Antón —dijo con rencoroso acento Albuín—, ¿no es un escándalo que mientras nos recomienda la humildad, él acepta el grado de brigadier, y mientras nos tiene en la última miseria, él se está amontonando...?

Mosén Antón puso todo su espíritu en ojos y oídos para atender mejor.

—Amontonando, sí —continuó don Saturnino accionando con la mano manca—. Eso bien claro se ve. Pues qué, ¿todo el dinero que se recoge y que él manda entregar a la junta de Guadalajara, va a su destino? ¡Patarata! Mucho gimoteo y mucho decir que no tiene camisa; pero la verdad es que buenos sacos de onzas manda a Fuentecén y a Castrillo. ¡Señor Trijueque, están jugando con nosotros, están comerciando con nuestro trabajo y nuestro valor, nos están chupando la sangre, compañero! Ellos, él mejor dicho, se atiforra los bolsillos, y nuestros hijos, digo, mis hijos, no tienen zapatos.

Mosén Antón sin responder nada dio media vuelta, siguiendo en su inquieto pasear.

—Yo supongo —dijo el Manco— que usted tiene las mismas quejas que yo... Yo supongo que el insigne mosén Antón, terror de la Francia y del rey José, no tendrá un cuarto en el arca de su casa, ni en el bolsillo de los calzones.

Trijueque parose ante el Manco, y metiendo ambas manos en la respectiva faltriquera del calzón, volviolas del revés, mostrando su limpieza de todo, menos de migas de pan, de pedacitos de nuez y otras muestras de sobriedad. Tomando las puntas de las faltriqueras y estirándolas y sacudiéndolas, habló así con cavernoso y terrorífico acento:

—Mis bolsillos están vacíos y limpios como mis manos que jamás han robado nada. Lo mismo está y estará toda la vida el arca de mi casa, donde jamás entra otra cosa que el diezmo y el pie del altar. Pobre soy, desnudo nací, desnudo me hallo. Para nada quiero las riquezas, señor don Saturnino. Sepa usted que no es la vaciedad y limpieza de estas faltriqueras lo que me contrista y enfada; sepa usted que para nada quiero el dinero; sepa usted que se lo regalo todo a don Juan Martín, a don Vicente Sardina y demás hombres de su laya; sepa que yo no pido cuartos: lo que pido es sangre, sí señor, ¡sangre!, ¡sangre!

Yo estaba luchando con el sopor al oír este diálogo, y en el desvanecimiento propio de los crepúsculos del sueño, retumbaba en mis oídos con lúgubres ecos, la palabra *sangre*, pronunciada por aquel gigante negro, cuyo aspecto temeroso habría infundido miedo al ánimo más denodado.

—¡Sangre! —repitió Albuín fijando los ojos en el suelo, y un poco desconcertado al ver que las ideas de mosén Antón no respondían de un modo preciso a sus propias ideas—. Bastante se derrama.

—¡Me reviento en el Iscariote! —prosiguió el cura soltando los bolsillos, que quedaron colgando fuera como dos nuevas extremidades de su persona—. Don Juan Martín y don Vicente Sardina están de algún tiempo a esta parte por las blanduras; no quieren que se fusile a nadie, ni aun a los franceses; no quieren que se pegue fuego a los pueblos, ni que se extermine la maldita traición, ni el pícaro afrancesamiento donde quiera que se encuentre.

Albuín miró a su colega, y después de una pausa, dijo con frialdad:

—Sí, es preciso castigar a los pueblos.

—¡Cómo castigar! Yo les quitaría de enmedio, que es lo más seguro. De algún tiempo a esta parte, desde que don Juan Martín ha dado en el hipo de mimar a los pueblos, estos favorecen a los franceses. ¿No lo está usted viendo, señor don Saturnino? Los enemigos mandan comisionados secretos a estos lugares de la Alcarria; reparten dinero, se congracian con los aldeanos, y de aquí que el enemigo encuentre siempre qué comer y nosotros no. Toda esta tierra está llena de espías. No hay más que un medio para manejar a tan vil canalla. ¿Se coge a un pastor de cabras? Fusilado. Así no irá con el cuento. ¿Llegamos a un pueblo? A ver: vengan acá los más talluditos del lugar, los de más viso, el alcalde si lo hay... Cuatro tiros, y se acabó. ¿Se encuentran en tal punto algunos hombres útiles que no han tomado las armas? Pues a diezmarlos o quintarlos, según su número, y no se hable más del asunto... No se hace esto, bien sabe usted por qué. Los pueblos se ríen de nosotros... entramos como salimos, y salimos como entramos... Los destacamentos franceses recorren tranquilos todo el país, agasajados por los alcarreños... ¡Cuando uno piensa que todo esto se podría remediar con un poco de pólvora...! ¡Sí, y habrá bobos que crean que de tal manera vamos a traer a don Fernando VII...! Por este camino, señor don Saturnino, tendremos pronto que ir a besarle la zapatilla a José Botellas.

Dijo esto último en tono de burla y sonriendo, lo cual producía una revolución en su fisonomía y gran sorpresa en los espectadores, pues el desquiciamiento de sus quijadas, y la aparición inesperada de sus dientes, eran fenómenos que rara vez turbaban la armonía de la creación en el orden físico. Terminó para mí la conversación en aquella sonrisa del ogro, porque me vencía paulatinamente el sueño, y al fin sumergime en el océano de las oscuridades y del silencio, donde se me apareció de nuevo más terrible, más siniestra que en el mundo real la inverosímil sonrisa de mosén Antón.

IX

—¿A dónde vamos? —pregunté en la mañana siguiente al señor Viriato, viendo que la partida se disponía a marchar a toda prisa.

—Vamos a donde nos quieran llevar —repuso—. Parece que iremos hacia Molina. ¡Hermosa vida es esta, amigo don Gabriel! Si durara siempre, debería uno estar satisfecho de ser español. Somos la gente más valerosa y guerrera del mundo. ¿Para qué queremos más? Es una brutalidad estarse matando delante de un telar de lana, como los tejedores de Guadalajara, o hacer rayas en la tierra con el arado, como los labriegos de la campiña de Alcalá. ¿No es mucho mejor esta vida? Se come lo que se encuentra. Dios, que da de comer a los pájaros, no deja perecer de hambre al guerrillero.

Echome este discurso el señor Viriato, mientras el señor don Pelayo, que no había podido pasar de asistente, ensillaba el caballo de don Vicente Sardina y el del propio Viriato. Llegó a la sazón el buen Cid Campeador repartiendo un poco de aguardiente, y nos dijo:

—Hay que tomar bríos, porque la jornada será larga. Dicen que vamos hacia Molina.

—El general —dijo la *señá*Damiana Fernández, que apareció pegándose en las faldas un remiendo arrancado a los abrigos del Empecinadillo— quiere que vayamos a un punto; mosén Antón quiere que vayamos a otro punto, y don Saturnino a otro punto. Son tres puntos distintos. Hace un rato estaban los tres disputando y los gritos se oían desde la plaza.

—De la discusión brota la luz —dijo Viriato con socarronería—, y el error o la verdad, *señá* Damiana, no se descubren sino pasándolos por la piedra de toque de las controversias.

—Antes estaban a partir un piñón —dijo don Pelayo dando la última mano al enjaezado—, y lo que decía y mandaba el general era el santo Evangelio.

—Ahora cada cual tira por su lado —indicó el Cid Ruy-Díaz—, y los grandes capitanes de esta partida obedecen a regañadientes las órdenes del general.

La *señá* Damiana acercose más al grupo, y apoyándose en la grupa del caballo, con voz misteriosa habló así:

—Muchachos, mosén Antón dijo ayer al señor Santurrias que se marcharía de la partida porque don Juan Martín es un acá y un allá.

—*Señá* Damiana —indicó Viriato—, las leyes militares castigan al soldado que critica la conducta de sus jefes. Si sigue vuecencia faltando a las leyes militares se lo diré al general para que acuerde lo conveniente.

—Señor Viriato de mil cuernos —repuso la mujer—, yo le contaré al general que vuecencia estaba ayer hablando pestes de él y diciendo que con las fajas y cruces y entorchados se ha convertido en una madama.

—*Señá* Damiana, por curiosear y meter el hocico en las conversaciones de los hombres, yo condenaría a vuecencia a recibir cincuenta palos. Las hembras a poner el puchero y a remendar la ropa.

—Si creerán que me dejo acoquinar por un sopista hambrón —dijo la guerrillera apartándose del grupo y tomando una actitud tan académica como amenazadora—. Aquí le espero, y verá que sirvo para algo más que para limpiarle el mugre de la sotana.

Se me figura que Viriato tuvo miedo. Lo cierto es que contempló de lejos los puños de la militara, y tomando el lance a risa, exclamó:

—¡Bien dice San Bernardo que la mujer es el horno del diablo! ¡Bien dice San Gregorio, ese fénix de las escuelas, señores, que la mujer tiene el veneno del áspid y la malicia del dragón! *Señá* Damiana, baje esos brazos, abra esos puños y desarme esa cólera, que aquí todos somos amigos y no hemos de reñir por vocablo de más o de menos.

Un personaje, en quien no habíamos fijado la atención, terció de improviso en la disputa. Era el Crudo, hombre temible, fornido, bárbaro, de apariencia más que medianamente aterradora, pero de carácter noble, leal, franco y generoso, el cual, alzando la voz ante el concurso de estudiantes, les apostrofó así:

—Ya sé que ustedes son los que andan por ahí metiendo cizaña contra el general... El general lo sabe y va a hacer un escarmiento... Bien dije yo que los estudiantes y las mujeres no servirían más que para enredijos. En la partida hay traición, en la partida se trama alguna picardía. Ya parecerán los gordos; pero en el ínterin yo les advierto a los estudiantillos sin vergüenza que si les oigo decir una sola palabra que ofenda a nuestro querido general don Juan Martín, les cojo y les despachurro.

Hizo un gesto tan elocuente, que los claros varones a quienes iba dirigida la filípica, tuvieron a bien callarse fijando en el suelo sus abatidos ojos.

Poco después marchábamos hacia las alturas de Canredondo, donde se nos unió la división de Orejitas. Este y don Vicente Sardina siguieron la dirección de Huerta Hernando y la Olmeda, mientras el general en jefe, con don Saturnino Albuín y casi toda la caballería, se acercaba a la raya de Aragón por Sierra Ministra. No hallamos franceses en nuestro camino, ni tampoco gran abundancia de comestibles, pues los pueblos de aquella tierra habían dado ya a uno y otro ejército lo poco que tenían.

Al llegar cerca de Molina, conocimos que se nos llevaba a poner sitio a aquella histórica ciudad, guarnecida y fortificada entonces por los franceses. Ocupamos los lugares de Corduente, Ventosa, Cañizares, y pasando el río Gallo por Castilnuevo, cortamos el camino de Teruel y el de Daroca, por donde se temía que vinieran tropas enemigas en auxilio de la ciudad bloqueada. A los míos y a mí, con otras fuerzas que mandaba Trijueque, nos tocó esta última posición, la más arriesgada y difícil de todas, por lo que después hubimos de ver. Durante algunos días encerramos a los franceses dentro de la plaza sin permitir que les entrara cosa alguna. No podían hostilizarnos por ser pocos en número; pero nuestro gran peligro estaba en las fuerzas que esperábamos viniesen de Daroca.

Felizmente el general en jefe había previsto todo, y sabedor por sus espías de la salida de tres mil quinientos hombres de Daroca, abandonó la sierra para bajar a la carretera. Fue el 26 de septiembre cuando sostuvimos en Cuvillejos una de las acciones más reñidas y sangrientas de aquel período. Venían mandados los franceses por el jefe de brigada Mazuquelli, y traían cuatrocientos caballos y cuatro piezas de artillería, y si en el número no nos llevaban gran ventaja, teníanla sí, como es fácil comprender, en la organización. Don Saturnino ocupó las alturas de Rueda en cuanto se tuvo noticia segura de la aproximación del francés, y don Vicente Sardina nos escalonó entre Anchuelas y Cuvillejos. Según su costumbre, venían los imperiales desprevenidos, con aquella fatua confianza que tanto les perjudicaba; pero bien pronto les sacamos de su distracción cayendo sobre ellos con el empuje propio de guerrilleros españoles, que tienen de su parte la elección de sitio, hora y el abrigo del terreno, con posición favorable y retirada segura.

No cansaré a mis lectores, describiéndoles con minuciosidad aquella batalla no mal dirigida por una parte y otra. Fue de las más encarnizadas que he visto, y nos hallamos más de una vez seriamente comprometidos. En una carga que nos dieron, no sé qué hubiera sido de la división de el Crudo, donde yo iba, si mosén Antón, desplegando aquel arrojo fabuloso e inverosímil de que sabía dar tan extraordinarias pruebas, no contuviese a los débiles y reunido a los dispersos, e impedido el desorden. Sublime y brutal, aquel monstruo del Apocalipsis arrojose en medio del fuego.

Brincó el descomunal caballo sobre el suelo, brincó el jinete sobre la silla y ambos inflamados en la pasión de la guerra, se lanzaron con deliciosa fruición en la atmósfera del peligro. El brazo derecho del clérigo, armado de sable, era un brazo exterminador que no caía sino para mandar un alma al otro mundo. Detrás de él ¿quién podía ser cobarde? Su horrible presencia infundía pánico a los contrarios, los cuales ignoraban a qué casta de animales pertenecía aquel gigante negro, que parecía dotado de alas para volar, de garras para herir y de incomprensible fluido magnético para desconcertar. Un tigre que tomara humana forma, no sería de otra manera que como era mosén Antón.

Por otro lado don Saturnino y el Empecinado, tuvieron que hacer grandes esfuerzos para aguantar el empuje de los franceses, y aunque al fin logramos derrotarles, obligándoles a volverse hacia Daroca, tuvimos muchas y sensibles pérdidas. El campo estaba sembrado de muertos y heridos de una y otra nación. Afortunadamente para nosotros, los franceses al retirarse no habían podido salvar sus bagajes, y en ellos halló nuestra hambre con qué satisfacerse y los heridos algunos remedios. Pero no se nos permitió largo descanso, ni tampoco auxiliar con calma a los que lo habían menester, y poco después de la victoria la partida emprendió la persecución del enemigo derrotado.

Los carros de que dispusimos se llenaron de heridos amontonados con desorden, y una pequeña fuerza rezagada se encargó de custodiarlos, dejándoles en los pueblos del tránsito. Los demás nos pusimos en marcha. Albuín iba de vanguardia, mortificando a los fugitivos a lo largo del camino de Yunta, y mosén Antón, obligado a marchar a retaguardia, bramaba de ira por considerar su papel un poco deslucido en aquella expedición.

En las aldeas por donde pasamos tuvimos ocasión de presenciar escenas tristísimas, pero que eran inevitables en aquella cruel guerra. Los habitantes del país cometían mil desafueros y crueldades en los franceses rezagados, bien ahorcándolos, bien arrojándolos vivos a los pozos. Por una parte les impulsaba a esto su odio a los extranjeros, y por otra el deseo de congraciarse con los guerrilleros que venían detrás, y evitar de este modo que se les tachase de afectos al enemigo.

X

Más allá de Odón nos cogió la noche, y Sardina, permitiéndose descansar en un ventorrillo que a la entrada del lugar estaba, juntó alrededor de una mesa a cuatro o cinco oficiales, entre los cuales tuve el honor de encontrarme. Tratábase de ver qué gusto tenía una torta y un zaque de vino aragonés ofrecida al jefe por unos honrados labriegos de Odón. Sardina, dando rienda suelta a su humor festivo, reía de todo, de los franceses, de los empecinados, del pastel y del vino, que eran de lo peor. Mosén Antón golpeaba con la palma de su manaza la mesa, alzábase el gorro hasta la corona, para calárselo después hasta las cejas; escupía, hablaba palabras no entendidas, hasta que interpelado bruscamente por su jefe, se expresó de este modo:

—Ya veo claro que se desea deslucirnos.

—¿Cómo deslucirnos?

—Esta división debió marchar delante picando la retaguardia a los franceses —exclamó Trijueque, echando fuera del cráneo casi todo el globo de los ojos—. Usted no ve estas cosas; usted tiene una frescura, una pachorra... Si yo fuera jefe de la división, al ver que me dejaban a retaguardia con intento manifiesto de deslucirme y oscurecerme, habría roto la espada y retirádome de este ejército.

—Querido Antón —dijo don Vicente con bondad—, todos no pueden ir a vanguardia. Bastante nos hemos distinguido hoy, y esto de ir en los cuartos trasteros del ejército nos sirve de descanso.

—¡Descanso! —repuso el clérigo desdeñosamente—. ¡Que no he de oír en esa boca otra palabra!

—Si pensará el buen cura de Botorrita que todos somos de hierro como su reverencia.

—Lo que digo —gritó el clérigo dando sobre la mesa tan fuerte puñada, que el inválido mueble estuvo a punto de acabar sus días— es que si yo hubiera marchado delante con el Crudo y Orejitas, como era natural, y como lo indiqué a Juan Martín al fin de la batalla, los franceses habrían dejado la mitad de su gente entre las casas de Yunta. Pero ya... desde que Juan Martín se ha llenado de cruces y fajas y galones y entorchados como un generalote de los de Madrid, no nos permite que nosotros los pobres guerilleros harapientos y sin nombre, hagamos cosa alguna que suene y sea llevada por la fama desde un cabo a otro de la Península. Para nosotros no trompetean los diarios de Cádiz; para nosotros no hay donativos ni suscriciones; nuestros humildes nombres no figuran en la *Gaceta*, ni por nosotros van las damas pidiendo de puerta en puerta, ni nadie dice *las hazañas de mosén Antón, las hazañas de Sardina*, porque Sardina y Antón y Orejitas son tres almas de cántaro que han matado muchos franceses; pero que no se alaban a sí mismos, ni se ponen cintajos, ni tienen orgullo, ni tratan de humillar a los subalternos, ni echan sobre los demás la fatiga y sobre sí propios la gloria.

Púsose serio el jefe y volviéndose a su segundo, con las manos apoyadas en la cintura, fruncido el ceño, y haciendo repetidas insinuaciones afirmativas con la pesada cabeza, le dijo:

—Ya son muchas con esta las veces que ha dicho mosén Antón delante de mí palabras ofensivas a nuestro general; y francamente, amigo, me va cargando. Mosén Antón, usted no está contento en la partida, lo conozco; usted se cree humillado, postergado y ofendido... Pues largo el camino. Aquí no se quiere gente descontenta.

—Sí, me marcharé, me marcharé —dijo el clérigo trémulo de ira—. Si lo que quieren es que me marche. No saben cómo echarme. No me gusta estorbar, señor don Vicente. Ya sé que no sirvo más que para decir misa; otros hay en la partida más valientes que yo, más guerreros que yo. ¿De qué sirve este pobre clérigo?

—Nadie ha desconocido sus servicios; todos reconocen el gran mérito de mosén Antón, y principalmente el general le tiene en gran estima y le aprecia más que a ninguno otro de la partida.

—Menos cuando se dan al pobre clérigo los puestos más desairados; menos cuando se le niega confianza, no permitiéndole que mande un cuerpo de ejército; menos cuando se adoptan todos los pareceres distintos del suyo para empequeñecerle. Mosén Antón es un desgraciado, un botarate, un loco, un díscolo y un impertinente. Verdad es que mosén Antón suele acertar en los movimientos que dirige; verdad es que sin mosén Antón no se hubiera ganado la batalla de Fuentecén, ni la del Casar de Talamanca, ni se hubiera entrado en la Casa de Campo de Madrid; verdad es que sin mosén Antón no se hubiera desbaratado el ejército del general Hugo... Pero esto no vale nada; mosén Antón es un pobre hombre, un envidioso, como dicen por ahí, un revoltoso que ha sembrado discordias en la partida... ¡Váyase mosén Antón con mil demonios!... ¡Qué holgada se quedará la partida cuando el clerigote pendenciero se marche lejos de ella!

—Verdaderamente —repuso Sardina con calma—, no falta razón para acusar a usted de díscolo, revoltoso, intratable e impertinente. Pero hombre de Dios, ¿qué quiere usted? Pida por esa bocaza. No quisiera morirme sin ver a mi segundo satisfecho y contento siquiera un minuto.

—No pido ni quiero nada —dijo el guerrillero levantándose con tan poco cuidado, que sus rodillas, al pasar del ángulo agudo a la línea recta, dieron a la mesa un fuerte golpe, que la arrojó al suelo con platos y vasos.

—Hombre de Dios... —exclamó Sardina—. Otra vez, cuando se desdoble, ponga más cuidado... Nos ha dejado a medio comer. Ya se ve... para él todo esto del condumio es superfluo. Yo creo que mi jefe de Estado mayor se alimenta con paja y cebada. Maldito sea él y sus cuatro patas.

Mosén Antón se había retirado sin oír más razones, y Sardina y los que le acompañábamos emprendimos también la marcha.

Mi inmediato jefe, hombre bondadosísimo y de excelente corazón, como habrán observado mis lectores, habíase aficionado a mi compañía y trato, y me distinguía y obsequiaba tanto, que me proporcionó un caballo para que a todas horas fuese a su lado. Sus bondades conmigo eran tales que me recomendaba al Empecinado con desmedido interés, y hacía de mí delante del general elogios tan inmerecidos, que sin duda debí a su mediación los grados que obtuve después de aquella campaña.

Cuando nos pusimos de nuevo en marcha, me dijo señalando a mosén Antón, que iba a regular distancia de nosotros:

—Este clerigote es oro como militar; pero como hombre no vale una pieza de cobre. Parece mentira que Dios haya puesto en un alma cualidades tan eminentes y defectos tan enormes. No dudo en afirmar que es el primer estratégico del siglo. En valor personal no hay que poner a su lado a Hernán-Cortés, al Cid ni a otros niños de teta. Pero en mosén Antón la envidia es colosal, como todo lo de este hombre, cuerpo y alma. Su orgullo no es inferior a su envidia, y ambas pasiones igualan las inconmensurables magnitudes de su genio militar, tan grande como el de Bonaparte.

Contesté a Sardina que ya había formado yo del citado personaje juicio parecido, e indiqué también mis observaciones respecto a los síntomas de discordia que había notado en varios de la partida, a lo cual repuso:

—Esa mala yerba de las murmuraciones, de los disgustos y desconfianzas hanlas sembrado Trijueque y don Saturnino, que también es hombre díscolo, aunque muy valiente.

Llegose a nosotros el señor Viriato rogando al jefe que le permitiera catar de un repuesto de aguardiente que detrás conducían en rellenos barriletes dos cantineros, a lo cual le contestó Sardina que avivase el andar y entraría en calor sin acudir a irritativas libaciones. El estudiantillo le contestó con aquella máxima latina:

Si Aristóteles supiera
aliquid de cantimploris,
de seguro no dijera
motus est causa caloris.

Diole permiso Sardina para echar un trago a él y al señor Cid Campeador, y después sonó el guitarrillo que uno de ellos llevaba.

—Estamos rodeados de canalla —me dijo don Vicente—. Los ejércitos donde ingresa todo el que quiere, tienen ese inconveniente. La canalla, amigo mío, capaz es en ocasiones de grandes cosas, y hasta puede salvar a las naciones; pero no debe fiarse mucho de ella, ni esperar grandes bienes una vez que le ha pasado el primer impulso, casi siempre generoso. Eso lo estamos viendo aquí. Creo que el gran beneficio producido con la insurrección y valentías de toda esa gente que acaudillamos toca a su fin, porque pasado cierto tiempo, ella misma se cansa del bien obrar, de la obediencia, de la disciplina, y asoma la oreja de su rusticidad tras la piel del patriotismo. Gran parte de estos guerrilleros, movidos son de un noble sentimiento de amor a la patria; pero muchos están aquí porque les gusta esta vida vagabunda, aventurera, y en la cual aparece la fortuna detrás del peligro. Son sobrios, se alimentan de cualquier manera y no gustan de trabajar. Yo creo que si la guerra durase largo tiempo; costaría mucho obligarles a volver a sus faenas ordinarias. El andar a tiros por montes y breñas es una afición que tienen en la masa de la sangre, y que mamaron con la leche.

—Tiene usted mucha razón —le respondí—, y estas discordias y rivalidades que van saliendo en la partida prueban que tales cuerpos de ejército, formados por gente allegadiza, no pueden existir mucho tiempo.

Sardina, conforme con mi parecer, añadió:

—Por mi parte deseo que se acabe la guerra. Yo tomé las armas movido por un sentimiento vivísimo de odio a los invasores de la patria. Soy de Valdeaberuelo; diome el cielo abundante hacienda; heredé de mis abuelos un nombre, si no retumbante, honrado y respetado en todo el país, y vivía en el seno de una familia modesta, cuidando mis tierras, educando a mis hijos y haciendo todo el bien que en mi mano estaba. Mi anciano padre, retirado del trabajo y atención de la casa por su mucha edad, había puesto todo a mi cuidado. La paz, la felicidad de mi hogar fue turbada por esas hordas de salvajes franceses que en mal hora vinieron a España, y todo concluyó para mí en julio de 1808, cuando apoderáronse del pueblo... Es el caso que yo volvía muy tranquilo del mercado de Meco, cuando me anunciaron que mi buen padre había sido asesinado por los gabachos y saqueada mi casa, incendiadas mis paneras... Aquí tiene usted la explicación de mi entrada en la partida. Dijéronme que mi compadre Juan Martín andaba cazando franceses... Cogí mi trabuco y junteme a él... Hemos organizado entre los dos esta gran partida que ya es un ejército... Hemos dado batallas a los franceses; nos hemos cubierto de gloria... pero ¡ay!, él y yo no ambicionamos honores, ni grados ni riquezas, y solo deseamos la paz, la felicidad de la patria, la concordia entre todos los españoles, para que nos sea lícito volver a nuestra labranza y al trabajo honrado y humilde de los campos, que es la mayor y única delicia en la tierra. Otros desean la guerra eterna, porque así cuadra a su natural inquieto, y me temo que éstos sean los más, lo cual me hace creer que, aun después de vencidos los franceses, todavía tendremos para un ratito.

—Pues yo —repuse—, aunque no tengo bienes de fortuna, ni nombre, ni porvenir alguno fuera de la carrera de las armas, siento muy poca afición a este género de existencia, y deseo que se acabe la guerra para pedir mi licencia y buscar la vida por camino más de mi gusto.

—¿Quiere usted hacerse labrador? Yo le daré tierras en arriendo —me dijo con bondad—, perdonándole el canon por dos o tres años. ¿Estamos en ello, amiguito?

—Reciba usted un millón de gracias dadas con el corazón, no con la boca —le dije—. Si alguna vez me hallo en el caso de utilizar, no esa generosidad que es demasiado grande, sino otra más pequeña, no vacilaré en acudir a hombre tan bondadoso.

XI

Don Juan Martín, luego que entramos en Aragón, tuvo a bien modificar el alto personal de su ejército. Encargó a Trijueque el mando del cuerpo que antes estaba a las órdenes de Sardina, y puso a las de Albuín otra división, nombrando al don Vicente jefe de Estado mayor general de todo el ejército. De este modo quiso el jefe contentar a todos, principalmente al clérigo, cuya grande iniciativa militar necesitaba en verdad un mando de relativa independencia en que manifestarse. Yo me quedé en el cuartel general entre las tropas que el mismo Empecinado tenía a sus inmediatas órdenes.

Fuimos persiguiendo a los franceses hasta el mismo Daroca. Refugiados allí los restos de la destrozada división de Mazuquelli, dejamos aquella villa a nuestra derecha y marchamos en dirección a la Almunia, también ocupada por el enemigo, y destinada también por don Juan Martín a padecer un bloqueo riguroso y tal vez un asalto. Hicimos marchas inverosímiles por Villafeliche con objeto de caer de improviso sobre la villa, antes que desde Zaragoza se le enviase auxilio, y nuestra correría fabulosa ponía en gran turbación a los franceses de Aragón que nos suponían en Molina y a los de Guadalajara que nos creían en la sierra desbaratados por Mazuquelli. Éramos como la tempestad que no se sabe dónde va a caer, ni es vista sino cuando ya ha caído.

El sitio de la Almunia duró bastantes días y la guarnición tuvo que entregarse, después que derrotamos a la columna enviada desde Zaragoza en socorro de aquella. Los franceses, buenos para una embestida, son la peor gente del mundo para defender plazas, porque carecen de constancia y de aquel tesón admirable que dispone las almas a la resistencia.

Con motivo de la nueva distribución dada a nuestras fuerzas, dejé por algún tiempo de tratar de cerca a mosén Antón, el cual desempeñó un gran papel en la acción del 7 de noviembre frente a los campos de la Almunia y en la del 20 junto a Maynar. Después de estos acontecimientos nos detuvimos algunos días en Ricla, y cuando el ejército salió a operaciones con intento de atacar a Borja y Alagón, quedó en aquella villa una pequeña fuerza destinada a custodiar los prisioneros.

Comenzaba diciembre cuando ocurrió un acontecimiento no mencionado por la historia, pero que yo contaré por haber sido de suma trascendencia en el ejército empecinado y de gran influjo en el porvenir de aquellas rudas partidas de campesinos. Habiendo dispuesto el general el sitio de Borja, envió allá a Orejitas por Tabuenca, mientras Albuín se situaba en Matanquilla observando las tropas enemigas que vinieran de Calatayud. Don Juan Martín, que se hallaba solo con algunas fuerzas en Alfamén, mandó que viniera a unírsele mosén Antón.

Por no acudir a tiempo el maldito clérigo, nos vimos en gran aprieto con la embestida inesperada que nos dieron los lanceros polacos, y a fe que si entonces no hubo milagro, poco faltó sin duda. Casi nos sorprendieron, y si nos salvamos y aun vencimos en encuentro tan formidable, fue porque el general, jamás acobardado ni aturdido, tuvo serenidad admirable, y decidiéndose a tomar la ofensiva, dispuso sus escasas fuerzas de modo que pareciese tenerlas muy grandes en el inmediato pueblo. Salvonos la sangre fría primero y después el arrojo sublime de don Juan Martín, con la práctica de las veteranas y escogidas tropas de caballería que mandaba. Concluida la acción, y cuando se retiraron los polacos, sin que pudiéramos perseguirlos, el héroe estaba furioso, y dijo a Sardina:

—De esto tiene la culpa mosén Antón. Los polacos no nos han frito porque no estaba de Dios. Ya tengo atravesado en el gañote a ese maldito clerigón, y me las ha de pagar todas juntas.

—Mosén Antón —dijo Sardina queriendo disculpar al que había sido su subalterno— tal vez no haya podido acudir a tiempo.

—¿Que no ha podido?... ¡Condenado le vea yo!... Ahora dirá que no sabía. Si mosén Antón estaba en Mesones como le mandé, los polacos debieron pasarle delante de las narices... Si no estaba ni está en Mesones, ¿por qué no vino? Trijueque me está abrasando las *asaúras* y ya no puedo con él... Trijueque ha visto a los polacos y en lugar de correr a auxiliarme se ha ido por otro lado, gozándose con la idea de que me derrotarían... ¡Críe usted cuervos, santo Dios bendito!... Ha tiempo que estoy viendo en la envidia de ese renegado un peligro para este ejército; pero he aguantado por el decir, porque no digan... pues... pero ya se acabó el aguante... ¡Mil demonios! De mí no se ríe nadie.

Acabose de poner al día siguiente don Juan Martín en punta de caramelo, con la llegada de un emisario de Orejitas, que anunciaba haber levantado el sitio de Borja, ante la presencia de una fuerte columna enemiga. El guerrillero echaba la culpa de esta contrariedad a mosén Antón, que en vez de unírsele, había tomado la dirección de Tabuenca, sin que nadie supiese con qué fin.

Dábase a todos los demonios el general en jefe, cuando llegó otro correo de don Saturnino Albuín diciendo que juntos este y mosén Antón Trijueque habían ganado una gran victoria en Calcena, matando setenta franceses.

—Váyase lo uno por lo otro —dijo el Empecinado—. Ya sabía yo que la mano derecha de don Saturnino había de dar algún porrazo bueno por ahí... Pero se ha levantado el sitio de Borja y eso no me gusta. Señor don Vicente, entre Albuín y Trijueque se proponen hacerme pasar por un monigote... Que ganen batallas enhorabuena, pero sin echarme abajo mis planes; porque yo tengo mis planes, y mis planes son atacar a Borja, y después a Alagón, para obligarles a que saquen tropas de Zaragoza... Pero vamos, vamos a Calcena a ver qué victoria ha sido esa. Esos dos guerrilleros de Barrabás merecen al mismo tiempo la faja de generales por su bravura y se les den cincuenta palos por su desobediencia. En marcha.

XII

Al llegar a Calcena, después de medio día de marcha, advertí que el general era recibido por la tropa con alguna frialdad. Parte del pueblo ardía y los desgraciados habitantes, más cariñosos con don Juan Martín que su misma tropa, salían al encuentro de este, suplicándole pusiese fin al incendio y al saqueo. Una mujer furiosa adelantose por entre los caballos y deteniendo enérgicamente por la brida el del general, exclamó más bien rugiendo que hablando:

—¡Juan Martín, justicia! ¿Te has alzado en armas contra España o contra Francia?

—¿Es *señá* Soleá?... ¿La misma? La amiga de mi mujer... ¿*Señá* Soleá, qué le pasa a usted?

—Juanillo, Juanillo, ¿mandas soldados o bandoleros? ¡Malos rayos del cielo te partan! Nos saquearon los franceses anoche, y esta mañana nos han saqueado los tuyos... ¿Qué cuadrillas de tigres carniceros son estas que traes contigo?

—Veré lo que pasa —dijo el general frunciendo el ceño.

—Juanillo, después que eres general, ya no se te puede hablar de tú —añadió la mujer, cuya fisonomía revelaba el mayor espanto—. Yo te conocí guardando los guarros de tu padre el tío Juan... yo conocí a la *señá* Lucía Díez, tu madre... Si no nos haces justicia, iremos a decirle a doña Catalina Fuente que eres un asesino... Juanillo, esta mañana han fusilado a mi marido porque no les quiso dar unos pocos pesos duros que teníamos envueltos en un pañuelo.

Oyose una fuerte detonación.

—Trijueque está haciendo de las suyas —dijo el Empecinado, rompiendo a caballo por entre la multitud.

—No es nada, señores —dijo Santurrrias, que con su niño en brazos apareció, mostrándonos su abominable sonrisa—. Es que están fusilando a los pícaros franceses prisioneros, que nos hicieron fuego desde la casa del alcalde.

El vecindario clamaba a grito herido. Don Juan Martín, haciendo valer al instante su autoridad, penetró en la plaza, entró en la casa del Ayuntamiento e hizo llamar a su presencia a los dos cabecillas Albuín y Trijueque. No tardó este en presentarse. Su rostro, ennegrecido por la pólvora, era el rostro de un verdadero demonio. El júbilo del triunfo mostrábase en él con una inquietud de cuerpo y un temblor de voz que le hubieran hecho risible si no fuera espantoso. Sin aguardar a que el general hablase, tomó él la palabra, y atropelladamente dijo:

—¡He derrotado a mil quinientos franceses con solo ochocientos hombres!... ¡bonito día!... ¡Viva Fernando VII!... He cogido cuatrocientos prisioneros... ¿para qué se quieren prisioneros?... Cuatrocientas bocas... lo mejor es *pim, plum, plam*, y todo se acabó... Demonios al infierno.

Hacía ademán de llevarse el trabuco a la cara, y cerraba el ojo izquierdo, haciendo con el derecho imaginaria puntería.

—Celebro la victoria —dijo con calma don Juan— pero ¿por qué abandonaste a Orejitas?

—¡Oh! —exclamó con diabólica sonrisa el guerrillero—, ya sé que no doy gusto a los señores... Ya sabía que mi conducta no sería de tu agrado, Juan Martín... Mosén Antón Trijueque es un tonto, un loco, y no puede hacer más que desatinos... He ganado una batalla, la más importante batalla de esta campaña; pero ¿esto qué vale?... Es preciso anonadar y oscurecer a mosén Antón.

—Lo que vale y lo que no vale harto lo sé —repuso el Empecinado alzando la voz—. Respóndeme: ¿por qué no fuiste a ayudar a Orejitas? De mí no se ríe nadie (y soltó redondo un atroz juramento), y aquí no se ha de hacer sino lo que yo mando.

—Pues bien —dijo mosén Antón, haciendo con los brazos gestos más propios de molino de viento que de hombre—: abandoné a Orejitas porque el sitio de Borja me pareció un disparate, una barbaridad que no se le ocurre ni a un recluta... Cuidado que es bonita estrategia... ¡Sitiar a Borja, cuando los franceses andan otra vez por Calatayud! Perdone Su Majestad el gran Empecinado —añadió con abrumadora ironía— pero yo no hago disparates, ni me presto a planes ridículos.

—¿*Redículos*, llama *redículos* a mis planes? —exclamó don Juan fuera de sí—. No esperaba tal coz de un hombre a quien saqué de la nada de su iglesia para hacerle coronel. ¡Coronel, señores!... Un hombre que no era más que cura... Trijueque —añadió amenazándole con los puños— de mí no se ríe ningún nacido, y menos un harto de paja y cebada como tú.

Mosén Antón púsose delante de su jefe y amigo; desgarró con sus crispadas manos la sotana que le cubría el pecho, y abriendo enormemente los ojos, ahuecando la temerosa voz, dijo:

—Juan Martín, aquí está mi pecho. Mándame fusilar, mándame fusilar porque he ganado una gran batalla sin consentimiento tuyo. Te he desobedecido porque me ha dado la gana, ¿lo oyes?, porque sirvo a España y a Fernando VII, no a los franceses ni al rey Botellas. Manda que me fusilen ahora mismo, prontito, Juan Martín. ¿Crees que temo la muerte? Yo no temo la muerte, ni cien muertes; ¡me reviento en Judas! Yo no soy general de alfeñique, yo no quiero cruces, ni entorchados, ni bandas. El corazón guerrero de Trijueque no quiere más que gloria y la muerte por España.

—Mosén Antón —dijo don Juan Martín— tus bravatas y baladronadas me hacen reír. *Semos* amigos y como amigo te sentaré la mano por haberme desobedecido. Además, ¿no tengo mandado que no se hagan carnicerías en los pueblos?...

—Este pueblo dio raciones a los franceses y no nos las quería dar a nosotros. Los calceneros son afrancesados.

—Eres una *jiena* salvaje, Trijueque —dijo cada vez más colérico—. Por ti nos aborrecen en los pueblos, y concluirán por alegrarse cuando entren los franceses.

—He fusilado a unos cuantos pillos afrancesados —repuso mosén Antón—. También hice mal, ¿no es verdad? Si este clérigo no puede hacer nada bueno. Juan Martín, fusílame por haber ganado una batalla sin tu consentimiento... Es mucha desobediencia la mía... Soy un pícaro... Pon un oficio a Cádiz diciendo que mosén Antón está bueno para furriel y nada más.

—¡Silencio! —exclamó de súbito con exaltado coraje el Empecinado, sin fuerzas ya para conservar la serenidad ante la insolencia de su subalterno.

Y sacando el sable con amenazadora resolución, amenazó a Trijueque repitiendo:

—¡Silencio, o aquí mismo te tiendo, canalla, deslenguado, embustero! ¿Crees que soy envidioso como tú, y que me muerdo las uñas cuando un compañero gana una batalla? Aquí mando yo, y tú, como los demás, bajarás la cabeza.

Mosén Antón calló, y sus ojos despidieron destellos de ira. Púsose verde, apretó los puños, pegó al cuerpo las volanderas extremidades, agachose, apoyando la barba en el pecho, y de su garganta salió el ronquido de las fieras vencidas por la superioridad abrumadora del hombre. La autoridad de Juan Martín, el tradicional respeto que no se había extinguido en su alma, la presencia de los demás jefes, y sobre todo, la actitud terrible del general, pesaron sobre él humillando su orgullo. El Empecinado envainó gallardamente el sable y acercándose a Trijueque asió la solapa de su sotana u hopalanda, y sacudiole con fuerza.

—A mí no se me amedrenta con palabras huecas ni con ese corpachón de camello. Harás lo que yo ordeno, pues soy hombre que manda dar cincuenta palos a un coronel. El que me quiera amigo, amigo me tendrá; el que me quiera jefe, jefe me tendrá, y no vengas aquí, jamelgo, con la pamema de que te fusilen. Yo no fusilo sino a los cobardes, ¿entiendes? A los valientes como tú, que no saben cumplir su obligación ni obedecen lo que mando, no les arreglo con balas, sino a bofetada limpia, ¿entiendes?, a bofetada limpia... Como me faltes al respeto, yo no andaré con pamplinas ni gatuperios de oficios y órdenes, sino te rompo a puñetazos esa cara de caballo... ¿estás?... Vamos, cada uno a su puesto. Se acabaron los fusilamientos. Celebremos la batalla con una merienda, si hay de qué, y aquí no manda nadie más que yo, nadie más que yo.

Salió de la estancia mosén Antón cuando ya empezaba a oscurecer. La expresión de su cara no se distinguía bien.

Don Juan Martín salió también a recorrer el pueblo, que ofrecía un aspecto horroroso, después del doble saqueo. En las calles veíanse hacinadas ropas y objetos de mediano valor que los soldados habían arrojado por las ventanas; los cofres, las arcas abiertas obstruían las puertas, y las familias desoladas recogían sus efectos o buscaban con afanosa inquietud a los niños perdidos. La plaza estaba llena de cadáveres, la mayor parte franceses, algunos españoles, y por todas partes abundaban sangrientas y tristísimas señales de la infernal mano del más cruel y bárbaro de los guerrilleros de entonces. Por todas partes encontrábamos gentes llorosas que nos miraban con espanto y huían al vernos cerca. La tropa ocupaba el pueblo; los cantos de algunos soldados ebrios hacían erizar los cabellos de horror. Persistían otros en cometer tropelías en la persona y hacienda de aquellos infelices habitantes y nos costó gran trabajo contenerlos.

De vuelta a la casa del ayuntamiento, comimos con mayor regalo del que esperábamos: verdad es que los soldados de la división de Trijueque no habían dejado en las casas del pueblo ni un mendrugo de pan, ni una gallina, ni un chorizo, ni una fruta seca de las muchas y excelentes con cuya conservación se envanecía Calcena. La comida fue, sin embargo, triste. El general estaba pensativo, y Sardin, Albuín, que acababa de entrar, Orejitas y los ayudantes y amigos y protegidos de unos y otros, que les acompañábamos a la mesa, no decíamos una palabra. Aunque guerreros, todos estaban conmovidos, y el fúnebre clamor de la pobre villa asolada se repetía en nuestros corazones con ecos lastimeros.

Un hombre se presentó en la sala. Era alto, enjuto, moreno, amarillento, de pelo entrecano y erizado como el de un cepillo; con los ojos saltones y vivarachos, fisonomía muy expresiva y continente grave y caballeroso cual frecuentemente se nota en campesinos aragoneses. Al entrar buscó con la mirada una cara entre todas las caras presentes, y hallando al fin la del Empecinado, que era sin duda la que buscaba, dijo así:

—Ya te veo, Juanillo Martín. Cuesta trabajo encontrar la cara de un amigo debajo de la pompa y *vaniá* de un señor general como tú. ¿No me conoces?

—No a fe —respondió don Juan examinándole.

—No es fácil —añadió este con desdén—. No es fácil que un señor general conozca al tío Garrapinillos, que le llevaba en su mula desde Castrillo a Fuentecén y le compraba rosquillas en la venta del camino.

—¡Tío Garrapinillos de mi alma! —exclamó el general extendiendo los brazos hacia el campesino—. ¿Quién te había de conocer hecho un hombre grave? Ven acá, amigo. Yo para ti no soy otro que Juanillo, el hijo de la *señá* Lucíta. ¿Te acuerdas de cuando llevabas los títeres a la feria de Castrillo? ¿Y la mona que te ayudaba a ganar la vida?... Cuando era niño, yo te tenía por el primer personaje de España después del rey, y si yo hubiera tenido entonces en mi mano las Indias con todos sus *Perules*, los habría dado por los títeres y la mona. Pero siéntate y toma un bocado.

—No quiero comer —repuso Garrapinillos con dignidad—. Ya no hay nada de títeres ni de monas... Me establecí en este pueblo... puse un bodegoncillo, y con él mi familia y yo íbamos matando el hambre.

—¿Qué familia tienes?

—Mujer y siete chiquillos. El mayor no llega a diez años.

—¡Hombre te comerán vivo!

Garrapinillos exhaló un suspiro, y luego mirando al cielo dijo:

—Juan Martín, ¿no sabes a qué vengo?

—No, si no me lo dices.

—Pues vengo a que me devuelvas lo que me han robado —exclamó con violenta cólera el campesino, cerrando los puños y jurando y votando—. Si no, tú y todos los tuyos se las verán conmigo, pues yo soy un hombre que sabe defender el pan de sus hijos.

—¿Qué te han robado, Garrapinillos, y quién ha sido el ladrón?

—El ladrón —dijo el labriego señalando con enérgico ademán a Albuín— es ese.

El Manco, que a consecuencia del mucho comer y de las copiosas libaciones, dormitaba con la cabeza oculta entre los brazos y estos apoyados sobre la mesa, despabilose al instante y miró a su acusador con ojos turbios y displicente expresión.

—Garrapinillos —dijo don Juan Martín—, *pué* que te hayan sacado algún dinero, si los jefes impusieron contribución para sostenimiento de las tropas, porque la junta no nos paga, y el ejército ha de vivir.

—Yo he pagado mis tributos siete veces en dos meses —contestó el reclamante—; yo he dado en aguardiente y en pan más de lo ganado en un mes. Esta mañana me pidieron doce pesos y los di, quedándome solo con dos y medio.

—¿Y eso es lo que te han robado?

—No es eso, que es otra cosa —respondió acompañando sus palabras con gestos vehementes—. Lo que me han robado es treinta y cuatro pesos que mi mujer tenía guardados en su arca... ¡porra!, lo ganado en diez años, Juanillo. Mi mujer iba guardando, guardando, y decíamos «*pus* compraremos esto, *pus*, compraremos lo otro...»

—¿Y dices que entró la tropa y abrió las arcas?

—Entró ese con otros dos, ese que nos está oyendo —exclamó el robado señalando otra vez a Albuín tan enérgicamente como si quisiera atravesarlo de parte a parte con su dedo índice—, ¡ese tunante que no tiene más que una mano!

Albuín después que a satisfacción observó a su acusador, se descoyuntó las quijadas en un largo bostezo, y volviendo a cruzar los brazos sobre la mesa, reclinó de nuevo sobre ellos la cabeza, creyendo sin duda que los gritos de aquel desgraciado no debían turbar las delicias de su modorra. El mirar turbio el largo bostezo, el hundir la cabeza, le dieron apariencias de un perro soñoliento a quien la persona mordida insultara desde lejos sin poder hacerle comprender el lenguaje humano.

—Garrapinillos —dijo don Juan Martín—, no se habla de ese modo de un coronel. Este señor es el valiente don Saturnino Albuín, de quien habrás oído hablar. Su mano derecha es el terror de los franceses. Napoleón daría la mitad de su corona imperial por poderla cortar.

—Y también los españoles —dijo el agraviado—. Que me devuelva mis treinta y cuatro pesos y le dejaré en paz. Si no, general Juanillo, te juro que lo mato, lo ensarto, lo vacío, lo desmondongo... A buen seguro que si yo hubiera estado en casa... Yo había salido a la calle en busca de dos de los chicos que se salieron a ver fusilar franceses... Cuando volví, mi mujer me contó que ese señor general... (general será como mi abuelo)... que ese señor Manco había entrado en casa pidiendo dinero; que había amenazado con fusilar hasta el gato, si no se lo daban; que había roto las arcas, los cofres y vaciado la lana de los colchones para buscarlo... Casiana le dijo que no tenía nada; pero él busca que busca, dio con el calcetín... Oh ¡ánimas benditas!... lo vació, contó el dinero...

Al llegar aquí el tío Garrapinillos, en cuya alma una extremada sensibilidad había sucedido al primitivo coraje, no pudo contener sus lágrimas; pero luego conociendo sin duda que tales manifestaciones de un corazón lacerado no eran propias del caso, se las limpió como quien se quita telarañas del rostro, y ahuecando la voz habló así:

—Señor general Juanillo Martín, yo le digo a tu vuecencia que le mato sin compasión como se mata a un perro, aunque sé que la tropa se echará sobre Garrapinillos para fusilarle, y Casiana se quedará viuda y mis siete hijos huérfanos... Pero le mato, si no me da los treinta y cuatro pesos que son toda mi hacienda.

—Garrapinillos —dijo don Juan Martín gravemente—, en campaña ocurren estas marimorenas y tiene que haber mucho de esto que parece latrocinio y no es sino la ley *nesorable* de la guerra, como dijo el otro. Es preciso sacrificarse por la patria y dar cada uno su *óbalo*... Este pueblo dicen que agasaja al francés... Malo, malo... pero en fin, tío Garrapinillos, de mi bolsillo particular te doy los treinta y cuatro pesos.

Diciéndolo, el Empecinado echose mano a la faltriquera y sacó... una peseta.

—Yo creí que tenía más —dijo contrariado—. ¡Eh!, señor Sardina, señor intendente del ejército...

Antes que esto fuera dicho, don Vicente me había mandado que del cinto lleno de oro, que por encargo suyo llevaba, sacase dos onzas. Hícelo así, y con dos duros que Sardina aprestó, completose la suma, que fue entregada a Garrapinillos.

—Gracias, Juan Martín —dijo este guardándose su dinero—. Ya sabía yo que eras un caballero. Voy a hacer correr por todo el pueblo la voz de que tú devuelves lo robado, para que vengan el tío Pedro, el tío Somorjujo, la tía Nicolasa y don Norberto, que entre todos lo menos han dado un *óbalo* de mil pesos, como podrá atestiguar la mano derecha del que duerme... Con Dios, señores. Saben que les quiere el tío Garrapinillos, que vive en la esquina de la calle de la Landre, para lo que gusten mandar... Vivan mil años estos valientes generales, y viva Fernando VII... Y tú, Juanillo, deja mandado, si es que te vas... ojalá no parezcáis más por aquí. Sabes que te quiero... Casiana siente no poder venir a besarte las manos... Está embarazada de ocho meses... Adiós... ¿Se marcha la tropa esta noche? Dios la lleve... Me voy a abrir la tienda a ver si se gana alguna cosa.

Salió Garrapinillos y poco después Orejitas y otros jefes. El Empecinado mandó traer luces, y cuando las indecisas claridades de un velón iluminaron a medias la estancia, encendió un cigarro y dijo:

—Señor Sardina, jefe de Estado mayor general y también intendente de este real ejército, vamos a recoger los fondos recaudados.

—Que me entreguen lo que se ha recogido en Calcena —repuso don Vicente—, y yo diré lo que se puede enviar a la junta y lo que ha de quedarse en la caja del ejército para sus necesidades. Araceli, tome usted la pluma y apunte en ese papel lo que yo le diga.

Nos quedamos solos el general en jefe, don Vicente Sardina, dos oficiales que escribíamos y Albuín que seguía dormitando en la actitud antes descrita.

—¡Eh! señor Manco —dijo Juan Martín dejando caer la pesada mano sobre el hombro del durmiente—, despierte usted.

XIII

Incorporose don Saturnino, y después de restregarse perezosamente los párpados, vimos brillar sus ojos parduscos, en cuya pupila reverberaba con punto verdoso la macilenta luz de la lámpara.

—Si yo llego a descuidarme y no tomo las primeras casas del pueblo —dijo el Manco—, los franceses hubieran... Mosén Antón se metió por medio del batallón de ligeros, abrió en dos al comandante...

—A ver, venga ese dinero —dijo el Empecinado cortando la relación de la batalla.

—¿Qué dinero? —preguntó Albuín despertando completamente, pues hasta entonces lo había hecho a medias.

—El dinero que se ha recogido por buenas y por malas —dijo imperiosamente don Juan.

Albuín se inmutó un poco y sus ojos se animaron con pasajero rayo. El observador, ilusionado por el aspecto de zorra de aquel singular rostro, hasta creía verle mover las orejas picudas y aguzar el negro y húmedo hociquillo.

—El capitán Recuenco tiene los fondos recaudados —repuso después de breve pausa, disponiéndose a tomar en un banco de los próximos a la pared posición más holgada para dormir.

—Que venga Recuenco.

Vino el capitán a quien se llamaba, hombre puntual y honrado, según advertí en varias ocasiones, el cual dijo:

—Tengo ochenta y tres pesos en distintas monedas. Esto me han entregado y esto entrego. Lo que se ha cogido en el saqueo los soldados lo tendrán o mosén Antón y don Saturnino.

El capitán Recuenco dejó sobre la mesa un bolsón con ochenta y tres pesos, que anoté en el cuaderno, y se retiró llevando el encargo de hacer comparecer a Trijueque. Presentose este de muy mal talante, y antes que el general le interpelara, expresose rudamente de esta manera:

—Ya sé para qué me quieres. Para pedirme dinero. Ya sabes que mosén Antón no lleva un cuarto sobre sí. Aquí están mis bolsillos, más limpios que la patena de la Santa Misa.

Y mostró vacías y al revés las dos mugrientas faltriqueras cosidas a sus calzones.

—Pero si es preciso —añadió— que todos contribuyamos a los regalos del cuartel general, ahí va mi reló, que es lo único que posee el pobre Trijueque.

Puso sobre la mesa una rodaja de plata que solía marcar la hora.

—Yo no quiero tu reló, Trijueque —dijo don Juan Martín devolviendo la cebolleta con enfado—. Maldito *caraiter* el de este clérigo. No dice una palabra sin soltar una coz. Quiero el dinero que se ha cogido en el saqueo. ¿Le tienes o no?

—¿También es preciso que Trijueque pase por ladrón?... —repuso el clérigo—. Bueno... ponlo en el oficio. Más pasó Jesucristo por nosotros. Yo no tengo dinero. ¿No sabes que cuando cobro alguna paga la doy a los soldados? ¿No sabes que no me para un ochavo en los bolsillos porque enseguida lo doy al que me lo pide? ¿A qué vienen estas pamemas, Juan Martín?

—Sé que eres desprendido y liberal —dijo el Empecinado en el tono de quien se propone tener paciencia—. Me basta con que tú digas que no tienes nada. Estoy satisfecho. No te ofrezco dinero porque no lo tomarías, Trijueque; pero esas botas necesitan medias suelas. Necesitas un buen capote para abrigarte... Don Vicente, encárguese usted de que mosén Antón no vaya descalzo y desabrigado.

—Gracias —dijo el clérigo—. No soy hombre melindroso. Con lo que se gaste en mi persona puedes tú comprar pomadas para el pelo, plumas para el sombrero y galoncillos para el uniforme. Mosén Antón Trijueque no necesita perifollos, y desprecia el dinero. Sabe ganarlo para los demás.

Retirose sin decir más, y el general, que ya iba a contestarle con cólera, se rascó con entrambas manos la cabeza, haciendo muecas que revelaban penosas indecisiones en su espíritu. Después nos dijo:

—Trijueque y yo hemos de reñir para siempre algún día... Vaya, apúntenme los ochenta y tres pesos... Mucho más ha de salir... Yo pongo mi mano en el fuego por mosén Antón. Revolverá el mundo por envidia, pero no se ensuciará las manos con un ochavo... ¡Eh, don Saturnino de mil demonios, despierte usted!

Albuín, que sin duda fingía dormir, abrió los ojos.

—Prontito, venga ese dinero —le dijo el general sin mirarle.

—¡Ah! —exclamó el Manco, en el tono de quien recuerda alguna cosa—. ¿El dinero? Ya. ¿No dije que tenía mil trescientos y pico de reales? Aquí los llevo.

Diciendo esto, puso sobre la mesa un paquete en que había monedas de distintas clases en plata y oro.

—Algo más será —dijo el Empecinado—. Sé que usted se apoderó de los fondos del Noveno y el Excusado, de los diezmos y de lo que el alcalde había recaudado para entregarlo a la junta, y también oí que los frailes de la Merced se habían dejado quitar algunos miles.

—Si el general hace caso de lo que digan las malas lenguas del pueblo...

—Albuín, no quiero *retólicas*... Venga ese dinero y pongamos punto final —repuso don Juan con energía.

—Dale con el dinero. ¡Se me deben dieciocho pagas, dieciocho pagas, y no tengo calzones!

—Poca conversación —añadió enfadándose por grados don Juan Martín—. Ya hablaremos de las pagas. Don Saturnino, deme usted esa culebrilla que lleva a la cintura. Si no, nos veremos las caras. Esto no lo digo como general. Nos veremos de hombre a hombre... pues... de mí no se ríe usted. Así amanso yo a mi gente. Aquí no se fusila a nadie, ni se ponen castigos de ordenanza. Albuín, ya usted me conoce... *Gomite* usted el dinero. Acuérdese de aquella ocasión en que no queriendo usted hacer lo que yo le mandaba, le di tal pezco, que rodó por el suelo hecho un ovillo.

—Juan Martín —repuso el Manco poniéndose pálido—, siempre he obedecido y respetado a mi jefe; he servido a sus órdenes con entusiasmo, y le estimo y le quiero. Hoy mi jefe no tiene confianza en mí. Bueno, yo le digo a mi jefe que me mande fusilar al instante, porque no me da la gana de darle el dinero que me pide y que efectivamente tengo.

—¿Volvemos a la broma de mosén Antón? —dijo don Juan Martín—. No me lo digan mucho, porque ya me van cargando los valentones; y aunque me quede sin héroes en la partida haré un escarmiento.

—Pues yo digo que hasta aquí llegó la paciencia —afirmó Albuín poniéndose lívido y retando con la mirada al general—. No aguanto más; no doy dinero, ni sirvo más en la partida. Ea...

Levantose de su asiento don Juan Martín como si una explosión le sacudiera, rompiendo el sillón, y volcando la mesa.

—¡Pues también se me acaba la paciencia! —exclamó con furia—. Usted aguantará, usted dará el dinero, y usted no saldrá de la partida.

—Veamos cómo ha de ser eso, no queriendo yo —dijo el Manco, poniéndose en actitud del carnívoro que espera el ataque de la fiera más poderosa.

—¡Albuín, Albuín! —gritó con tremendo alarido don Juan, dando tan fuerte patada, que piso, paredes, techo y todo el edificio se estremecieron—. Es la primera vez que un subalterno se revuelve contra mí de esa manera; y no lo pasaré, no lo pasaré.

El Manco entonces llevó la derecha mano precipitadamente al cinto y exhaló un rugido de desesperación. No tenía sable. Se lo había quitado antes de comer, arrojándolo en un rincón.

—Le hace falta a usted un sable, ahí va el mío —dijo don Juan Martín, arrojando el acero desnudo ante los pies del guerrillero—. Defiéndase usted ¡voto al demonio!, porque le voy a amarrar los brazos con esta cuerda para llevarle preso al sótano.

Estábamos todos los presentes mudos y aterrados, y no nos atrevíamos a intervenir en la dramática escena. Con presteza suma, don Juan tomó una soga que cerca había y se dirigió hacia su subalterno diciendo:

—Dese usted preso, señor deslenguado. ¡Recuerno! Estoy cansado de ser bueno.

El Manco haciéndose atrás, exclamó:

—No necesito cuerda. Me dejaré matar antes que consentir que me aten como a un ladrón... ¿A dónde tengo que ir? ¿Al sótano? No me da la gana.

Señor general —añadió, recogiendo el arma del suelo— tome usted su sable y atraviéseme con él, porque Albuín no se deja atar la mano que le queda... Iré preso; que me fusilen al instante, y entonces si quieren mi dinero, lo recogerán de mi cadáver.

No pudo seguir, porque con una rapidez, una seguridad, una destreza extraordinaria, la mano poderosa de don Juan Martín asió con el vigor de férrea tenaza la extremidad derecha del Manco, el cual bruscamente cogido, forcejeó, se retorció, se doblegó, dio un terrible grito, agitando el impotente muñón de su extremidad izquierda.

—De rodillas —vociferó el general sacudiendo con su membrudo brazo aquel cuerpo de acero que se cimbreaba como una hoja toledana—. ¡De rodillas delante del Empecinado!

Don Saturnino, una vez presa la mano derecha, era hombre perdido, una espada sin punta, una culebra sin veneno. Su muñón hizo esfuerzos formidables; pero no pudo defenderle. Al fin, después de repetidos arqueos y dobleces, las agudas rodillas del héroe, cayendo con violencia, hicieron estremecer el suelo. Se oía un resoplido de animal vencido.

—Miserable ladrón —exclamó el Empecinado con voz indecisa y ronca a causa del gran esfuerzo—. Ahora mismo me entregarás lo que te pido, o pereces a mis manos.

En el propio instante, observamos que la cabeza de don Saturnino hizo vivísimo movimiento, y sus blancos dientes se clavaron en la mano potente que le sujetaba.

—¡Me muerde este perro! —exclamó don Juan Martín con súbito dolor—. ¡Ah, miserable!

Forcejeó segunda vez el Manco y pudiendo al fin desasirse, corrió de un salto a la inmediata ventana. Abriéndola, gritó hacia afuera:

—¡Soldados, muchachos, amigos... a mí, a mí!... ¡Socorro! Quieren asesinar a vuestro querido Manco... ¡Arriba todo el mundo!

Y dicho esto, volviose hacia dentro, y miró a su jefe y a todos con expresión de salvaje alegría.

Don Juan Martín, cuya mano sangraba, recogió su sable. Todos nos apercibimos, barruntando algo grave, porque don Saturnino, además de ser muy querido de sus tropas, tenía una especie de guardia negra, compuesta de los más salvajes, feroces y bárbaros hombres de aquel ejército.

—Esto es una infamia —gritó Sardina—. Concitar a las tropas a la insubordinación.

Albuín seguía gritando: —¡A mí, muchachos; subid pronto!

Oyose rumor muy imponente en la vecina escalera.

—Cerremos las puertas —dijo Sardina, disponiéndose a hacerlo—. Tiempo habrá de hacer entrar en razón a esa canalla.

—No —gritó con furia el general esgrimiendo el sable—; dejarles entrar.

No tardaron en aparecer los que eran la hez más abominable de la partida. Algunos hombres rudos, negros, sucios, de mirada aviesa y continente repulsivo se presentaron en la puerta.

—¿Qué hay? —preguntó el general, mirándoles con terribles ojos—. ¿Qué buscáis aquí?

—Aquí estamos, señor Manco —dijo uno entrando resueltamente.

Aquel y los demás, que eran hasta veinte o veinticinco, dieron algunos pasos dentro de la sala.

—¡Atrás, atrás todo el mundo! —gritó resueltamente el Empecinado, adelantándose hacia ellos con la majestad del heroísmo.

—¿Dejaréis que asesinen a vuestro querido Manco? —exclamó en el hueco de la ventana la voz angustiosa de don Saturnino.

—Mando que se retiren todos —repitió don Juan Martín—, o no me queda uno vivo. Soy el general. ¡Al que me desobedezca, le tiendo aquí mismo!... Ea... den un paso si se atreven... que vengan más... Aquí espero... Que venga todo mi ejército a atropellar a su general... Aquí me tenéis, cobardes... bandidos... Venid... que venga más gente... Somos cuatro... Matadnos... pisad el cadáver de vuestro general.

Una voz horrible clamó en la escalera:

—¡Viva don Saturnino el Manco!

Dos de los que habían entrado, adelantáronse lanzando votos y juramentos hacia don Juan Martín. Pero este con empuje vigoroso descargó sobre la cabeza de uno de ellos tan fuerte sablazo, que le la abrió a cercén la cabeza.

El soldado cayó al suelo muerto.

Arrojámonos los tres en auxilio del general y esgrimimos los sables contra aquella infame canalla. Aunque acobardados y aterrados por la presencia, por la voz, por el heroísmo sublime de don Juan Martín, trataron de defenderse, fiados en su gran número; pero no tardamos en hacer estrago en ellos. Dispararon algunos fusilazos, que por fortuna no nos hicieron otro daño que una herida leve recibida por mí, y otra que le cupo en suerte a Sardina; mas acometidos bravamente, huyeron por la escalera abajo.

Don Juan Martín bajó repartiendo sablazos a diestro y siniestro, y nosotros tras él. Otras tropas invadieron el edificio, y los mismos partidarios del Manco perdiéronse entre la multitud afecta al jefe.

—Crudo —exclamó este—, es preciso fusilar ahora mismo a toda esa canalla. Sardina, dé usted las órdenes necesarias. Quintarlos es mejor... Asegurarles bien... El Tuerto es el peor de todos... Esos tres, esos tres que se escabullen por ahí también subieron... Que no se escapen. Ponerles en fila... Yo les reconoceré... ¡Eh!, Moscaverde... Al instante, es preciso castigar esta gran canallada.

La tropa gritó:

—¡Viva el Empecinado!

—Gracias, gracias —dijo el héroe—. Dejarse de vivas y portarse bien... Voy a hacer un escarmiento esta noche... Hace tiempo que lo estoy meditando, y en verdad es necesario... Ninguno se ríe de mí.

Subimos de nuevo. Ya en la sala del Ayuntamiento había bastante gente, y don Saturnino era custodiado por gente leal. El Empecinado al encarar nuevamente con él, le dijo:

—Señor Manco, dispóngase usted para el *requieternam*. Aquí no hay más capellán que mosén Antón, y ese ya ha olvidado el oficio. Haga usted acto de contrición.

—Despachemos pronto —dijo el Manco esforzándose por aparecer sereno, pues aquel hombre, bravo cual ninguno en las batallas, carecía de valor moral—. Despachemos pronto... Mande vuecencia formar el cuadro en la plaza... Pueden llevarme cuando quieran.

Don Vicente Sardina entró en la sala.

—Solo dos se han escapado —dijo—; les conozco bien. Ya están dadas las órdenes. Se quintarán.

—Señor don Vicente Sardina —añadió el Empecinado—, el señor Albuín no será arcabuceado por la espalda. Se le apuntará por el pecho, en atención a que ha sido el primer soldado de este ejército.

El generoso corazón de don Juan Martín no dejaba de enaltecer las prendas militares de sus amigos ni aun cuando hacía caer sobre ellos la pesada cuchilla de la ordenanza.

Oyose el ruido de una descarga. Reinó después lúgubre silencio en la sala, solo interrumpido por la voz de Sardina que dijo *uno*, y la de Albuín que elevando sus manos al cielo, exclamó con dolorido acento:

—¡Adiós, amigos míos! ¡Adiós, valientes camaradas! Ya no venceremos a los franceses, ni vuestros generosos corazones volverán a palpitar con el entusiasmo de la batalla.

Después echándose mano a la cintura, deslió la culebrilla de seda que en ella llevaba, y arrojándola en mitad de la sala, añadió:

—Ahí está el dinero, señor don Juan Martín; ahí están los trescientos cochinos pesos que son causa de la carnicería que se está haciendo abajo con mis bravos leones. Desnudo y pobre entré en la partida, y pobre y desnudo salgo de ella para el otro mundo.

Oyose otra descarga, y don Vicente dijo:

—Dos. Cayó otra buena pieza.

—Puesto que voy a morir —añadió don Saturnino—, que no maten más gente. Yo fui causa de todo. Yo les mandé subir.

—A usted no le va ni le viene nada de esto —dijo don Juan, no ya colérico, sino displicente—. Usted hará lo que yo disponga, y nada más.

Dicho esto, metiose las manos en los bolsillos, hundió la barba en el cuello del capote y se paseó de un rincón a otro.

—Vamos de una vez —dijo Albuín—. Estoy dispuesto a morir. ¡Al cuadro! El Manco no ha temido nunca la muerte.

Dio algunos pasos hacia la salida, seguido por los que le custodiaban.

—Alto ahí —gritó de súbito el Empecinado, golpeando el suelo, deteniéndose en su marcha y mirando a la víctima con rostro ceñudo—. ¿Quién le manda a usted bajar antes de que yo lo disponga?

—Cuanto más pronto mejor —repuso la víctima.

Oímos la tercera descarga de fusilería.

—¡Quieto todo el mundo! —repitió don Juan—. Aquí nadie resuella sin que yo lo mande.

—¡Quiero que me fusilen! —exclamó Albuín con coraje, sacando a los ojos todo el odio de su corazón, lleno entonces de veneno.

—Y si a mí me diera la gana de indultarle a usted, vamos a ver —exclamó el general con furia, como si la muerte fuera la condescendencia, y el indulto la amenaza—. Vamos a ver; ¿si a mí me diera la gana de indultarle y mandar que le dieran cincuenta palos por la mordida, y luego cogerle por una oreja y ponerle al frente de su división, con pena de otros cincuenta garrotazos si no me tomaba a Borja, trayéndome acá prisionera media guarnición francesa...?

—A un hombre como yo no se le dan cincuenta palos —repuso el Manco— ni se le tira de las orejas.

—Todo será que a mí se me antoje... ¿Qué tiene usted que decir? Ea, soltadle, y fuera de aquí todo el mundo. Señor Sardina, mande usted que no se fusile a nadie más. Palos y más palos... es lo mejor.

Marcháronse los de tropa, y quedamos con don Saturnino los cuatro que antes estábamos.

—Le perdono a usted la vida —dijo el general—. Puede ser que no me lo agradezca.

—No —repuso Albuín sin inmutarse—. No agradezco, porque parece generosidad y no lo es.

—¿Pues qué es, qué?

—Miedo —añadió el guerrillero gravemente—. A un hombre como yo no se le pone dentro de un cuadro. La tropa no lo consentiría... y si lo de antes salió mal, otra vez...

—Estoy por volverme atrás de lo dicho, y mandar que se forme el cuadro... Pero no; cuando el Empecinado perdona... Don Saturnino, márchese usted y haga lo que quiera. Si desea seguir a mis órdenes, deme una satisfacción en frente del ejército. Sino...

—Don Saturnino Albuín no da satisfacciones —repuso este—, ni necesita mendigar un mando. Me voy. Adiós para siempre. Juan Martín acabó para el Manco y el Manco acabó para Juan Martín. Grandes hazañas hemos realizado juntos. La gente de Madrid primero y la historia después, se harán lenguas al hablar del Empecinado; pero nadie se acordará del pobre Manco...

Yo le regalo al general toda mi gloria... Señores, adiós. Don Saturnino Albuín, que no puede manejar la azada ni el telar, va a los caminos a pedir limosna. ¡Dios tenga compasión de él!

Marchose Albuín. Luego que salió advertimos en el general un desasosiego, una alteración muy notoria. Se sentaba, se levantaba, se movía de un lado para otro. Creímos advertir cierta humedad en sus ojos. El héroe pestañeaba con viveza y aun se pasó por los párpados las falanges de sus rudos dedos. Al fin se tranquilizó, y sentándose, puso los codos en la mesa y afianzó las sienes en las palmas de las manos.

—Me voy quedando sin amigos —dijo sombríamente.

—Tú te empeñas —indicó Sardina— en hacer un ejército regular de lo que no es más que una partida grande... Si hay algún ejemplo de que un buen militar haya sido bandolero, no puede esperarse que todos los bandidos puedan ser generales.

XIV

Púsose de nuevo en práctica el plan primitivo de don Juan Martín, y Borja y Alagón fueron sitiadas. Respondía esto a las instrucciones del general Blake, defensor de Valencia, que deseaba por tal medio entretener en Aragón las tropas destinadas a reforzar la expugnación de aquella gran plaza. Los hechos militares del Empecinado en noviembre y diciembre de aquel año fueron de gran beneficio a las armas españolas, y logró distraer durante aquel tiempo a un gran ejército francés, prolongando el respiro de los valencianos. Pero todos saben que Valencia cayó a principios de 1812, y entonces las cosas variaron un poco.

Durante corto tiempo, el conde de Montijo mandó personalmente el ejército empecinado, en virtud de una combinación de las siempre inquietas e intrigantes Juntas; pero don Juan Martín estuvo solo algunos días separado de sus soldados, y las necesidades de la guerra le llevaron otra vez a ponerse al frente de la *partida grande*, que él solo sabía dirigir.

En diciembre pasamos de Aragón a tierra de Guadalajara, fatigados con las repetidas acciones y las penosas marchas. Sigüenza había quedado definitivamente por nosotros después de haberla ganado y perdido repetidas veces. Con la ocupación de Valencia, las condiciones de la campaña habían variado para nosotros, y hallándose en libertad de operar con desahogo considerables fuerzas francesas, nos cumplía a nosotros la guerra defensiva en vez de la ofensiva que anteriormente habíamos hecho. Hallando en Sigüenza posición ventajosa, el Empecinado dispuso no renunciar a ella; y mientras recorría los alrededores de Guadalajara, dejó en la ciudad episcopal una fuerte guarnición. En dicha guarnición, mandada por Orejitas, estaba yo.

Y ahora viene bien decir que la condesa con su hija, de quienes yo me había separado cuatro meses antes en Alpera, dejándolas camino de Madrid, se habían refugiado al fin en Cifuentes, como lo indicó Amaranta la última vez que nos vimos. En la citada villa, del dominio señorial de la familia de Leiva, tenía esta un famoso castillo que fue arreglado para palacio en el siglo anterior por el abuelo de quien entonces lo poseía.

Cómo y por qué hicieron las dos damas este viaje huyendo del bullicio de la corte, sabralo el lector más adelante, y por de pronto, y para que no carezca de noticias sobre dos personas que no pueden sernos indiferentes, mostraré parte de la correspondencia que sostuve con Amaranta en aquellos días. Mi desdicha quiso que permaneciese algún tiempo en Sigüenza, como encerrado, mientras la mayor parte del ejército recorría su campo natural y favorito de la Alcarria; pero imposibilitado de visitar a mis dos amigas, la movilidad de las partidas me permitió comunicarme con ellas alguna vez, como se verá por los documentos que a la letra copio:

Cifuentes 16 de diciembre de 1811.

«Querido Gabriel: al verme en la necesidad de salir de Madrid, no he encontrado residencia mejor que esta villa de Cifuentes. Verdad es que aquí me hallo, como si dijéramos, dentro de un campo de batalla; pero ¿en qué lugar de España puedo refugiarme sin que pase lo mismo? En Madrid no puedo estar por razones que no me atrevo a decirte por escrito y que sabrás de palabra cuando vengas acá. Podía haber escogido otros lugares de Castilla, en Burgos, Zamora o Salamanca; pero en todos arde la guerra lo mismo que aquí, y carezco en ellos de la cariñosa adhesión de estas buenas gentes y colonos míos, a quienes mi padre y yo hemos hecho tantos beneficios.

»Ven pronto a vernos. Todos los días entran y salen pequeñas partidas de tropa y voluntarios, y desde que suena el tambor, nos asomamos a la ventana esperando verte pasar. Entrego esta carta al que me ha traído la tuya, cierto feísimo vejete llamado Santurrias, que lleva consigo un gracioso niño de más de dos años, el cual habla mil herejías con su media lengua y es muy querido del ejército. Santurrias me está dando prisa y no puedo extenderme más. Le digo a Inés que concluya la suya; pero aunque empezó hace dos horas, no lleva trazas de concluir todavía. Si no vienes pronto, en la primera que te escriba te referiré la vida que hacemos ella y yo en este histórico castillo, con lo que te has de reír.— *La condesa de X.*»

No copiaré la carta de Inés, por no contener cosa alguna que pueda interesar a mis lectores, y exhibo estotra de la condesa:

Domingo 28.

«¡Qué gran chasco nos hemos llevado esta mañana! Nos despertamos sobresaltadas sintiendo ruido de caballos y rumor de soldados, y como viéramos a muchos de éstos con uniformes, creíamos vendrías tú entre ellos. Al poco rato pidió permiso para saludarnos un señor Sardina, que más que sardina parece tiburón, y nos dio tus cartas. Hablamos del señor de Araceli, y nos dijo muchas picardías de ti.

»Hoy ha entrado bastante tropa y no pocos heridos, pues ayer parece que hubo una sangrienta batalla hacia Ocentejo. ¡Qué lastimosos espectáculos hemos presenciado Inés y yo! Se nos ha llenado la casa de heridos, y en todo el día no hemos podido descansar un rato, ¡tanto nos da que hacer nuestro cargo de enfermeras! Les damos lo que hay, bien poco por cierto. Nosotros carecemos algunos días hasta de lo más preciso, y de nada nos sirve nuestro dinero para luchar con la espantosa miseria de este país.

»No te he dicho nada de mi castillo, y voy a ello. Perdona el desorden que hay en mis cartas, pero escribo a toda prisa, y luchando con el sueño, que a estas horas empieza a querer rendirme. Son las doce; los heridos siguen bien, excepto tres que me parece darán cuenta a Dios esta madrugada.

»Vuelvo a mi castillo que es la mejor pieza que ha albergado señores en el mundo. Tiene cuatro habitaciones vivideras. Lo demás está en situación verdaderamente conmovedora, de tal modo que por las noches, cuando sopla con fuerza el viento, parece que se oye el ruido de las piedras dando unas contra otras, y las almenas se mueven como dientes de vieja mal seguros en las gastadas encías. Ciertamente no es ningún niño este nuestro castillo, pues parece construyó la parte más antigua de él don Alfonso el Batallador, rey de Aragón y esposo de doña Urraca, el cual ganó a los moros toda esta tierra y el señorío de Molina. Me entretengo en recordar esto, porque al escribirte, la idea de mal traer en que andan y de la decadencia en que yacen todas nuestras grandezas, no pueden apartarse de mi pensamiento. Estos sitios, con su gran ancianidad y su tristeza, me son muy agradables, y si no existiese la guerra que todos los días nos hace presenciar escenas lastimosas, me gustaría residir aquí por algún tiempo. Tiemblo al pensar que entren aquí los franceses, o que unos y otros se encuentren en estas calles. ¡Pobre castillo mío! ¿Cómo va a resistir el ruido de los cañonazos? Desgraciado de aquel ejército sobre quien caigan sus gloriosas piedras.

»He preguntado a varios de la partida cómo se podrá mandar esta carta a Sigüenza, y un estudiantillo a quien llaman Viriato me ha dicho que el general manda mañana no sé qué órdenes a esa plaza. Ha llegado Sardina, el cual me da prisa. Adiós; no puedo ser tan prolija como deseara. En Cifuentes…—*La condesa de X.*»

Ocho días después, Orejitas recibió dentro del correo de la guerra otras dos cartas que decían así:

2 de enero.

«Querido Gabriel, por milagro estamos vivas Inés y yo. El castillo, el pícaro castillo, hizo al fin lo que yo temía. Sin embargo, puedo vivir para contártelo. El sábado entraron los franceses en Cifuentes. Sabiendo que debían ocupar este histórico edificio de cuya capacidad se tiene idea muy equivocada mirándole desde afuera, abandonamos las habitaciones vivideras y nos refugiamos en uno de los torreones de la parte ruinosa, hoy trastera, con lo cual nos creímos seguras. En efecto, entraron los franceses, se arrellanaron en nuestras camas, y comiéronse lo poco que teníamos para vivir. Todo fue bien hasta la mañana del domingo y hora en que se les antojó a los artilleros disparar un cañón contra los reyes de armas y figurones de piedra que hay en el torreón del homenaje. Nunca tal hicieran, porque con la violencia del golpe y estremecimiento del tiro las paredes de aquella fachada, que anhelaban ya de antiguo descansar de su gloriosa vigilancia, se arrojaron gozosas en tierra. ¡Ay!, ¿quién no se fatiga de estar de pie durante siete siglos? Demasiado han hecho, y no hay que vituperarlas. La torre del homenaje se desmoronó como un bizcocho, y por milagro del cielo el torreón en que Inés y yo nos guarecimos, mantúvose derecho sin duda por respeto a los últimos vástagos de la familia.

»Mas el terror que aquello nos produjo, el miedo de vernos sepultadas entre las ruinas de nuestro asilo, obligonos a salir, desbaratando el engaño de nuestro encierro. No poco se alegraron los franceses al vernos; pero por fortuna nuestra, eran los huéspedes de mi desgraciada vivienda personas bien nacidas y decentes, oficiales todos; y lejos de hacernos daño, se nos ofrecieron muy rendidos, no sin vislumbres de enamoramiento en alguno de ellos. La verdad es que la explosión, el hundimiento y el presentarnos nosotras dos de improviso saliendo por los huecos de despedazados tabiques, parecen cosa de las que pasan en las novelas o en el teatro. No les negué mi nombre, apelando a su caballerosidad para que fuésemos respetadas, y se contentaron con imponernos una fuerte contribución que me ha dejado sin un cuarto. No te rías de lo que voy a decirte. Estoy tan pobre que vivo de lo que mis colonos me quieren dar.

»El lunes por la tarde entraron los españoles, y parece que han hecho algo de provecho por el lado de Algora. También han traído heridos, muchos heridos. No puedo seguir. Es preciso curarlos. Cuando veo esto, me alegro de que sigas ahí. Adiós...— *La condesa de X.*»

16 de enero.

«Querido amigo, estoy llena de tristeza. Una gran desgracia me amenaza sin duda. Sospechas tal vez las razones que me movieron a salir de Madrid; mas no las sabes todas. Había algo más que el cambio de personas, algo más que el aislamiento en que me encontraba y la mala voluntad del gobierno francés para conmigo. Vigilada sin cesar por un hombre que tiene hoy en su mano poderosos medios, mi vida ha sido en la corte un suplicio insoportable. Lo que me anonada y confunde es que creí estar aquí completamente olvidada de mis enemigos, y me he equivocado. Hace dos días volvieron a entrar aquí los franceses y con ellos venía el hombre a quien tanto temo y cuya proximidad me hace temblar. Por los oficiales a cuya generosidad apelé, después de la ruina del edificio, supo que estaba aquí. No se ha atrevido a entrar en nuestra casa; mas por las preguntas que ha hecho a individuos de mi servidumbre, comprendo que fragua algún plan abominable contra nosotras. ¿Quién me defenderá? Yo estoy loca, yo me muero de tristeza, de pavor, de sobresalto, y los más negros presentimientos turban mi alma. Inés no sabe ni entiende nada de esto. No le permito separarse de mi lado. Ven pronto, necesito de tu protección como militar. No puedo seguir más tiempo en Cifuentes y estoy meditando el modo de trasladarme a otro punto, caminando al amparo de la partida, para evitar la persecución de mis enemigos. Te repito que vengas pronto. Tu presencia me tranquilizará.

»*Post-scriptum*. He hablado con las gentes del pueblo sobre los franceses que estuvieron aquí desde el lunes hasta el domingo por la mañana, y me han dicho que ese personaje civil que acompaña al ejército ha tiempo que recorre el país sobornando con promesas, halagos, destinos, honores, grados militares y dinero a las personas distintas. Él es, según aseguran, quien ha logrado armar las contraguerrillas o sea partidas de gente perdida que defienden la causa francesa, y últimamente parece haber conseguido seducir a uno de los más célebres guerrilleros de este país, un hombre a quien llaman el Manco. Esto se dice de público y lo han confirmado esta mañana los partidarios que entraron de madrugada, con el propio don Juan Martín, quien estuvo un rato en casa. Le pusimos un mediano almuerzo, pero no le quiso probar. Parece muy disgustado y abatido, no come ni duerme y todo se vuelve hablar consigo mismo. Este pesar proviene, según he oído, de la jugada que le ha hecho ese pícaro Manco.

»El mismo don Juan Martín me ha dicho que se va a dar orden para abandonar a Sigüenza. Albricias. Haz por venir aquí, y entonces Inés y yo seguiremos la partida hasta que tengamos ocasión de salir de España. ¡Dios tenga piedad de nosotras!...» Etc., etc.

XV

Orejitas recibió orden de abandonar a Sigüenza, antes que fuera sitiada por las imponentes fuerzas francesas que vinieron de Teruel. Las excursiones que habíamos hecho a los alrededores nos habían dado escaso resultado. En Cabrera nos unimos a la partida de mosén Antón, quien dijo que los franceses habían pasado por Torre Sabiñán y que él era de opinión que tratásemos de salirles al encuentro, pues teníamos fuerzas suficientes para darles un golpe. Repúsole Orejitas que él se ajustaría estrictamente a las órdenes de don Juan Martín, que le mandaba bajar a esperarle en Almadrones, y añadió:

—Hoy he sabido que don Saturnino Albuín está con los franceses. Si parece mentira... ¿No será equivocación, señor Trijueque?

—¿Qué sé yo? —repuso con enfado el clérigo—. ¿Acaso soy guardián de don Saturnino, para que todos me pregunten lo que ha hecho? El Manco es dueño de hacer lo que le acomode, y si se vio maltratado y vejado por nuestro general... Ya dije que había de suceder...

—¿Cuántos hombres se llevó consigo?

—Al pie de cuatrocientos.

—Oí decir que los franceses le han dado cuatro talegas en pago de su traición. También aseguran que le ofrecieron hacerle marqués y capitán general...

—No hay que hacer caso de las habladurías de esta gente de los pueblos. Un hombre tan de bien como Albuín no toma resolución de esa naturaleza sin motivo para ello.

Decían esto los dos jefes, sentados a la puerta de un ventorrillo. En los intervalos de su diálogo oíase el ruido de los dientes del caballo de mosén Antón, los cuales, a espaldas de este, molían pausadamente la cebada, metido el hocico negro y huesoso dentro de un saco.

—Come bien, leal amigo —dijo Trijueque volviéndose hacia su cabalgadura—, que la jornada será larga.

—¿A dónde va usted? —le preguntó con viveza Orejitas.

—Ya lo he dicho —repuso el cura guerrillero, acariciando el cuello del gigantesco animal—. Sé que el general Gui ha pasado por Torre Sabiñán, y no quiero que me quede la comezoncilla de no darle un buen golpe.

—El general Gui trae mucha gente —repuso Orejitas, bebiendo por octava vez, pues era uno de los principales empinadores de codo que había en la partida—, y con la fuerza que tenemos usted y yo juntos no es posible pensar en salirle al encuentro. Si bajamos de la sierra al llano y acertamos a topar con los *mosiures*, pienso que no quedaremos ninguno para contarlo.

—Señor Orejitas —dijo Trijueque bebiendo también, aunque en menos dosis que su colega—. Usted hará lo que mejor le convenga y lo que su miedo le dicte... Yo voy en busca de Gui... Le estoy viendo debajo del filo de mi sable.

—Y yo —añadió Orejitas—, estoy viendo al gran Trijueque bajo las herraduras de los caballos de un escuadrón polaco. Vámonos a donde nos mandan y no comprometamos la partida.

—Bien se conoce que ese corazón amadamado —dijo el cura— no simpatiza con el peligro, ni padece lo que yo llamo enfermedad de la gloria, una palpitación dolorosa, una angustia sublime acompañada de cierta fiebre... Cuando se tiene esta enfermedad la victoria está cerca, Orejitas. Y para acabar —añadió levantándose—, ¿viene usted o no viene?

—Yo no —contestó el otro guerrillero, dando fin al contenido del jarro—. Temo que Juan Martín me riña por no obedecerle.

—¡Ah!, corazones de alcorza —exclamó Trijueque golpeando el suelo con el sable, ¡que se asustan cuando arquea las cejas y se rasca el cogote Juan Martín! ¡No conoce usted que si hiciéramos lo que nos manda ese pobre hombre, ya estaría la partida disuelta y todos nosotros ensartados en cuerda de presos como cuentas de rosario, para marchar a Francia? señor Orejitas, tengamos iniciativa, ganemos batallas contra la voluntad de nuestro general, proporcionémosle los grados y las vanidades que tanto ama, y no nos reñirá... No dudo que habrá en la partida muchos valientes que pudieran seguirme. A ver, Araceli, ¿se decide usted a hacer la hombrada?

—Yo no me separo de mi jefe, el señor Orejitas —repuse.

—Este es un bravo mozo —me dijo el jefe, golpeándome el hombro—. Lástima que no hubiera cogido tres cuartillas en vez de dos en la bodega del alcalde de Cabrera.

—Les dejo a ustedes entregados al vino —dijo mosén Antón—, y me voy. Que haga buen provecho la mona.

Luego, mientras Orejitas se internó en la próxima cuadra para ver su caballo, llevome aparte el insigne clérigo, y me dijo lo que sigue:

—Señor Araceli, usted no puede hacer buenas migas con ese bárbaro y borracho de Orejitas, arriero y mozo de mulas en junio de 1808, y que ha hecho fortuna en la partida, gracias a la cerrazón de su mollera. Es el perro de presa de Juan Martín. Usted vendrá conmigo: tengo necesidad de un oficial de ejército entendido y valiente para esta operación que tengo en el magín.

El gigante hacía todo lo posible para que la contracción de su rostro y despliegue de su boca se pareciese a una sonrisa de benevolencia. Estratégico incomparable en los valles y sierras Trijueque, era completamente inexperto en la táctica del humano corazón, y los recursos de su facultad seductora adolecían de brusca torpeza.

—Según y cómo —le respondí, fingiendo acceder, con objeto de que me descubriera mejor sus mal ocultos pensamientos—. Para desobedecer a mis jefes y marchar con usted a donde quiera llevarme... entiéndase bien, a donde quiera llevarme, necesito promesa manifiesta de que me ha de resultar algún provecho. No están los tiempos para sacrificar por boberías una buena reputación.

El ogro, fácilmente engañado, como todos los ogros que hacen algún papel en los cuentos de niños, no supo disimular su repentina alegría, y mostrando sin embozo su apasionado corazón, respondiome:

—Ya sé que es usted también de los descontentos. Un oficial de tanto mérito debiera estar mandando una columna. Juan Martín habla bien de usted pero es para embaucarle, me consta que es para embaucarle. Puede usted tener la seguridad de que, aunque la guerra dure treintaaños más, no saldrá de ese ten con ten. Aquí no se aprecia el mérito. Con tal que nuestro general tenga batallas ganadas por mí, que le sirvan de asunto para poner oficios a la Regencia, haciéndose pasar por un Julio César, o un Pompeyo... en fin, venga usted con Trijueque y no le pesará.

Al decir esto, apoyaba su mano en mi hombro y me hacía tambalear hacia adelante y hacia atrás. Mirándome con interés, sonreía.

—Soy gran admirador de Trijueque —le dije—; hago justicia a sus altas prendas y me río de las inculpaciones con que quieren desacreditarle.

—Bien dicho, muy bien dicho —exclamó en tono de predicador.

—Estoy pronto a partir con usted; pero ¿a dónde vamos, señor cura? Porque si es cosa de salir por ahí a disparar unos cuantos tiros, matar dos docenas de franceses y coger otras tantas de prisioneros, yo no me muevo. ¡Hemos hecho lo mismo tantas veces! Ya estoy harto de ver que con proezas no se saca aquí el vientre de mal año. Sepamos lo que voy ganando, como dijo el gallego del cuento.

Trijueque llevose el dedo a la boca y su rostro expresó satisfacción y victoria. Viendo que se acercaban algunos individuos, íntimos amigos de Orejitas, me dijo:

—Parto al instante con mi gente. Por este barranco que se ve a espaldas de la venta, pienso pasar al valle de Pelegrina. ¿Ve usted aquella casa arruinada que hay abajo? Allí le espero, allí le diré a dónde vamos, sin peligro de infundir sospechas a estos borrachos. Si me sigue usted, me sigue, y si no... Adiós.

Fuese mosén Antón y yo busqué a Orejitas, mas el guerrillero, sintiéndose en la cuadra acometido de gran sopor, por efecto sin duda de no ser agua cristalina el contenido del jarro que yo llené en la bodega del alcalde, echose sobre un montón de paja, donde sus ronquidos se acordaban musicalmente con el respirar de los caballos y el mugido de un par de becerros flacos y medio enfermos. Procuré traerle al mundo, con algunos puntapiés; mas no quiso salir de la beatífica esfera en que sin duda con gran fruición revoloteaba su espíritu.

Al salir para ver partir a Trijueque, y pasando por cierto edificio ruinoso que había al fin del caserío, sentí la algarabía de una riña, y oí claramente la voz de la *señá* Damiana en concierto chillón con las de los tres famosos estudiantes. Es el caso que el llamado Cid Campeador dio en aporrear a la Fernández por suponer en aquella Ximena veleidades en favor del llamado don Pelayo. Defendiose de palabra la acusada; mas percatándose después de que todo el zipizape provenía de chismes y enredos, obra del ingenioso *Intellectus* de aquella lumbrera complutense, nombrada el señor Viriato, la emprendió con este, adjudicándole varias patadas o sean coces, y puñadas y rasguños, una parte de los cuales fueron a caer de rechazo sobre la respetable persona del señor Santurrias, que se ocupaba en dar al Empecinadillo cucharada tras cucharada de sopas. Dos de los estudiantes partieron a escape, dejando que la contienda acabase con sus consecuencias naturales, cuando Dios se fuese servido ponerle fin, y Viriato y la guerrillera y Santurrias quedaron enzarzados con el engaste de las uñas y de las manos, hasta que los separamos, recogiendo del suelo al Empecinadillo que por poco perece en aquel trance.

La Damiana, que ya tenía medio ahogado al estudiante, cuando fue separada del grupo, vociferó de esta manera:

—El muy canalla piojoso me llamó *mujer de Putifarra*... El *Putifarro* será él... Señor oficial —añadió dirigiéndose a mí—, este Viriato es un traidor y quiso seducirme.

—Tan gran delito no puede quedar sin castigo. ¿Qué marca la Ordenanza contra los Viriatos que quieren seducir a las Damianas?

—Eso quisieras tú, Euménide, harpía de seis colas, marimacho de mil demonios —dijo el de Alcalá poniendo el dedo sobre las distintas heridas de su cuerpo para tantear la gravedad de ellas.

—Sí señor, me quería seducir, para que me pasara con ellos al francés.

—Calla, bruja, sargentona; o te estrangulo —gritó Viriato—. Aquí está Santurrias que puede decir si soy traidor o no.

—Sí, sí, sí —gritó la guerrillera en medio del camino agitando los brazos con una furia loca—. Estos endinos son traidores como don Saturnino, y se pasan a los franceses. Allá va —añadió señalando el barranco—, ¡allá va mosén Antón que se pasa a los franceses con sus amigos!

Mosén Antón, seguido de su tropa, desfilaba tranquilamente por detrás de la venta, bajando al barranco.

—¡Allá van, allá van! —añadió Damiana con exaltación salvaje—. ¡Fuego en ellos, fuego en los traidores! ¡señor Orejitas, que se han vendido al francés!

—Repara bien lo que dices, Damiana.

—Sé lo que digo —exclamó atrayendo en torno suyo mucha gente—. Anoche han estado hablando de eso más de tres horas. ¿Creyeron que yo lo iba a callar? ¡Ah, tunante Cid Campeador, me las pagarás todas juntas!

Mosén Antón se alejó más aprisa, y entre la tropa que se quedó en el caserío corrió de boca en boca este rumor terrible:

—¡Mosén Antón se pasa a los franceses!

Reinó gran agitación; oyéronse gritos, amenazas, juramentos. Algunos corrieron a tomar las armas; pero Trijueque se alejaba, se perdía en la profundidad del barranco, y parte de su gente aparecía ya en la vertiente opuesta, internándose en la espesura de un monte.

—No crean a esta Lais bachillera, a esta loca Aspasia, a esta Samaritana sin vergüenza —exclamó Viriato—. ¿Quién hace caso de una mujer? Si la dieran cuatro tiros, como merece, no diría que mosén Antón Trijueque es traidor.

—¡Sí lo digo! —prosiguió Damiana gritando con voz ronca en medio del camino—. Es traidor, y se va con don Saturnino. Lo digo cien veces, porque lo sé, y el señor don Pelayo andaba contratando gente para esta picardía. ¡Yo soy muy patriota, yo soy muy española, yo soy muy empecinada, y viva Fernando VII! ¡Viva don Juan Martín! ¡Viva Orejitas!

Estos vivas fueron repetidos con calor, y su estruendo fue tan grande, que llegó hasta el mismo espíritu de Orejitas por el conducto de los aletargados sentidos. Levantose del lecho de paja, y enterándose de lo ocurrido y de la voz general, y de la acusación formidable contra su colega, dijo:

—No puede ser. Sigamos nuestro camino, y le contaremos esto a don Juan Martín.

XVI

Minora canamus.

El Empecinadillo tenía más de dos años, casi tres; andaba regularmente, y despechado al fin, muy tarde por cierto y no sin malas noches y peores días, por *mamá Santurrias*, comía como un descosido. Todo era poco para él; pero teniendo a su favor la compasión del ejército entero, recibía mil golosinas de este y del otro.

El Empecinadillo hablaba; pero ¡qué lenguaje tan escogido el suyo! Así como la generalidad de los niños empiezan diciendo *papá* y *mamá*, él había empezado por los más abominables y horrendos vocablos del idioma. Sus palabrotas soeces, pronunciadas a medias, servían de diversión a la tropa. También decía *malchen, fuego, apunten* y otras voces marciales. Últimamente empezaba a ejercitarse en el discurso, expresando juicios claramente, y hasta podía sostener un diálogo tirado, siempre que se estimulase su incipiente locuacidad con horribles palabrotas.

El Empecinadillo hacía diversas gracias. Tenía un palito que le servía de escopeta para hacer el ejercicio, y otro palito más pequeño, pendiente de la cintura, el cual era su sable. Montaba a caballo en el garrote de mamá Santurrias, y cuando salía en medio del corrillo con la mano izquierda en la brida y agitando en la derecha el sable, su aspecto era terrible. Nos reíamos mucho con él, y nos le comíamos a besos.

El Empecinadillo pronunciaba los nombres de todos los oficiales, desfigurándolos con su torpe lengua. Con todos hacía buenas migas, menos con uno que le inspiraba mucho miedo. Era éste mosén Antón. En el varonil y rudo carácter del cíclope, las gracias infantiles eran como rasguños con que se quiere desmoronar una montaña. Jamás se acercó al corrillo en que nos entreteníamos viendo al Empecinadillo hacer el ejercicio. Este, al verle de lejos, huía de su temerosa figura, y le llamaba *el coco*.

Cuando el Empecinadillo no se quería dormir en el alojamiento y nos importunaba con sus chillidos, le decíamos: «que viene Trijueque» y callaba. Era el único medio de llamarle al orden y el solo freno de aquella alma tan impetuosa como traviesa.

Pero cuando el feísimo guerrillero se separó de nosotros, el Empecinadillo, como un individuo para quien desaparece la ley moral y el freno coercitivo de las reglas sociales, no conoció límites a su desvergüenza. Hacía lo que le daba la gana. Rompía las cacerolas del rancho, destapaba los pellejos de vino para ver correr el líquido: se emborrachaba, se subía como un gato a las sillas de los caballos cuando estaban sin jinetes; se caía rompiéndose la cabeza; hacía las aguas menores en el escaso fuego a cuyo amor nos calentábamos; escondía o perdía cuanto se hallaba al alcance de su mano; vaciaba el tintero del escribiente en la olla donde se cocía la cecina; cogía las piedras de chispa para jugar; agujereaba con una navaja el parche de los tambores, dando a estos instrumentos de guerra ronco y apagado sonido; traía siempre medio loco al señor Moscaverde, cerrajero de la partida, el cual componía las llaves de los fusiles, y en más de una ocasión se encontró sin herramientas; quitaba además la paja a los caballos, a los soldados los cartuchos, y a todos la paciencia con sus diabluras sin fin. Recibía sí, más azotes que un condenado a galeras; pero como buen soldado, hecho a penas y dolores, no perdía su buen humor con los castigos.

Se me ocurre nombrar a este personaje, porque, recuerdo que lo llevé en la perilla de mi cabalgadura desde Cabrera hasta cerca de Castejón, y por más señas, que me volvió loco por todo el camino haciéndome preguntas, mientras sus piernecitas espoleaban sin cesar la cruz del animal. Convengo con mis oyentes en que es en mí puerilidad casi indisculpable detenerme en contar las hazañas de este héroe, menos importantes sin duda que las de aquel cuyo nombre va al frente de esta relación; pero yo quiero que aquí, como en la Naturaleza, las pequeñas cosas vayan al lado de las grandes, enlazadas y confundidas, encubriendo el misterioso lazo que une la gota de agua con la montaña y el fugaz segundo con el siglo, lleno de historia.

Y dicho esto, voy a contar lo que ocurrió cuando encontramos a don Juan Martín.

XVII

El cual estaba en Almadrones con la mayor parte de las fuerzas de su ejército. Cuando le contamos lo que se decía entre nosotros sobre la defección de Trijueque, enfurecióse y nos dijo:

—No me vengan acá con embustes. Eso no puede ser. Mosén Antón tiene sus defectos; es capaz de abrasarme las entrañas con sus majaderías; pero antes me creeré a mí mismo traidor que suponerle vendido a los franceses... Por vida de... ¿Ustedes han pensado bien lo que dicen? ¡Pasarse Trijueque al enemigo?...

—Pronto hemos de salir de dudas —dijo Sardina, que no participaba del optimismo de su jefe y amigo—. Un hombre envidioso es capaz de todo. Yo tenía a Trijueque por persona díscola; pero con un fondo de rectitud superior a traiciones, dobleces y alevosías, como las de don Saturnino. Sin embargo, tengo comezón por saber...

—Y yo —repitió don Juan con ademán sombrío.

Dicho esto el héroe quedó profundamente pensativo. Estaba inmóvil junto a la ventana de su alojamiento delante de un espejillo, y dispuesto a afeitarse, tenía en la mano derecha la navaja y cubierta de jabón la barba. Nosotros callábamos viendo su melancolía. Por fin dando un suspiro alzó el brazo como quien se va a degollar, y a toda prisa se rasuró con movimientos tan inseguros y nerviosos, que su curtida piel quedó adornada con algunas cortaduras. Luego volviéndose a Sardina, le dijo:

—¿Le parece a usted que salgamos esta noche en busca de esa canalla?

Don Vicente miraba el paisaje exterior al través de los turbios cristales verdosos.

—Mala noche nos espera. La nieve cae con gana, y los senderos están cubiertos y desfigurados. ¿No vale más que esperemos a mañana?

—De esta, amigo don Vicente —exclamó con ira el general—, o me dejo matar por ellos, o cazo a los renegados en alguna parte. El pellejo de Albuín y de Trijueque me parecerán poco para componer los tambores rotos. Hay que ir tras ellos... hay que cazarlos con perros, y abrirles luego en canal para sacarles las entrañas... ¡Malditos sean! Un lobo de estos montes es más leal que los canallas que se pasan al enemigo... ¡Dios mío he vivido para ver esto!... ¿De qué me valen la fama, la buena suerte, el buen nombre, si los amigos me hacen traición y los que favorecí me venden?... En marcha ahora mismo, señor Sardina... en marcha.

—¿Pero a dónde vamos? —preguntó con turbación el segundo jefe.

—¡Al demonio!... —repuso con exaltación don Juan.

—¿También usted se me encabrita? ¿Pues no dice que a dónde vamos? En busca de esos granujas... ¿Necesito decirlo otra vez? Si usted lo quiere, ladraré.

—¿Usted sabe dónde les encontraremos? ¿Usted sabe que están solos, y no acompañados con fuerzas considerables del francés?

—Aunque esté con ellos el mismo Napoleón con un millón de hombres... —añadió en el colmo de su rabia el guerrillero—. ¡Si quiero que me maten a mí!... ¿Pues qué, no me explico bien?... Si quiero que me maten esos condenados... ¡Si quiero morir!...

—En marcha —dijo Sardina—. Aprovechemos lo que resta de día para salir de la sierra.

—Quiero morir o cogerles para atarles una cuerda a la cintura y pasearles delante del ejército... ¡España está deshonrada! ¡Juan Martín está deshonrado! ¿Hay más traidores en mi ejército? ¿Hay alguno más? Pues que venga acá... quiero ver a uno delante de mí.

Sus brazos se agarrotaban, contraíanse sus dedos, estrangulando en el vacío imaginarias víctimas, y la mirada del héroe, extraviada y salvaje, parecía querer herir con su rayo todo aquello en que se fijaba.

Por lo que he referido se ve que el Empecinado no permitió ningún descanso a los que acabábamos de llegar. Calientes aún las sillas de las cabalgaduras, volvimos a montar en ellas, y la partida se puso en marcha. El tiempo era tan malo que la tarde parecía noche y la noche, que vino poco después de nuestra salida, horrenda y desesperante eternidad. El suelo estaba cubierto de nieve, en cuya floja masa se hundían hasta las rodillas hombres y caballos; habían desaparecido los caminos bajo el espeso sudario blanco y los cerros vecinos parecían una cosa destinada a la muerte, una inmensa losa sepulcral, un monumento cinerario, bajo cuya glacial pesadumbre se escondía el alma de la Naturaleza buscando el calor en las entrañas de la tierra. El cielo no era cielo, sino un techo blanco. Alumbraba el paisaje esa fría claridad de la nieve, la luz helada como el agua, semejante al fúnebre reflejo de tristes lámparas lejanas.

Malo el camino de por sí, era detestable por ser invisible y los caballos resbalaban al borde los precipicios. Los jinetes bajábamos de nuestras cabalgaduras para vencer andando el frío. La partida iba silenciosa y resignada. Mirando de lejos la vanguardia que se escurría despacio buscando el incierto sendero, parecía una culebra negra que resbalaba inquieta y azorada tras el calor de su agujero. No he visto noche más triste ni ejército más meditabundo. Nadie hablaba. El tenue chasquido de la nieve polvorosa al hundirse bajo las plantas de tanta gente, era el único rumor que marcaba el paso de aquellos mil hombres abatidos por fúnebre presentimiento.

Junto a don Juan Martín reinaba el mismo silencio. Con la barba hundida en el cuello del capote, el héroe había abandonado las riendas de su corcel, que marchaba, como animal práctico e inteligente, cuidando de poner en sólido la herradura y tanteando cuidadosamente el terreno.

En Mirabuenos, adonde llegamos por la mañana, supimos que los renegados (pues desde luego recibieron este nombre) estaban con el general Gui hacia Rebollar de Sigüenza. Reanimose con la noticia don Juan Martín y a eso del medio día, después que descansamos y comimos lo que se encontró, la partida se puso de nuevo en marcha.

—Esta noche —me dijo el general— les encontraré en un lado o en otro, y me cazan o les cazo. Prepare todo el mundo el pellejo para la más gorda hazaña de nuestra historia... ¡Maldita sea nuestra historia! Señores, mi alma es hoy un volcán. O echa fuera el fuego que tiene dentro o revienta... ¡Pasarse al francés, pasarse al enemigo!... Ni por miedo a las penas del infierno, por toda la eternidad, lo haría yo... A ver: ¿hay alguno más en mi ejército que quiera hacer traición?... Que me lo traigan... quiero verlo... pónganmelo delante... deseo ver la cara del demonio... Adelante, pues... ¿Están en Rebollar de Sigüenza? ¿Cuántos son? ¿Quinientos mil? No importa... Si no quieren ustedes seguirme, iré yo solo.

Nadie le contestó. La frialdad de la temperatura reinaba también en el ejército. Allí no había más volcán que el pecho de don Juan Martín.

Entrada ya la noche, el ejército se detuvo. Estábamos en una vasta e irregular planicie. A nuestra izquierda se elevaban altos cerros; a nuestra derecha el terreno descendía bruscamente en rápido y vertiginoso declive hasta terminar en un barranco cuya profundidad no podía distinguirse. Parecía la noche más oscura, más tenebrosa y siniestra que la anterior. Una lluvia menuda y glacial, nieve fina o agua congelada en invisibles puntas de aguja, nos azotaba el rostro. El frío era horroroso y temblábamos bajo los capotes, sintiendo imposibilitados los dedos para empuñar las armas.

Un soldado se acercó al general, diciendo:

—Por aquellos cerros de la izquierda baja alguna gente. Han disparado un tiro.

—No puede ser —dijo Sardina—. Estáis viendo visiones. No hay nadie capaz de apostarse en aquellos empinados cerros a estas horas, con este frío, y no sabiendo fijamente que pasaríamos por aquí.

—Sí, hay alguien capaz de eso y de más —dijo don Juan Martín con arrebato—. Allí está mosén Antón... lo veo... solo mosén Antón es capaz de quitarles su puesto a los cernícalos para acechar la carne que pasa.

—¡Que viene gente! —dijo otra voz.

—¿Son españoles o franceses?

—¡Españoles!

—A ellos —gritó don Juan Martín—. Esperemos a esos cobardes. Esta planicie es buena... desplegad la caballería... Lo malo es este barranco de la derecha... Pero no hay cuidado... aquí estoy yo.

Avanzamos y nuestra vanguardia rompió el fuego.

—¡Ahí están, ahí están! —exclamó exaltado y con júbilo el general—. Conozco a Trijueque... él es... Enriscarse en esa altura para sorprendernos... eso no puede hacerlo más que el diablo o Trijueque... No bajarán, tienen que venir rodando o volando... Ánimo... que no haya confusión... Dejar sola a la vanguardia... Prepárense los caballos en el llano... Toda la demás gente a retaguardia... no se necesitará... Es Trijueque, no me queda duda. Yo le he enseñado estas hazañas... le veo rodando entre las piedras por la montaña abajo, y el aire que hacen sus alas negras me llega a azotar la cara... No puede ser otro. Sus cuatro patas, al bajar, se llevan por delante medio monte... Es el bravo animal, la bestia traidora más valiente que cien leones, y con una cabeza que no cabe dentro del mundo. ¡Adelante, muchachos! Hay que cazar esa fiera que se nos ha escapado, y volverla a la jaula.

Efectivamente, una partida de españoles nos quería cortar el paso; pero no sabíamos si era mandada por Albuín o Trijueque. Al principio permanecieron en su altura haciendo fuego: los nuestros quisieron escalarla, mas en vano. Un segundo esfuerzo sirvió para que los empecinados dominasen una parte del terreno enemigo; pero este era tan favorable que tuvieron que abandonarlo. En la llanura no podíamos temerles, y siendo nuestro objeto pasar adelante, el general dispuso que algunas fuerzas contuvieran a los renegados, mientras el resto del ejército pasaba de largo. Pero nos equivocamos respecto al número de enemigos, y respecto a su intención de no bajar a la llanura. Bajaron sí, de improviso y con tal empuje, que lograron por un momento desconcertar nuestras filas, arrojando sobre la nieve muchos cuerpos heridos o muertos.

—Aquí los quiero ver —exclamó don Juan Martín abalanzándose al frente de su tropa escogida—. Aquí los quiero ver... que bajen, que vengan acá.

El impetuoso caballo del general lanzose sobre la infantería enemiga entre un diluvio de balas, y corrimos ciegos tras él los demás, acuchillando y aplastando con furia salvaje. Zumbaban las balas en nuestros oídos, y las bayonetas buscaban el pecho de los fogosos corceles. La embestida no careció de confusión; pero fue tremenda y eficaz, porque deshicimos a los renegados que habían bajado de la montaña.

El caballo de don Juan Martín cayó gravemente herido. Al punto ofrecí al general el mío, quedándome a pie. En tanto los renegados se retiraban a toda prisa a su altura, donde era difícil seguirles.

—Estamos haciendo el papel que han hecho siempre los franceses en esta clase de guerra —dijo el Empecinado con rabia— y ellos están haciendo el mío... Cría cuervos... ¿Qué gente hemos perdido? Poca cosa. Adelante... ¿Dónde están los carros? Recoger los muertos... digo, los heridos.

Cuando esto decía, oyose de repente vivo fuego de fusilería. No sonaba, no, en la altura que servía de fortaleza a los renegados: sonaba delante de nosotros, allá por donde se extendía el camino que pensábamos seguir. Hubo un momento de angustiosa perplejidad. Miramos y nada vimos; las sombras de la noche ocultaban el cercano peligro. De repente en el ejército mil voces clamaron:

—¡Los franceses, los franceses!

—¡Gracias a Dios! —gritó don Juan Martín—. Franceses y traidores, todo junto... Así les acabaremos a todos de una vez.

XVIII

—Tenemos retirada segura —gritó Sardina que había examinado el terreno a nuestra espalda.

—¿Cómo retirada? —bramó el general—. Maldita noche que no alumbra. Que se repliegue toda la tropa, y esperemos... A ver, que los de Orejitas tomen posición a la izquierda.

—Es mal sitio, porque amenazan los renegados desde la altura.

—Pues a la derecha.

—A la derecha, sí: pero cuidado con el barranco.

—Esta gente no sirve para nada. ¿Son muchos los franceses?

—No vemos nada.

—Son muchos, muchísimos —gritó una voz.

—Mejor, mucho mejor... El Crudo a vanguardia. Crudo, mucho cuidado. Clavarse en el suelo... hasta ver si empujan fuerte. Si empujan blando echarse encima... si empujan gordo... aguantar. Aquí estoy yo con mi gente... Buena presa vamos a hacer hoy.

La avanzada francesa embistió a nuestro ejército. El vivo fuego indicaba empeño formidable de una y otra parte. Nuestra vanguardia llevaba ventaja; pero ¡ay!, sobre la blancura de la nieve se destacaban enormes masas de franceses, y de pronto no solo la vanguardia, sino toda la línea se vio amenazada.

Apretando los dientes y crispando los puños don Juan Martín gritó:

—¡Morir antes que retirarnos!

Destrozada nuestra derecha, y no pudiendo desarrollarse por aquel lado táctica alguna a causa de la peligrosa configuración del terreno, retrocedió con violencia. Sardina, tratando de restablecer el orden para la retirada, se internó entre la tropa y pudo conseguir algo. Pero los franceses, cuyo número era muy superior al nuestro, se echaban encima, no daban tiempo a ordenar la resistencia, y hostilizados nosotros por el frente y desde la montaña, nos hallábamos en la situación más crítica que darse puede.

Don Juan Martín, extraviado, furioso, febril, vociferaba de este modo:

—¡Aquí estoy, venid aquí!... Vengan traidores y franceses.

—No podemos hacer nada, ¡rayo! —exclamó Sardina—; pero aún podemos salvarnos.

—¡Resistir a todo trance!... Los empecinados no pueden rendirse —exclamaba el general.

Y abandonando el caballo se lanzó sable en mano al combate. Su presencia hizo muy buen efecto, y aquellos pobres soldados, rendidos de fatiga y muertos de frío, resistieron en medio de la nieve el tremendo ataque de los franceses. No peleaban en correcta línea nuestros guerrilleros, porque ni sabían hacerlo, ni el sitio y la oscuridad lo permitían, y la cuestión se decidía en luchas parciales de grupos que encontrándose frente a frente se destrozaban con ferocidad. En los sitios de mayor empeño estaban don Juan y Sardina con todos los de su comitiva, defendiéndonos más bien que atacando, pues ya no era posible conservar ilusiones respecto al resultado de aquel funesto encuentro. Era difícil demarcar con exactitud los límites de cada uno de los ejércitos, ni señalar dónde acababa uno y empezaba el otro, pues en aquella revuelta masa habíanse mezclado los unos con los otros en brutal choque sin arte ni táctica. La nieve pisoteada era fango y sangre, y nos hundíamos en aquel mar de espuma, que nos salpicaba al rostro. Los movimientos eran difíciles por la falta de suelo, y más que batalla, aquello parecía un baile de exterminio en las regiones a donde por vez primera se llevaran los odios humanos.

De pronto un remolino espantoso agitó aquellos cuerpos incansables; redobláronse los gritos y todos cambiamos de sitio, mezclándonos más que antes; fuimos arrastrados, como si la movediza escena corriera de un punto a otro, dividiéndose, quebrándose en pedazos mil. Nuevas fuerzas francesas habían entrado en el campo de batalla avanzando con orden, y dejando tras sí, a gran número de empecinados.

—¡Que nos copan! —gritó con pánico una voz que reconocí como la de Sardina.

Miré en derredor mío, y no vi a ninguno de los que peleaban a mi lado. Pero no tardé en sentir muy cerca de mí la voz del Empecinado, que gritaba:

—Aquí estoy, ¡cuernos de Satanás! ¡Rayo de Dios! Veremos si hay quien se atreva a ponérseme delante.

Corrí allá. Don Juan Martín, acompañado de sus más fieles amigos, se defendía con bravura, y allí mataban franceses y renegados de lo lindo. Era un grupo aquel que atraía y fascinaba. En el centro, el general se multiplicaba, y con el espectáculo de su heroísmo no había a su lado quien no se sintiera con fuerza sobrenatural y un gran aliento para ayudarle. La idea de que cayese prisionero dábanos a todos un coraje loco que retardaba el fin de tan encarnizada lucha.

Al fin, de entre la masa de enemigos que teníamos delante, destacose una negra figura a caballo. Era mosén Antón, que venía gritando:

—¡Ahí está!... No le dejéis escapar.

—¡Ven a cogerme!... animal... —exclamó el Empecinado—. ¡Aguarda, traidor Judas!

Y quiso lanzarse en medio del fuego. Una mano vigorosa asió por el brazo al jefe de la partida y le arrastró hacia atrás. En medio del estruendo de aquel instante supremo oí la voz de Sardina, diciendo:

—Retirémonos... Juan, ahí tienes mi caballo... Vuela en él.

En derredor mío yacían muchos cuerpos que cayeron para no levantarse más. Yo me asombraba de encontrarme vivo... Retrocedimos haciendo fuego. Los aullidos de los franceses y los renegados anunciaban el júbilo de la victoria. Íbamos a caer prisioneros. Ya no había resistencia posible, y permanecer allí era locura, porque si los fusileros con quienes nos habíamos batido apenas inspiraban cuidado, detrás venía una fuerte columna de dragones con mosén Antón a la cabeza. Estábamos vencidos. Era preciso escapar.

—No hay remedio —dije para mí—. Nos cogen prisioneros.

Retrocedí sin precipitación, aguardando con relativa tranquilidad mi suerte, y al borde del barranco encontré a don Juan Martín, llevado, o mejor dicho, arrastrado por sus amigos.

—¡Que vienen... que nos cogen! —gritó una voz.

Los caballos, con rápida carrera, avanzaban acuchillando a los dispersos. En un instante estuvieron sobre nosotros, y algunos renegados, a pie, avanzaban trabuco en mano.

—¡A ese, a ese... ahí está! —gritaban con feroces berridos.

Todos corrieron por el llano; don Juan Martín, agitando los brazos con temblor frenético, vomitó estas palabras:

—Ladrones... ¡venid por mí! ¡Coged al Empecinado!

Y diciéndolo, se precipitó por el barranco abajo, y resbalando por la nieve, se hundió en aquel abismo, cuyo fondo ocultaba la oscuridad de la noche.

Los bandidos miraban a todos lados; los caballos se encabritaron al llegar al borde y perdiose en aquellos toda esperanza de echar mano al bravo guerrillero. Esto pasó en un período de segundos más breve que el tiempo empleado por mí en contarlo. No me es posible precisar de un modo exacto todos los detalles de aquel suceso, y hasta es probable que altere sin saberlo el orden con que se sucedían, porque lo que pasa en tales momentos de confusión y espanto queda en la memoria con rasgos y formas indecisas como la sensación producida por el relámpago o las turbias sombras de la pesadilla... Solo puedo decir, sin precisar sitio ni momento, que el Crudo, otros tres y yo nos vimos rodeados por una chusma que nos quería coger prisioneros.

—Aquí nos tienes —exclamé asiendo vigorosamente la carabina por el cañón y descargando con la culata golpe tan vigoroso sobre la cabeza del más cercano, que lo tendí sobre la nieve.

Nos dispararon varios tiros; el Crudo cayó a mi lado y una navaja atravesó mi manga derecha rozándome la piel... Sé que corrí hacia un punto donde sentía la voz de Orejitas y Sardina... Sé que no pude llegar hasta ellos, y que me encontré junto a otros empecinados que aún se defendían bravamente... Pero no puedo decir por dónde escaparon los que lograron hacerlo... En la confusión con que mi mente me presenta hoy estos recuerdos, solo veo con claridad lo que voy a contar, y es que por un espacio de tiempo que me pareció muy largo corrí sobre la nieve sin encontrar a nadie en mi carrera, oyendo, sí, gritos, voces, juramentos, aullidos, que ora sonaban a mi derecha, ora a mi izquierda. Miré hacia atrás y vi algunos caballos, no sé si diez o ciento que corrían en la misma dirección que yo... apreté el paso y vi delante de mí sobre el pisoteado fango de nieve un bulto, un trapo, un envoltorio, del cual salía un lastimero llanto. A pesar de la oscuridad se distinguían dos delicadas manecitas, alzándose hacia el cielo. Maquinalmente y casi sin detenerme, cogí el bulto entre mis brazos y seguí corriendo. Pero los caballos que seguían mis pasos, me alcanzaron al fin.

—¡Date, date! —gritaban a mi espalda.

Me sentí asido fuertemente. Había caído prisionero.

En derredor mío había muchos franceses, todos frenéticos, poseídos de la terrible borrachera de la victoria. Uno de ellos apuntome con su fusil al pecho, con intento de matarme. Otro, desviando el cañón, me dijo mezclando el francés con el castellano:

—¿Qué traes ahí, *fripon*?... Un *petit*... ¿Dónde lo has robado?

—Deja a un lado el *petit*, que te vamos a fusilar —dijo otro.

—Es un oficial —indicó un tercero, mostrándome benevolencia.

El guerrillero llamado Narices estaba a mi lado sujeto por dos robustos dragones, y al poco rato aparecieron otros cuatro empecinados prisioneros.

—Para esta canalla no debe haber cuartel —exclamó un sargento—; fusilémosles.

Narices, con un movimiento rapidísimo, se desasió de los que le sujetaban, y esgrimiendo la navaja, gritó:

—¡Compañeros, a mí!... Despachemos a estos cobardes.

Y asestó tal puñada al sargento, que le dejó seco. Íbamos a secundar su movimiento; pero acudiendo otros, nos ataron despiadadamente. Al ver un camarada muerto, quisieron rematarnos a todos allí mismo; pero un oficial dio orden de diferir la ejecución, y luego presentose un hombre, cuya cara reconocí al momento.

—Es Araceli —me dijo— después hablaremos.

—Recoja usted su *petit* —me dijo el oficial.

Dos horas después, al cabo de una marcha penosa, entraba yo en Rebollar de Sigüenza custodiado por los *dragones franceses*. Éramos doscientos.

XIX

Al llegar al pueblo, la mayor parte de los prisioneros fueron distribuidos en varias casas. Los considerados como *tunantes* que era preciso exterminar, fuimos conducidos a la parte alta de la casa del Ayuntamiento y encerrados separadamente. Al entrar en mi prisión el peso del Empecinadillo me era insoportable: arrojeme sobre el suelo, poniéndole a mi lado, y cuando los franceses me dejaron solo no tardé en dormirme profundamente. Mis ojos, al abrirse, recibieron la impresión de la claridad del día, e hirió mis oídos el débil quejido del chiquillo que pedía de comer. Abrigado por el pedazo de colcha que le servía de capote, el pobre niño estaba en un rincón, muy bien colocado y envuelto en una manta desconocida para mí, como si una mano cariñosa lo agasajara en aquella posición durante mi sueño. Yo no recordaba haberlo hecho.

El niño estaba caliente. Yo sentía mucho frío. Reconociendo el sitio en que me encontraba, vi que era una habitación abohardillada, grande y de techo tan bajo, que era difícil estar en pie sin tocar con la cabeza en el maderamen. Entraba la luz por una reja compuesta de ocho barrotes cruzados y poco gruesos pero nuevos y fuertes. Una puerta de viejas tablas muy sólidas, aseguradas con planchas de hierro y con barrotes y dobles resguardados, cerraba la entrada. No había mueble alguno en aquella fría y tristísima estancia.

Despertó, como he dicho, el Empecinadillo, y extrañando el sitio o la ausencia de mamá Santurrias, y más que nada la falta de alimento, puso el grito en el Cielo. Yo apuré todas las razones imaginables para convencerle de su importunidad, mas nada logré. Por fortuna no tardamos en ser visitados por un soldado francés, que nos traía nuestro desayuno.

—Ya sabréis —me dijo en lengua mixta— que vais a ser arcabuceado.

Alargome un pan, y como yo no hiciera movimiento alguno para tomarlo, él mismo cortó un pedazo para darlo al pequeño.

—Que vais a ser arcabuceado por traidor —repitió alzando la voz y cuadrándose ante mí—. Si cuando os cogieron prisionero os hubierais contentado con vuestra suerte... Pero asesinasteis al sargento Duclós.

Miré entonces fijamente al francés. Era un toro, un pedazo de hombre capaz de derribar una pared a puñetazos. Su rostro sanguíneo se adornaba con una pomposa barba rubia que le salía desde los encendidos pómulos, y aun la nariz atomatada no estaba exenta de pelo. El conjunto de su imponente persona era un buen modelo de las históricas figuras con que la escultura oficial ha adornado los trofeos del imperio. Usaba la enorme gorra peluda, y su corpachón se cubría casi totalmente con el delantal de cuero blanco, distintivo de los gastadores.

Contrariado sin duda por mi laconismo, alzó la voz, y coléricamente repitió:

—¡Arcabuceado!... Sí señor... ¿Lo oís bien? Vuestro camarada, que está en el cuarto próximo, lo sabe también y se ha puesto a rezar. ¿No rezáis vos?... Es preciso limpiar de tunantes este país... Es la opinión del Emperador y la mía.

Mientras se expresaba de este modo, advertí que sus miradas más que a mí se dirigían al Empecinadillo, ocupado en devorar un pedazo de pan.

—¡Pobre niño! —dijo el francés con lástima—. Esta madrugada, cuando os trajeron aquí, el pequeño estaba muy frío. Le pusisteis en el suelo... ¡Qué inhumano sois!, ¿no temíais que se helara? Yo mientras dormíais le arropé junto a vos, y además le cubrí con ese pedazo de manta que veis.

Estas palabras me hicieron fijar la atención en mi carcelero con algún interés.

—Suponiendo que tendría hambre, os he servido el desayuno temprano, y además le he traído esto.

El francés metiendo la mano bajo el mandil de cuero, sacó un pequeño roscón de mazapán que presentó al Empecinadillo, el cual una vez recobrada su actividad y travesura con la pitanza, sintiendo en su espíritu el generoso impulso de los grandes hechos, se lanzó al centro de la pieza sable en mano, ejecutando algunas maniobras militares. No era corto de genio y más se entusiasmaba cuanto más le aplaudían. El francés le miraba con admiración y ternura, siguiéndole en sus inquietos giros y vueltas; se sonrió y luego volviendo hacia mí sus ojazos alegres, y su boca risueña, me dijo estas palabras:

—Cuando os hayan arcabuceado, recogeré a vuestro niño y me lo llevaré conmigo... Es muy lindo y muy galán...

No le respondí nada.

—Hacéis bien en traer vuestro niño a la guerra. Así os distraéis con él... Lo dicho: cuando os despachen, me quedaré con esta alhaja y le llevaré conmigo a todas partes. No le faltará nada y le enseñaré a que me llame *papá*.

Al decir esto, noté súbita alteración en las rudas facciones del soldado. Hizo algunos visajes como luchando con una inoportuna sensibilidad; mas no pudiendo vencerla, le vi que con disimulo se llevaba la mano a los ojos para limpiarse una lágrima.

—¿Llora usted? —le dije.

—¡No... yo llorar! —exclamó ahuecando la voz—. Nada de eso... Es que... Os diré la verdad. Este muñeco me recuerda a mi pequeño Claudio, a quien dejé en mi pueblo. Yo soy de Arnay-le-Duc en Borgoña. Mi niño tiene ahora dos años y medio, y debe de estar lo mismo que este.

—¿Es usted casado?

—Sí —respondió cogiendo al Empecinadillo en una de sus rápidas vueltas y besándole con brutal cariño—. Soy casado, pero en la última conscripción el Emperador echó mano a los casados. Es un dolor, una picardía, ¿no es verdad? Ahora que nadie nos oye... ¡Separarle a uno de su mujer y de su hijo para traerle a esta maldita guerra de España, que no se acaba nunca!... MI pequeño Claudio no se aparta de mi memoria.

En aquel caso sí podía decirse que el chico era comido a besos. El francés oprimía de tal modo la cabecita y el cuerpo de mi camarada, que este lloró.

—No llores, mi amor —le dijo—. Hagamos el ejercicio... tum, turum, tum... ¡Marchen! ¡Armas al hombro!

Y marcando vivamente el paso, recorrió el descomunal soldado la habitación, imitando el ruido de cornetas y tambores. Viéndole con el niño en brazos, recordaba yo las imágenes de San Cristóbal que había visto en algunas catedrales.

Por fin el gastador dejó al chico a mi lado después de besarle mucho y de prometerle que le traería alguna golosina. En el mismo instante como yo mirase al exterior por la reja, único respiro de la triste estancia, púsome su pesada mano en el hombro, y me dijo ya sin sensibilidades ni enternecimientos:

—No creáis que podréis escaparos. No os salvarán la astucia, ni la fuerza, ni el soborno, ni nada. Esta reja cae sobre el balcón, y del balcón abajo no podréis saltar sin romperos el espinazo. Al fin de la puerta hay un centinela, y lo que es por esa puerta me parece que no encontraréis salida... Y cuidado con intentar alguna picardía, porque...

Me miró con expresión terrible y amenazadora.

—Creo que os mandarán al otro mundo esta tarde. Si queréis que se anticipe la función, tratad de escaparos.

Marchose después de hablar así, despidiéndose del Empecinadillo con fiestas y besos.

Cuando me quedé solo, medité largo rato sobre mi suerte, y si en un momento me dejé arrebatar por la más amarga desesperación, luego con elevar a Dios mis pensamientos, se calmaron un tanto las borrascas de mi espíritu. Con la resignación llenose este de una paz dulce y triste que me disponía al doloroso cambio de nuestra vida por otra mejor. Traía a la memoria las imágenes de las personas amadas, hablaba con ellas, les dirigía tiernas palabras, y explorando después con la mirada del espíritu el tiempo futuro, aquel tiempo en que nadie se acordaría de mi existencia cortada en flor, me sumergía en hondas melancolías. Pero la esperanza no abandona al hombre cristiano. Yo traía a Dios a mi corazón. No puedo expresar de otro modo aquel empeño mío de santificar mis últimas horas.

Habían pasado dos horas desde la visita del gastador, cuando la puerta de mi prisión se abrió de nuevo, y presentose el hombre que había pasado por delante de mí como imagen fugaz en el momento de caer prisionero.

XX

Era don Luis de Santorcaz. Había variado bastante su aspecto desde la última vez que le vi en Madrid, y estaba pálido su rostro y desmejorada y enflaquecida su persona, como quien convalece de penosa enfermedad. En cambio había ganado mucho en el vestir, y al pronto agradaba su buen porte, no exento de nobleza y grave elegancia.

—No sospechabas tú verme en este sitio —me dijo—. ¿Te acuerdas de mí? ¿Necesito refrescarte la memoria?

—No, recuerdo bien.

—Estás hecho un personaje, y es lástima que te quiten la vida —dijo buscando asiento con la vista—. ¿No hay aquí dónde sentarse? No puedo estar en pie. Padezco mucho.

—¿Está usted enfermo?

—Sí —me respondió, echándose en el suelo y oprimiendo su pecho con la mano izquierda, mientras se apoyaba en el derecho brazo—. He contraído una enfermedad en el corazón... es de tanto sentir. Soy desgraciado, Gabriel; no se puede vivir con estas serpientes enroscadas en el órgano principal de la vida... Conque vamos a ver, joven; ya nos conocemos de antiguo y son ociosos los preámbulos. Vengo aquí a salvarte la vida.

—Lo agradezco —dije levantándome—. ¿Me puedo marchar?

—No, todavía no. Antes hablaremos. No se te puede perdonar por tu linda cara. El comandante está furioso, porque tú y los que contigo fueron hechos prisioneros asesinaron a traición al sargento Duclós. No hay perdón para una cosa semejante. Sin embargo, considerando que eres oficial, el comandante te perdona, siempre que te comprometas desde hoy a servir a la causa francesa, cambiando tu bandera por la nuestra. Yo le dije al comandante que lo harías.

—Mal dicho —repuse con calma—, porque no lo haré. Acepto la muerte. Semejante infamia no es propia de mí. Si no ha traído usted otra comisión puede retirarse.

—Aquí no se trata de hacer el tonto con sublimidades —me contestó—. Piensa bien lo que dices. En otro tiempo comprendo que tuvieras escrúpulos de pasarte a nosotros; pero hoy... Vamos ganando la partida. Tomada

Valencia, sometidas Tarragona, Tortosa, Lérida, todo este país será nuestro. Los más famosos guerrilleros comprenden que tendremos gobierno de José para un rato, y vienen a que les demos grados y pagas. En la batalla de anoche el ejército de don Juan Martín ha sido completamente destrozado. ¿Qué piensas hacer? ¿Qué ambición tienes? ¿Sabes que Cádiz no podrá resistir dos semanas, y que Wellington ha sido envuelto y se ha refugiado de nuevo en Portugal?

—Todo eso podrá ser verdad o error —repuse—; pero yo no me paso al enemigo. Estoy dispuesto a morir.

—Mira que no te salvan todas las potencias celestiales... Pon atención... silencio. ¿No oyes ruido en la pieza inmediata?

Al través del muro se oían voces y fuertes pisadas.

—Es que sacan a Narices para arcabucearle. A ti te tocará esta tarde o mañana temprano, porque siendo oficial de ejército, conviene dar a esto la forma de proceso.

—Solo, abandonado, pobre, sin fortuna, sin honores —respondí—, prefiero la muerte a la deshonra. Hay en mí un alma que no se vende. Este hombre oscuro se consuela de la muerte en la grandeza de su conciencia. Señor don Luis, hágame usted el favor de dejarme solo.

Don Luis calló un breve rato. Luego oímos algunos tiros y temblé. Un sudor frío inundó mi frente, y mi espíritu vaciló. Puedo deciros que sentí tambalear mi conciencia como un edificio que amenaza ruina.

—Narices ha dejado de existir —dijo Santorcaz clavando en mí sus expresivos ojos—. Se me olvidaba decirte que tendrás el grado inmediato, dinero, y si quieres un título de nobleza...

—Lo que quiero es la muerte —exclamé sintiendo que de improviso se redoblaba mi entereza—. ¡Quiero la muerte, sí, porque aborrezco la vida en medio de esta vil canalla! Antes que estrechar la mano de un español renegado o de un francés, me dejaré morir de hambre en esta prisión, si no me matan pronto o me ponen en libertad. Señor Santorcaz, si no quiere usted que le manifieste cuánto desprecio a la miserable gente que me quiere sobornar, y a usted mismo y a todos los renegados y perjuros que están con los franceses, déjeme usted solo. Quiero estar solo. Váyase usted con Dios o con el diablo.

Poniéndome en pie, le volví la espalda.

—Bien —dijo Santorcaz con calma—: me retiro y te dejo solo. Pero di, ¿es tuyo este chiquillo? Es preciso retirarlo de aquí. Pues que no quieres vivir, voy a decir al comandante tu resolución... Ya no te veré más, porque parto dentro de una hora para Cifuentes.

Esta palabra me hizo estremecer, y volviendo al lado de Santorcaz, le miré con extraviados ojos.

—¿Por qué me miras así? —me preguntó.

—Por nada —repuse.

—Puesto que voy a Cifuentes —añadió—, me ofrezco a llevar, si gustas confiármelos, tus últimos recuerdos para dos personas que no te quieren mal, y que están en dicha villa.

Al oír esto, no pude, no, no pude contener una amarguísima congoja que llenó mi pecho, oprimió mi garganta, turbó mi cerebro, paralizando en mí la vida por breve tiempo. Hice esfuerzos por vencer aquel dolor inmenso... iba a llorar, nada menos que a llorar como un chiquillo delante de mi sobornador: y reconcentrando en el corazón toda la energía de mi voluntad, me lo retorcí, lo ahogué, lo acogoté como se acogota a un animal que muerde, venciéndole al fin.

—No tengo ningún recado que mandar —exclamé mirando frente a frente al afrancesado.

—Es lástima —dijo él con aquella flema imperturbable que le abandonaba rara vez—; es lástima que no te despidas de ellas, porque según oí, madre e hija te aprecian mucho.

—Lo sé... —repuse vacilando—. Les enviaría una carta, mas no con usted.

—Haces mal, porque forzosamente he de verlas. ¡Pobrecitas, cómo se entristecerán cuando sepan que has muerto! Dame alguna prenda tuya, tu reló, un anillo, cualquier cosa, para llevárselo a la que has considerado hasta aquí como destinada a ser tu esposa.

Con esta puñalada, Santorcaz me atravesó de parte a parte el corazón.

—No tengo nada que mandar —repuse sombríamente—. ¿Y se puede saber con qué fin va usted a casa de esas señoras?

—Debiera reírme de tu pregunta y enviarte a paseo. Pero a un hombre que va a morir deben guardársele ciertas consideraciones. ¿Sabes que la condesa desde hace algunos días está enferma en cama? Voy a Cifuentes, porque ha llegado la ocasión de apropiarme lo que me pertenece. Inés es mi hija.

No le contesté nada.

—Las supercherías —prosiguió— empleadas para desfigurar la verdad, han hecho muy desgraciada a la pobre condesa. Ha reñido con su tía; reclama sus derechos de madre, y la ley no le hace caso. Don Felipe ha muerto en Madrid el mes pasado después de poner en duda en un documento solemne la legitimación de la muchacha. Yo quiero cortar bruscamente la cuestión llevándome a mi hija conmigo. Este ha sido el pensamiento de toda mi vida; y si en la corte no lo pude conseguir, lo conseguiré en Cifuentes. Cuando descubrí que estaban allí, me puse enfermo de alegría.

Tampoco ahora le contesté nada.

—Ya no está en mi poder —prosiguió— porque no he querido promover un escándalo. Estas cosas deben hacerse con arte...

—¡Con cuánta fuerza se han desarrollado en usted los sentimientos paternales! —exclamé con colérica ironía.

—No te burles —respondió con la misma calma—. Ya sé que me tienes por un malvado abominable, por un calavera empedernido y sin corazón. Si algo de esto es verdad, culpa a la condesa y a su familia, no a mí. Yo era un buen muchacho. ¡Ay!, me envenenaron el alma... Afortunadamente ahora me toca a mí. La vuelta colosal que ha dado el mundo ¡quién lo creería!, me ha puesto a mí arriba y a ellos abajo. Pasó la hora en que ellos eran fuertes y yo débil, y estamos en la hora de mi poder y de su flaqueza. Descargaré la mano rompiendo lo que encuentre.

Yo estaba aterrado ¿a qué negarlo? Largo tiempo miré en silencio a aquel hombre, interrogándole con la vista. Quería sondearle y al mismo tiempo temía al mismo tiempo conocer sus pavorosos secretos.

—A un desgraciado que va a morir —me dijo mudando de postura para conllevar las dolencias de su pecho— se le puede confiar cualquier cosa. Voy a decirte lo necesario para que no veas en mí una criatura díscola y vengativa que se goza en hacer daño.

XXI

El Empecinadillo dormía a mi lado. Santorcaz me habló así:

—«Yo soy salamanquino y mi familia es de labradores honrados con puntas de hidalguía. Estudiando en la gran Universidad, tuve una disputa con un joven de Ciudad-Rodrigo, nos desafiamos, le maté, y este funesto suceso me obligó a huir de aquel país, viniendo a Alcalá para seguir mis estudios. Era yo muy travieso, armaba frecuentes camorras, corría la tuna como nadie, me batía con el demonio, apedreaba a los maestros y mis diabluras traían conmovida a la ciudad complutense. Te diré además, aunque parezca vanidad, que era yo entonces muy hermoso, y a más de hermoso, atrevido, de fácil palabra, y con arte habilísimo para congraciarme con todo el mundo y principalmente con las muchachas. Mi imaginación impetuosa era mi única riqueza, mas de tal modo parecíame estimable este tesoro en aquella edad, que con él lo tenía todo.

»Cuatro compañeros y yo corríamos la tuna por estos pueblos, y en una noche de invierno, pedimos hospitalidad en el castillo de Cifuentes. El frío y el cansancio me habían afectado de tal modo que al día siguiente me encontré gravemente enfermo. Mis amigos se marcharon y yo me quedé allí. Asistiéronme los dueños de aquel palacio con mucho cariño, pero cuando sané me despidieron de la casa. Yo salí con el corazón hecho pedazos, porque estaba enamorado.

»Cambió mi carácter; volvime taciturno, huía del bullicio y las soledades eran mi delicia. Olvidé los estudios, olvidé a mis padres y a mis amigos, y puedo decir que no vivía en el mundo. Vagaba por los alrededores de Cifuentes extraño a la hermosa naturaleza que me rodeaba, y para mí no había cielo, ni árboles, ni ríos, ni montañas. Ocupado mi interior por una inmensidad indefinible que se había metido en mí, el mundo era para mí como un paisaje lejano del cual no se ven más que vagas sombras, indignas de que se fijara la vista en ellas.

»Un año pasó de este modo. La veía muy rara vez en Madrid, muy rara vez en Cifuentes, y en un viaje que hicieron a Andalucía seguí a la familia, caminando a pie. Volvieron a Cifuentes en el invierno del 92; pero me vi detenido en Madrid por un suceso lamentable, y fue que habiendo contraído bastantes deudas por mi desmedido lujo en el vestir, mis acreedores dieron conmigo en la cárcel. Al fin salí. Si en aquella ocasión hubiera yo renunciado a mis locos devaneos, conformándome con la humildad de mi posición, mi suerte en el mundo habría sido distinta. Pero entonces la idea de renunciar al tormento era para mí mucho más dolorosa que el tormento mismo.

»Corrí a Cifuentes. Mil estratagemas ingeniosas, la audacia y la cavilación reunidas me permitieron entrar en el castillo. Yo adoraba aquellas piedras antiguas que encerraban la más extraordinaria, la más preciosa y admirable obra del Criador. ¡Cuánto las he aborrecido después!

»Recuerdo cómo avanzaba yo lentamente por la penumbra de aquella sala, inmediata al torreón del Mediodía; recuerdo las paredes cubiertas de tapices, adornadas con armas, retratos y arcones de encina tallada. Me parece que aquellas horas son las únicas en que he vivido, y que lo demás de mi existencia es una pesadilla de cuarenta años. Al sentirme amado, me decía: "No puedo ser yo mismo este ser felicísimo que aquí está".

»Una mañana, al descolgarme del torreón con una escala de cuerda, los criados me vieron, y como me maltrataran de un modo soez, creyéndome ladrón, disparé mis pistolas sobre ellos y maté a uno. Fui llevado a la cárcel de Guadalajara, de donde los mismos señores de Cifuentes me sacaron, temiendo que si llevaban adelante la causa, se descubriera su deshonra.

»Mientras con habilidad suma hicieron esfuerzos para que todo quedase en la sombra, emprendieron contra mí una persecución cruel, con la cual me era muy difícil luchar. Varias veces estuve a punto de ser cogido en las levas que hacían en el interior del país para llevar gente a los barcos del rey; me vigilaban constantemente, y extendieron de tal modo la opinión de que yo era un vicioso, calavera y vagabundo, que varios respetables sujetos a quienes mi padre me había recomendado cuando vine a Madrid, me cerraron las puertas de su casa.

»Yo quería quitarme de encima la pesadumbre de la infamia que habían arrojado sobre mí; luchaba con las piedras que se me habían caído encima sepultándome, y mis débiles manos no podían levantar una sola. Quise ser militar y solicité una banderola; pero no se me concedió. Quise estudiar, pero ya era tarde. Había pasado la edad de los estudios, olvidándoseme lo que a tiempo aprendí. Mi padre, a cuya noticia llegó la artificial fama de mis faltas, me escribió diciéndome que no volviera más a su casa y que me considerase huérfano.

»Intenté verla; pero esto era ya más imposible que escalar el cielo. Mis cartas no llegaban a ella. Sus padres, al resguardarla de mí, habían tenido arte para librarla de toda mancha ante la sociedad. Jamás secreto alguno ha sido mejor guardado.

»Caí enfermo, y convaleciente aún, los alguaciles me prendieron en mi casa para llevarme como vagabundo al arsenal de Cartagena, simplemente porque les daba la gana. No pude resistir; pero en el camino me escapé, y con mil dificultades y privaciones y peligros fui a Francia.

«Entré en París el 21 de enero del 93, y sin saber cómo me encontré en una gran plaza, donde el pueblo estaba reunido para ver matar a un hombre. Este era Luis XVI. Cuando el verdugo enseñó al pueblo su cabeza, yo aplaudí como los demás, gritando: "Está muy bien hecho".

»¡Ay!, aquella sociedad, aquel caos, aquel infierno era lo que hacía falta a mi turbada y rabiosa alma. Sentíame entre tal gente inundado de salvaje alegría. Al instante tomé parte en todos los alborotos, frecuenté las tribunas de la Convención, acompañaba chillando y aullando a las pobres víctimas que iban en carreta desde la Conserjería a la plaza de la Guillotina, y me emborraché como los parisienses con el vapor de la sangre y el bárbaro frenesí revolucionario. Tenía siempre la vista fija en mi país, y cuando la Convención declaró la guerra a España en la sesión del 7 de marzo, yo, que estaba en la tribuna, grité: "¡Me alegro: llevaremos allá todo esto!".

»Yo habitaba con Marchena en un miserable cuartucho del barrio de San Marcial. Íbamos a los Jacobinos y a los clubs más soeces, más desvergonzados, más cínicos de la gran ciudad. Los dos vivíamos en lo más execrable de aquella fermentación horrible. En la puerta de la casa que nos albergaba, pusimos un cartel que decía: *Aquí se enseña el ateísmo por principios.*

»Marchena y yo nos adiestramos pronto en la lengua francesa. Él escribía folletos contra los frailes y yo peroraba en los clubs. Nos hicimos amigos de Marat y de Robespierre que nos tenían por grandes hombres. Cuando la Montaña triunfó sobre la Gironda yo me sentía inflamado por la pasión política, y recorría las calles con el populacho pidiendo la cabeza de los veintiún convencionales encerrados en la cárcel. El 16 de octubre nos dieron la cabeza de María Antonieta, y el 31 las de los veintiún girondinos. ¡Cuán presentes están estos horrores en mi memoria, y qué huella dejaron en mi entendimiento y en mi espíritu! Al contacto de las llamaradas de aquel incendio, yo sentí nacer en mí nuevas y espantosas pasiones.

»Yo era de los más frenéticos. Toda la sangre derramada me parecía poca para reformar una sociedad que no era de mi gusto, y estimaba lo mejor hacerla desaparecer en la guillotina, dejando a Dios el cuidado de hacer otra nueva. ¿Pero a qué nombrar a Dios? Entonces solo el nombrarlo era un insulto a la razón, única divinidad que adorábamos. Marchena y yo habíamos inventado un Dios irrisorio al cual llamábamos Ibrascha.

»En mi delirio, insulté públicamente a Robespierre, nuestro protector y amigo, porque había proclamado la existencia del Ser Supremo. ¡El pícaro Maximiliano se pasaba a los realistas! Mi amigo y yo fuimos presos y aguardábamos en la Conserjería la carreta que nos debía llevar a la guillotina.

»Una exaltación febril, una embriaguez de imaginación nos enloquecía, y anhelábamos la muerte, no con la entereza del estoico, sino con el estúpido heroísmo de la calentura política. Caí gravemente enfermo, y un pobre cura que compartía nuestro calabozo quiso convertirme. Gritando como un insensato *¡No hay más Dios que Ibrascha!* maltraté a aquel buen hombre...

»La caída de Robespierre y la subida de los Termidorianos nos puso al fin en libertad. Pero en la insurrección de las secciones contra la Convención en Vendimiario, fui mal herido y estuve a punto de morir. Cuando sané, encontreme viejo, gastado, débil, y con una fuerte disposición a la sensibilidad. Me causaba horror la presencia de mis antiguos compañeros, y buscando la soledad pasaba muchas horas llorando. Convalecía mi alma. Cuando salí a las calles de París después de muchos meses de encierro, advertí que la fiebre de la revolución iba pasando.

»Sentí vivo deseo de volver a España y volví. Dulces memorias alegraban mi alma y experimentaba alivio placentero pensando en la que había amado. Pero al dar en Madrid los primeros pasos, saliome al encuentro mi reputación de revolucionario y guillotinista. La que era ya condesa y mujer casada no quiso recibirme, y advertí que ya no le inspiraba desdén, sino horror. La familia gestionó para enviarme a los presidios de Ceuta... No puedo pintar la rabia, el furor que esto me producía. Mi corazón agitose de nuevo con pasiones salvajes. Recordé a París, recordé la Convención y las carretas que iban desde la Conserjería a la plaza. Yo hablaba de esto y todos se reían de mí.

»Iba a las tertulias de las librerías, y los poetas y hombres ilustrados me tenían por loco. Los necios me aplaudían. Ocupábame en fundar logias y clubs que al punto se poblaron de tontos... Huí de nuevo de España, lleno el pecho de rencores y afiliándome en el ejército de Bonaparte, estuve en Montenotte, en Mondovi y en Lodi. Cuando él fue a Egipto, le dejé y viví en París practicando varios oficios. Alisteme luego en tiempo del imperio y le serví hasta la capitulación de Erfurth.

»Ya sabes que vine a España después de la invasión. ¡Qué inmensa alegría! Figurábaseme que los pies de los doscientos mil franceses que vinieron, eran míos y que con todos ellos estaba yo pisoteando el aborrecido suelo patrio... La condesa estaba viuda. Quise verla y toda la familia se horrorizó de nuevo. Tú conoces mi viaje a Andalucía, donde serví accidentalmente la causa nacional; pero mi corazón me impelía a servir a mi patria adoptiva, a mi querida Francia que había cortado la cabeza al rey y a los nobles.

»Creo que conoces mis proyectos. Busqué a mi hija. Quise recogerla, pero no pude. Al fin las circunstancias me han favorecido de tal modo, que este deseo ardiente de mi vida se cumplirá mañana mismo.»

XXII

—Yo no veo en esto —le dije— sino una cruel venganza. Muero con la ilusión de que Dios protegerá a esas dos personas que no quieren separarse.

—Eres un necio. Cifuentes está ocupado por los franceses, y no dejan salir ni una mosca.

—¡Están presas! —exclamé con angustia.

—Presas, sí. La condesa se ha puesto bajo la protección del jefe de brigada Verdier; él no permitirá que se las ofenda.

—Dios bendiga a ese buen caballero.

—Joven amigo —me dijo con socarronería—, yo sé más que el brigadier Verdier. Y no te digo más, porque me marcho. Por última vez te pregunto si aceptas lo que te he propuesto.

—¿Pasarme al enemigo? Los hombres como yo no hacen tales infamias. Ruego a usted que se marche. Quiero estar solo.

—¡Desgraciado joven! —exclamó contemplándome con lástima—. Dios sabe que me es imposible salvarte. La ley de la guerra es inexorable. El general Belliard ha dado órdenes terribles para exterminar la pillería de las partidas. Dame la mano, Gabriel.

Levantose no sin trabajo y acercándose a mí, estrechó mi mano.

—Este hombre empedernido —me dijo con cierta alteración en la voz— no siente indiferencia al considerar tu triste suerte. Adiós... ¿No me das ningún recado?

No contesté nada. Mi postración, mi abatimiento moral eran extraordinarios.

—Adiós —repitió apretándome ambas manos. Las mías estaban heladas y las suyas ardían.

Se despidió de mí, sin arrancarme una palabra más. Yo me hallaba en un estado de estupefacción dolorosa, cual si todas mis facultades se hallasen en suspenso. La abundancia, la aglomeración de ideas en mi cerebro, hacía un efecto parecido al de no tener ninguna. Me había vuelto estúpido. No podía fijarme en ningún orden determinado de pensamientos, porque en mi cabeza reinaba el caos. Mi vida pasada y la futura, aquella vida frustrada, se resolvía en él, y me era imposible expulsar de mí aquella tenebrosa balumba para llenar solo con Dios mi entendimiento.

El Empecinadillo, después de hartarse por segunda vez de pan, dio varios paseos militares por la prisión. Luego sintiéronse pasos fuera, acompañados de una tos perruna, y mi tierno compañero corrió azorado hacia mí gritando: —*El coco*.

Mosén Antón entró en la estancia, buscándome con la vista. Al verme, acercóseme con cierto respeto, y su cabeza tropezó repetidas veces en las vigas del techo. Mas encorvándose llegó hasta mí, y apoyando las manos en las rodillas, doblado por la cintura y alargado el hocico, me contempló largo rato. Yo no me movía. El Empecinadillo, refugiándose en el rincón detrás de mí, metió la cabeza entre el pedazo de manta, y no hizo movimiento alguno mientras estuvo allí el coco.

Trijueque, golpeándome con la punta del pie, me dijo:

—Araceli, ¿duerme usted?... ¡Oh conciencia tranquila!

—Mosén Antón, ¿viene usted a convertirme? —le pregunté.

Turbose ligeramente, y luego doblándose para sentarse, habló así en voz baja:

—No se puede aguantar a esa canalla.

—¿A qué canalla?

—A los franceses.

—No se habla mal de los amigos. Señor Trijueque, ¿le han hecho ya general en premio de su traición?

Mosén Antón se puso pálido.

—El general Gui —dijo con violenta ira— me llamó esta mañana para darme una bolsita con dinero. La tiré y salí sin decir nada... Araceli... ¿lo creerá usted? Esos canallas se burlan de mí, me llaman *monsieur le chanoine,* y hace poco los soldados me pedían riendo la bendición. Di a uno tan fuerte bofetada que lo doblé... Pero vamos a otra cosa: el comandante me dijo: «Ese desgraciado que está arriba necesitará tal vez oír exhortaciones espirituales. Suba usted, padre, y a ver si le convence de que se pase a nuestro campo.» ¿Hase visto insolencia semejante?... ¡Tratar de este modo a un hombre, a un guerrero como mosén Antón!

—He oído que a los franceses no les gustan los curas soldados.

—Así debe ser —repuso con amargura el buen ex-párroco—, porque me manifiestan un desprecio... ¡Y quieren que le cateciquea usted para que sea afrancesado! ¡No, mil veces no! ¿Sabe usted lo que le aconsejo? Que les mande a paseo... Vale más una muerte gloriosa...

Trijueque dio tan fuerte puñada en el suelo, que creí se había roto la mano.

—¡Morir, morir mil veces es mejor! —exclamó como hablando consigo mismo—. No se pase usted a los franceses, que son unos ladronazos sin vergüenza... ¡Ay, con qué gusto les vería arder a todos!... Pero vamos a cuenta. Dígame usted, ¿qué piensan de mí en la partida?

—Hablan de mosén Antón con tanto desprecio, que si yo fuera mosén Antón, me moriría de vergüenza.

El cura dejó caer la cabeza sobre el pecho, y estuvo largo rato meditabundo.

—¿Y Juan Martín, qué dice? —preguntó después.

—¿Qué ha de decir el hombre que se ha visto vendido del modo más vil, el hombre a quien un traidor amigo tendió celada tan horrible como la de anoche?... ¿Qué ha de decir de los que se pasaron al enemigo, y guiaron o ayudaron a este para coparnos y matar a nuestro general?

—¡Matarle no! —dijo vivamente el guerrillero.

—O cogerle prisionero, que es peor. Don Juan Martín habrá muerto tal vez, y su grande alma ha recibido la recompensa acordada a los justos. Los infames traidores vivirán aborrecidos y despreciados de todo el mundo, y los mismos franceses huirán de ellos con horror, porque la traición es una mancha que no se cubre ni se borra.

De lo más hondo del pecho de Trijueque salió un suspiro o resoplido.

—Juan Martín nos trataba muy mal —dijo—. No le podíamos aguantar. Se empeñaba en deslucirme... Yo quería mandar por mi cuenta y hacer lo que me diera la gana... Yo tengo un genio muy malo, y no me gusta que nadie se ponga sobre mí... Cuando vi que Albuín se marchó al campo enemigo, tuve tentaciones de hacer lo propio; pero por el pronto me vencí. Estuve pensándolo mucho tiempo... ¡ay qué noches! Yo no podía dormir, ¡me reviento en Judas! La cólera que sentía contra Juan porque no me dejaba hacer mi gusto, y las promesas de los franceses...

—Dicen allá que le prometieron a usted un arzobispado.

—¡Mentira! ¿Quién dice tal cosa? ¡Eso es burlarse de mí! —exclamó mirándome con ojos furiosos—. Lo que me prometieron fue darme el mando de tres mil hombres. El general Gui me escribió una carta llamándome el *primer estratégico del siglo*, y diciéndome que el Emperador y el rey José querían conocerme.

No pude contener la risa. Viéndome reír púsose más furioso el gran Trijueque, deslenguándose en improperios contra los franceses.

—¡Quién me lo había de decir! Pero estos perros me las pagarán todas juntas... ¡Engañarle a uno, engañar a un hombre que sería capaz de revolver el mundo si le dieran tres mil hombres escogidos; a un hombre que sería capaz de afianzar la corona en las sienes del rey José o en las del rey Fernando, según su antojo y voluntad!

—En resumen, señor cura —le dije—, usted está en camino de arrepentirse de su traición y volverse al campo empecinado. Creo que lo recibirían como merece, es decir, a tiros. No habrá entre todos los leales que siguieron la suerte de don Juan Martín, uno solo que no se crea deshonrado solo de tocar la mano de mosén Antón.

Mirome el guerrillero con expresión extraña. Había en ella tanto de congoja como de ira. Después de una pausa me dijo:

—No, mosén Antón no vuelve atrás... No es éste hombre de los que piden perdón. Lo que hice, hecho está. Soy una montaña y no me ablando con gotas de agua... ¡Me reviento en Judas! Váyase Juan Martín con mil demonios, y si los franceses me tratan mal, que me traten, y si me llaman *monsieur le chanoine*, que me lo llamen, y si me quieren matar, que me maten. Yo no me doblo; lo que hice, hecho está... Pues no faltaba más... Conmigo no se juega. Tan canallas son los unos como los otros... Pero no me arrepiento, no. Agradezca Juan Martín a Dios que no le hayamos cogido.

—Esos fieros, señor Trijueque —le dije— prueban una conciencia alborotada.

—Y usted, ¿cómo tiene la suya? —me preguntó con interés.

—La mía está tranquila. Voy a morir. Mi alma se turba al considerar este trance; pero he cumplido con mi deber; no he hecho traición, no he vendido a mis jefes, no he cometido la vileza de auxiliar a mis enemigos. Muero con dolor, pero con calma.

Trijueque me miró largo rato. Luego, tomándome la mano, me la estrechó con fuerza y me dijo:

—Aunque parezca mentira, le tengo a usted envidia.

—Lo comprendo —repuse— porque a pesar de mi situación no me cambiaría con usted.

El cura se levantó sobresaltado; su cabeza dio en el techo; mas sin hacer caso del golpe ni del dolor consiguiente, corrió varias veces de un extremo a otro de la estancia.

—Mosén Antón —le dije— cálmese usted. Un hombre de tal temple debe sufrir con más entereza la adversidad.

Yo, vencido y destinado a morir, consolaba al vencedor y al verdugo.

—¡Hermoso fin será el de usted! —exclamó parándose ante mí—. Bajará usted a la explanada, y entrando con severo continente en el cuadro, usted mismo mandará el fuego. Bonito final. Eso se llama morir como un valiente, y no por castigo de traición, sino por la ley fatal de la guerra que a veces trae estas catástrofes... Y ahora, señor Araceli —añadió sentándose de nuevo junto a mí— aconséjeme usted lo que debo hacer.

—El insigne mosén Antón, el gran estratégico, el hombre eminente, ¿necesita que yo le aconseje?, ¡yo que no valgo nada y que voy a morir! Hanle mandado aquí para que me exhorte, y venimos a parar en que yo he de exhortarle.

—Sí —repuso el gigante con cierto embarazo pueril en la palabra—. Es que yo... yo soy bastante desgraciado. Desde anoche no sé lo que pasa en mí. Paréceme que el alma, esta grande alma mía, me da saltos dentro del pecho... paréceme que el cielo... desde anoche, todo desde anoche... se me ha caído encima, y que tengo que estar con las manos en alto sosteniéndolo para que no me aplaste.

—Pues bien —dije— ya sé el mal que padece mosén Antón. Me lo figuraba. La situación en que me hallo me autoriza para aconsejar a persona de más edad y experiencia. ¿Quiere usted curarse de su mal? Pues no hay más que un remedio, y consiste en huir de aquí, abandonando a los franceses, buscar a don Juan Martín, si es que vive, echarse a sus pies, pedirle perdón humildemente y suplicarle le conceda a usted, no el mando de un batallón, que eso es imposible, ni siquiera el mando de una compañía, sino una plaza de simple soldado en el ejército empecinado.

—¡Eso jamás! —exclamó con súbita agitación el guerrillero—. ¡Usted se burla de mí! ¡Rayos y truenos!... ¿Soy algún monigote?... ¡Pedir perdón! No sé cómo le escucho con paciencia.

—Pues desechado ese remedio, aún queda otro, el único.

—¿Cuál?

—Ahorcarse. Es de un efecto inmediato. Siga usted el ejemplo de Judas, después de haber vendido a Jesús.

—¡Qué consejos da usted! ¡Pedir perdón a Juan Martín!...

—Como le veo a usted arrepentido...

—Arrepentido precisamente, no... —dijo con afectada entereza—. Un hombre como Trijueque... sabe lo que hace y por qué lo hace...

—Entonces no hablemos más... Que le aproveche a usted el arzobispado que le van a dar.

—¡Arzobispado a mí! —exclamó con furia, sacudiéndome el brazo—. Sepa usted que de mí no se ríe nadie, nadie.

—Mosén Antón —indiqué, deseando poner fin a aquella conferencia— déjeme usted solo.

—No me da la gana... Vamos a ver... He subido para ayudarle a usted a bien morir, y si me ven bajar tan pronto, esa gentuza dirá que *monsieur le chanoine* despacha a los reos demasiado pronto...

—Sin embargo, si alguno nos oye creerá que el reo es usted y yo el padre capellán.

—En resumidas cuentas, señor Araceli —dijo con mucha impaciencia— ¿qué cree usted que debo hacer?

—Ya lo he dicho; a no ser que prefiera el buen cura quedarse entre los franceses diciendo misa...

Los ojos de Trijueque despedían fuego.

—¡No, no, no! —gritó con exaltada inquietud, haciendo gestos de loco—. Yo no puedo pedir perdón a Juan Martín. Desde anoche un demonio está montado sobre mi hombro, y con la boca pegada a mi oído me dice: «Pide perdón a Juan Martín...» No, mil veces no. Este hombre, este gran Trijueque, este corazón de bronce no será capaz de tanta bajeza... Juan Martín me ha faltado, me ha humillado, no quería que yo fuese general como él, cuando me siento con alma y cabeza para mandar todos los ejércitos de Napoleón.

—Don Juan quería que sus subalternos le obedecieran. Esta es su gran culpa.

—Juan tenía envidia de mis victorias.

—Él le sacó a usted de la nada y le dio nombre y poder.

—Es verdad; no negaré que debo a mi enemigo la reputación que he adquirido, porque hace tres años yo no era más que cura. ¡Qué tiempos! Me parece que fue ayer, y al recordarlo el corazón me baila en el pecho... Desde mi juventud conocí que Dios no me había llamado por el camino de la Iglesia. Frecuentemente, ya después de ser clérigo, pensaba en batallas y duelos, y más que con la lectura de teólogos y doctores, mi espíritu se apacentaba con las obras de Ginés Pérez de Hita, de don Diego y don Bernardino de Mendoza... y otros historiadores de guerras. En mi curato de Botorrita viví tranquilamente muchos años. Yo era un Juan Lanas: decía misa, predicaba, asistía a los enfermos y daba limosna a los pobres. ¡Ay! En tanto tiempo, ni siquiera supe cómo se mataba un mosquito. Pero mi alma, sin saber por qué, no estaba contenta con aquella vida, y mi pensamiento vivía en otras esferas.

»Estalló la guerra. El día en que llegó a Botorrita la noticia de los sucesos del Dos de Mayo, me puse furioso, me volví salvaje. Salí a la calle, y entrando en casa de un vecino empecé a dar gritos, por lo cual me llevaron en triunfo... ¡Ay, qué día! Compré un trabuco y me ocupé en disparar tiros al aire, diciendo: "Ya cayó un francés... allá va otro...". Pasó un mes, y un domingo del mes de junio yo estaba en la sacristía vistiéndome para salir a la misa mayor, cuando el sacristán me dijo que acababa de entrar en el pueblo don Juan Martín Díez, a quien yo conocía, con una partida de gente armada para defender la patria... Me entró tal temblor, tal desasosiego, que empecé la misa sin saber lo que hacía... el latín se me atravesaba en la boca y me equivocaba a cada instante. Como el monaguillo me advirtiera mis equivocaciones, le di un bofetón delante de los fieles.

»Dicho el Evangelio subí al púlpito para predicar a punto que muchos hombres de la partida de Juan Martín entraban en la iglesia. Mi plan era hablar del Espíritu santo; pero no me acordaba de lo que había pensado y dije a los botorritanos: "Hijos míos, San Juan Crisóstomo en el capítulo veintinueve escribe que Napoleón es un tunante... Sed buenos, no cometáis pecado. *Napoleo precitus est.* No se debe robar, porque el demonio os llevará al infierno, así como Napoleón se ha llevado a Francia a nuestro rey... ¿Quiénes son esos valientes macabeos que entran en el templo de Dios, armados de guerreros trabucos, cual los hijos de Asmoneo? Benditos sean los soldados que vienen con su tren de escopetas y navajas, como Matatías, cuando marchó contra Antíoco Epifano. ¿Y quién es aquel belicoso Josué que ahora entra por la puertecilla de las Ánimas? ¿Quién puede ser sino el santo varón de Castrillo de Duero, que va a Gabaón en su jaca negra, para vencer a Adonisedec rey de Jebús? Celebremos con cánticos la caída de las murallas de Jericó, al son de los bélicos cuernos y de las retumbantes castañuelas".

»Y en este estilo, seguí ensartando disparates. Yo no sabía lo que predicaba. El pueblo y los guerrilleros se volvieron locos y con sus patadas y gritos atronaron la iglesia. Seguí mi misa... ¡Ay!, cuando consumí no supe lo que hice: no respondo de haber tratado con miramiento al santo cuerpo y a la santa sangre de Nuestro Señor... El cáliz se me volcó. Durante el lavatorio, el monaguillo entusiasmado se puso a dar brincos delante del altar... Yo no cabía en mí y los pies se me levantaban del suelo. Todo cuanto tocaba ardía, y hasta dentro de mí creí sentir las llamas de un volcán. Cuando me volví al pueblo para decir *Dominus vobiscum*, alcé los brazos y grité con toda la fuerza de mis pulmones: *¡Viva Fernando VII, muera Napoleón!*... Juan Martín subiendo precipitadamente al presbiterio me abrazó, y yo por primera y única vez en mi vida me eché a llorar. El pueblo aplaudía, llorando también.

»Un momento después, yo había ensillado mi caballo y seguía la partida de Juan Martín.»

XXIII

—Vaya usted preparando su espíritu con esos recuerdos —le dije—, y al fin comprenderá que no tiene otro camino que pedir perdón a don Juan de esa gran villanía que usted cometió en un momento de despecho. Todos los hombres tienen un mal cuarto de hora.

—No... nada de perdones —repuso dejando caer la cabeza sobre el pecho—. Juan me ha tratado mal. Tiene envidia de mis hazañas. ¡Oh! Si le hubiera yo cogido anoche, le habría dicho: «Ea, señor Empecinado, ¿de qué le valen a usted esos humos? Ya está usted a merced de mosén Antón... Abajo esos galones y váyase usted a su casa.» Le hubiéramos perdonado, tomando yo el mando de toda la gente, pues así lo concerté con Albuín.

Dios protegió al soldado leal y la traición victoriosa por un momento es despreciada por los mismos enemigos. ¿Hay en el mundo un ser más desgraciado que usted? El peso de sus remordimientos, la repugnancia que como traidor inspira a los franceses, ¿no le han movido a desear cambiarse por mí, condenado a morir?

—¡Sí... me cambiaría, me cambiaría! —dijo lúgubremente—. En verdad no hay un hombre más desgraciado que yo en toda la redondez de la tierra. El Manco está contento porque al fin... ese no quería más que dinero y ya lo tiene. Pero yo he ambicionado lo que no me pueden dar, lo que no alcanzaré nunca, no... yo quiero un gran ejército, y creí que el demonio me lo daría. El demonio se ríe de mí y me llama *¡monsieur le chanoine!*

Mosén Antón dio un salto, y con frenético ardor, poseído de insana rabia, golpeó la pared con su cabeza, exclamando:

—¡Rómpete, cabeza, rómpete!... ¿para qué me sirves ya? ¿De qué te vale lo que llevas dentro?... inventa sermones para embobar a los botorritanos, y nada más. ¡Epaminondas, César, Alejandro, Gran Capitán, Bonaparte! Vosotros tuvisteis ejércitos que mandar, yo no mandaré más que en mi iglesia, y el ama y mi sobrina y el sacristán y el monago me obedecerán tan solo.

—Basta —dije apartándole de la pared, temiendo que realmente se estrellara el cráneo.

El Empecinadillo sacó la cabeza fuera de la manta, para mirar un instante con aterrados ojos a Trijueque. Después se volvió a esconder.

—Hasta que no me echen abajo esta montaña que llevo sobre los hombros... Mi cabeza es demasiado grande y harto pesada para uno solo. Con ella habría para dar entendimiento a veinte.

Los ojos se le querían saltar de las irritadas órbitas; respiraba con ardiente resoplido y el aspecto de su cara era el de un delirante.

—Me voy —dijo—. Quiero pasear por el campo... pensaré lo que debo hacer. Valiente joven, ánimo. La situación de usted es de las más gloriosas.

—Sí —repuse con honda tristeza.

—Le fusilarán de madrugada. Su recuerdo quedará vivo y respetado en el ejército. «¡Araceli, dirán, gran muchacho! Murió por no querer pasarse al enemigo...» Se escribirá su nombre en la historia... ¡bonita página...!, hermosa vida y más hermosa muerte.

No le respondí nada.

—¿Será usted capaz de flaquear en el momento supremo? Esa alma varonil ¿será capaz de sentir turbación cuando el cuerpo se vea dentro del fúnebre cuadro?

—No.

—Ánimo. Si le viera a usted decaer de su apogeo glorioso, tendría un disgusto. Pues no se envanecería poco esa vil canalla si usted se afrancesara... No, no, vil gentuza francesa... no le tendréis... El heroico joven morirá antes que servir bajo vuestra ignominiosa bandera... ¡Maldito sea el español que cae en vuestros lazos!, ¡miserables secuaces del gran bandido!... Valor, joven. Que le vea yo a usted dentro del cuadro, abatiendo con su noble altivez la vanidad de esos cobardes.

—Es extraño que de tal modo me hable un hombre que ha hecho lo que ha hecho.

—No me hable usted de mí. Yo soy un... Anoche, santo Dios... cómo me abrumaba el peso... Conque valor, mucho valor. Este ejemplo que tengo ante la vista me entusiasma... Francamente, cuando vi que subía a conferenciar con usted ese farsante a quien llaman Santorcaz, temí...

—Le conozco hace tiempo. Ese hombre y yo no podemos hacer buena compañía.

—Él se las prometía muy felices. Es un bribón. En verdad que no es de los que peor me tratan. Dicen que todas esas idas y venidas al ejército francés y el recorrer los pueblos de la Alcarria es por cuestión de unos amores con cierta jovenzuela de Cifuentes.

—¿Eso dicen?

—Sí... y ahora me viene a la memoria que entre él y ese zascandil de don Pelayo, que vino acá conmigo, están tramando una picardía... El nombre del señor Araceli danza en la fiesta.

—¿Mi nombre?

—Sí: pero ¿qué le importan estas tonterías a un hombre que está con un pie en la inmortalidad?

—Cuénteme usted todo lo que sepa...

—Ello es que... a ver si me acuerdo. Tiene uno la cabeza tan llena de ideas, que no se fija en lo que se dice a su lado...

—Haga usted memoria; nada me sorprenderá, pues todo lo he previsto.

—Ello es que... —dijo rascándose la oreja—. ¡Ah!, ya me acuerdo. Hay una chica en Cifuentes.

—Es muy natural que haya, no una, sino varias.

—Y esa chica es al modo de novia de Araceli. Un soldado como usted no debe meterse en noviazgos... ¡Ah!, es evidente que Santorcaz quiere llevársela. Es verdad, fusilarle a uno y quitarle después su novia es un poco fuerte. Pero no haga usted caso. Ánimo, joven. Las grandes almas desprecian las pequeñeces del mundo.

—¿No sabe usted más?

—Sí. Ese don Luis estaba esta mañana discurriendo el modo de sacarla... Si pudiera acordarme de lo que dijo... ¡Cómo se reían los tunantes!... El don Pelayo mostró a Santorcaz una carta que usted había escrito a esa damisela desde Sigüenza, y que le confió a él para que la llevase.

—Es verdad. Hace más de diez días —dije con la mayor ansiedad.

—Santorcaz la leyó. Después, después... ya me acuerdo. Después dijo que era preciso escribir otra imitando la letra de usted.

—¿Para qué?...

—Una cartita en que se figurase que usted escribía a la tal chiquilla... (¿para qué se mete usted en chicoleos con las muchachas?) pues... una esquela diciéndole: «Estaba preso en Gárgoles, y me he escapado. Unos amigos me han escondido. Quiero veros, lucero mío, sí... quiero veros. Venid al instante. Sé que vuestra mamá está enferma en cama. No le digáis nada. Tengo que confiaros una cosa, de que depende el porvenir etc. Salid un momento por la puertecilla de la huerta. Estoy en la casa de enfrente. Fiaos del que os entregará esta, que es mi mejor amigo...» Cuando yo subí, don Pelayo, que es gran pendolista, estaba escribiendo la carta. El demonio son los enamorados. He aquí una debilidad que yo no he tenido nunca. Esos bribones quieren obligarla a salir de la casa, para echarle el guante.

Al oír esto quedeme absorto y mudo. Después la sangre saltó dentro de mí, y una cólera impetuosa se desató en mi pecho. Levantándome con ímpetu frenético corrí a la puerta, que Trijueque había cerrado por dentro guardando la llave, y la sacudí con violencia.

—¡Quiero salir! —grité—. ¡Quiero salir! No puedo estar aquí ni un momento más. ¡Mi libertad, que me devuelvan mi libertad!

Mosén Antón, corriendo tras de mí, me sujetó.

—¿Qué es eso de libertad? Silencio.

El furor me abrasaba la sangre. Mi corazón estallaba, y olvidé mi próxima muerte.

—¡Quiero mi libertad! ¡Yo necesito salir de aquí, hablaré al comandante!... ¡Esos infames merecen que les arranque las entrañas!

Di tan fuertes patadas en la puerta, que el edificio retemblaba con violenta convulsión.

—Araceli —dijo Trijueque alzando la voz—, esa puerta no se pasa sino para ir al cuadro o para ponerse al amparo de la bandera francesa.

Exaltado por la ira, loco, fuera de mí, ardiendo todo, cuerpo y alma, grité:

—Pues bien, me paso a los franceses... me paso, hago traición. Pero que me saquen de aquí, que me den mi libertad... quiero correr fuera de aquí... Tengo que hacer en otra parte.

—¡Desgraciado, insensato, miserable! —exclamó Trijueque estrechándome en sus brazos de hierro—. ¿Así habla un español valiente y patriota; así se renuncia a la gloria, al honor? Silencio, porque si vuelves a hablar de pasarte al enemigo, aquí mismo... ¡Pasarse a la canalla!... ¡Ahí es nada!... ¡Eso quisieran ellos!... No lo consentiré.

—¿Quién habla así? —grité luchando con el coloso para desasirme de él—. El mayor y más vil traidor del mundo. Usted, mosén Antón, que ha vendido a su jefe.

—Pero yo... —repuso con gran turbación—. Repara que yo soy...

Lanzando un rugido, se cubrió la cara con las manos y terminó la frase así.

—¡Yo soy un hombre indigno, un Judas!

Al ruido que ambos hicimos, acudió gente, y abriendo mosén Antón la puerta, llenose mi prisión de oficiales y soldados.

—¿Qué pasa aquí? —preguntó el oficial de guardia mirándome con fieros ojos.

—¿Ha querido escapar atropellando a *monsieur le chanoine*? —dijo otro observando la turbación de Trijueque.

Este, con voz campanuda y acción imponente, habló así:

—Es un salvaje, un bárbaro, y al que habla de pasarse a los franceses le quiere matar. Había que oírle, señores oficiales, había que oírle. Para él todos ustedes son unos canallas, perdidos sin vergüenza, y dice que prefiere cien muertes a servir bajo las deshonradas banderas del imperio. Cuando se lo propuse se echó sobre mí llamándome traidor... No hay que hablarle más que de la honra, de la conciencia y otras majaderías... A este joven se le ha puesto en la cabeza que primero es el honor que nada. Mi opinión es que le fusilen al momento.

Los franceses no comprendieron la ironía de las palabras de mosén Antón. Yo, abrumado, confundido por tan extraña salida, sentí desfallecer mi ánimo y disiparse aquella exaltación que me había hecho pedir a voces la deshonra. Contesté afirmativamente al oficial, cuando me preguntó si me ratificaba en lo dicho por el clérigo, fuéronse todos y quedé solo otra vez.

XXIV

El día empezaba a declinar. Mi alma cayó en la oscuridad. Estaba irritada, demente y forcejeaba en doloroso pugilato con las sombras, con las ideas, con las sensaciones. A ratos apetecía la libertad con vehemencia terrible; después se abrazaba a la cruz de su honor anhelando no separarse de ella. ¡Cuán difícil me es pintar lo que pasó dentro de mí aquella noche! Si alguien ha visto la muerte delante de sí y ha abofeteado sin respeto ni pavor la imagen del tránsito terrible, para echarse después llorando en sus brazos y decirle: «Vamos, vamos de una vez», comprenderá lo que yo padecí.

En aquellos instantes de turbación espantosa reflexione que una defección fingida no me serviría de nada, porque los franceses me retendrían allí, imposibilitándome acudir a Cifuentes, como yo deseaba. Era preciso, pues, resignarse a morir. La traición no cabía en mi pecho, y me aterraba más que la muerte desconsolada, fría y sin gloria que tenía tan cerca.

Largo tiempo estuve solo. Turbaba el silencio de la solitaria pieza la voz del Empecinadillo que hablaba con sus juguetes en un rincón. El pobre chico, cuando se sentía fatigado de correr, sacaba de entre sus ropas objetos diferentes que le servían de diversión. Un par de botones eran caballos, un pedazo de clavo hacía de coche y una piedra de chispa era el cochero. Si su fantasía se inclinaba a las cosas militares, las mismas baratijas eran cañones, cuerpos de ejército y generales. Otras veces eran personas que le hablaban y sostenían con él chispeantes diálogos. En mi tribulación ¡cuán inefable deleite experimentaba oyéndole!

Entró ya de noche un oficial en compañía del mismo soldado que me visitara por la mañana. Echome el primero a la cara la luz de una linterna y después leyó un papel que parecía ser mi sentencia de muerte.

—Al romper el día —añadió— seréis pasado por las armas.

Era extraña la sentencia de un consejo de guerra que me mandaba fusilar sin oírme. Pero no procedía hacer reflexiones sobre esta anomalía. Además, los guerrilleros, excepto don Juan Martín, acostumbraban despachar a cuantos franceses caían en sus manos, sin molestarse en el uso de procedimientos. Los enemigos al menos tenían la consideración de leerle a uno un papel donde constaba la picardía inaudita de defender la patria.

El zapador traía comida abundante para mí y para el Empecinadillo, que recogiendo sus juguetes, se había refugiado entre mis brazos. Es costumbre, hasta en los campamentos, engordar y emborrachar a los que van a morir, aunque no consta este precepto entre las obras de caridad de la religión cristiana.

—Mi teniente —dijo el soldado arreglando los platos en el suelo—, creo que debe retirarse de aquí este chiquillo.

—Si el preso quiere retenerlo en su compañía hasta mañana, dejadlo aquí, Plobertin. Ese niño será suyo. No debe mortificarse inútilmente a los desgraciados que van a morir. La comida es excelente, señor español, y el vino de lo mejor.

Después de esta explosión de sentimientos caritativos, el francés me miró con lástima.

—Mañana —prosiguió— se recogerá este infeliz huérfano para entregarlo en el primer hospicio que encontremos en el camino.

Retirose el oficial, y Plobertin seguía poniendo en orden los platos. Observele a la luz de la linterna, y con gran sorpresa vi su rostro bañado en lágrimas.

—¿Qué tiene usted? —le pregunté.

Plobertin, por única respuesta, corrió hacia el Empecinadillo, y estrechándole en sus brazos, le besó con ardiente efusión.

—Es una mengua —dijo— que un soldado del imperio llore a moco y baba, ¿no es verdad? Pero no lo puedo remediar. Mis camaradas se han reído de mí. Al ver esta noche a vuestro niño el corazón se me ha derretido... Señor oficial, me muero de dolor.

Sin cuidarse de la comida que me servía, sentose ante mí, sosteniendo al chico sobre sus piernas cruzadas.

—Toma —dijo sacando del bolsillo varias golosinas—. Te voy a hacer un vestido de lancero y una espadita de hierro con su vaina y correaje. Me dejaré emplumar antes que permitir, como quiere el teniente Houdinot, que te quedes en un hospicio. ¡Ay, mi pequeño Claudio, corazón y alma mía! Mañana me pertenecerás. El pobre soldado, ausente de su hogar, triste y sin familia te llevará en sus brazos.

—¡Cuánta sensiblería! Ya sabemos que vuestro niño era como este.

—Sí —exclamó con intensa congoja—. Era como este, era, señor oficial, pero ya no es. ¿No dije a usted que hoy esperábamos el correo de Francia? Pues el correo vino; ojalá no viniera. El corazón me anunciaba una desgracia. ¡Ay, mi hijo único, mi pequeño Claudio, el alma de mi vida está ya en el cielo!

Cubriéndose el rostro con ambas manos, lloró sin consuelo.

—En la Borgoña —añadió— el sarampión se está llevando todos los niños. El señor cura Riviere me escribe (porque mi esposa a causa de su desolación no puede hacerlo, además de que no sabe escribir), y me dice que el pequeño Claudio... mi corazón se despedaza. El pobre niño no se apartaba de mi memoria en toda la campaña. ¡Oh!, si yo hubiera estado en Arnay-le-duc mi pequeñín no hubiera muerto... ¡cómo es posible! Tiene la culpa el Emperador... ese ambicioso sin corazón... ¡Que Dios le quite al rey de Roma, como me ha quitado el mío!... Yo tenía mi rey de Roma, que no nació para hacer daño a nadie... ¡Pobre de mí! No tengo consuelo... Era rubio como este, con dos pedazos de cielo azul por ojos, y este aire tan marcial, esta gracia, esta monería. Cuando yo le tomaba en brazos para llevarle a paseo, me sentía más orgulloso que un rey y todos los papanatas de Arnay-le-duc se morían de envidia...

La congoja le impedía hablar. La cara del Empecinadillo se perdía en sus magníficas barbas, humedecidas por las lágrimas. Aquella personificación de la fuerza humana, aquel león, cuya sola vista causaba miedo, estaba delante de mí, dominado y vencido por el amor de un niño.

—La semejanza —dijo— de este angelito con el mío es tanta, que me parece que Dios, después de llamar a mi pequeño Claudio al cielo, le envía a hacerme una visita. Como me den la licencia en marzo, espero entrar en Arnay-le-duc con vuestro muñeco en brazos y presentarme en mi casa diciendo: «Señora Catalina, aquí le traigo. El buen Dios que sabía mi soledad, lo mandó a mi campamento. Has estado sola unos meses... Todo no ha de ser para ti... Ya estamos juntos los tres. Convidemos a todos los vecinos, celebremos una fiesta, pongamos a la cabecera de la mesa al cura Mr. Riviere, para que nos explique este milagro de Dios.»

Después, y mientras el Empecinadillo comía, me miró fijamente y me dijo:

—Aquí hace bastante frío. Además, este chico os servirá de estorbo. ¿Por qué no me lo dais desde ahora?

—Señor Plobertin —repuse—, este niño no se apartará de mí mientras yo viva: ¿verdad, lucero?

El Empecinadillo, saltando de los brazos del zapador, corrió a arrojarse en los míos.

—Ven acá, tunante —le dije—. Tú no quieres a los asesinos de papá... Dile a ese animal que se marche, que no quieres verle.

El niño miró a Plobertin con miedo y se aferró a mi cuello, juntando su cara con la mía.

—Os equivocáis, señor Plobertin —añadí— si pensáis apoderaros de esta criatura luego que yo muera. Le dejaré en poder del comandante, el cual en su caballerosidad no permitirá que por más tiempo esté ausente de sus padres.

—¿No es vuestro?

—¡Qué desatino! ¿Habéis visto alguna vez que un oficial lleve sus hijos a la guerra?

—Muchas veces; en los ejércitos imperiales se han criado algunos niños.

—Este que veis aquí es hijo de los señores duques de Alcalá. Hallábase en poder de su nodriza en un pueblo de la Alcarria; quemaron nuestros soldados el lugar, recogiendo a este señor duquito; mas sabida por don Juan Martín la elevación de su origen, ordenó que fuese entregado en Jadraque a la servidumbre del señor duque, que lo está buscando. Con este fin le llevábamos, cuando nos sorprendieron los renegados y los franceses. Yo le recogí del campo de batalla, a punto de ser pisoteado por la caballería.

Plobertin, hombre de poca perspicacia, creyó lo del ducado.

—Antes de morir lo entregaré al señor comandante para que lo retenga en su poder hasta que pueda ser puesto en manos de la gente del de Alcalá. Os advierto que el señor duque es partidario y amigo del rey José. Conque pensad si vuestro comandante tendrá cuidado de complacerle.

Plobertin lo creyó todo. Bestia de mucha fuerza, pero de poca astucia, no supo evitar el lazo que yo le tendía. Mirábame con asombro y desconsuelo.

—De modo que no hay pequeño Claudio para el señor Plobertin —añadí—. Sois un hombre sensible, un padre cariñoso; pero Dios ha querido probaros, y el consuelo que deseabais os será negado. Sin embargo (al decir esto acerqueme más a él) os propongo un medio para que adquiráis este juguete que tanto os agrada.

—¿Cuál?

—No puede ser más sencillo —le contesté con serenidad—. Dejadme escapar y os dejaré esta prenda.

Levantose con viveza el león y enfurecido me dijo:

—¡Que os deje escapar! ¿Qué habéis dicho? ¿Por quién me tomáis? ¿Creéis que somos aquí como en las partidas? ¿Creéis que los franceses nos vendemos por un cigarrillo como vuestros guerrilleros?... ¡Escapar! ¡Solo Dios haciendo un milagro os salvaría!

—Señor Plobertin, un buen soldado como vos ¿será cómplice del asesinato que se va a perpetrar en mí?

—¡Asesinato! —exclamó mostrándome sus formidables puños—. Que os salpiquen los sesos ¿a mí qué me importa? Lo mismo debieran hacer con todos los españoles, a ver si de una vez se acababa esta maldita guerra... Miradme bien, mirad estas manos. ¿Creéis que necesito armas contra un alfeñique como vos? Si lo dudáis y queréis probarlo, hablad por segunda vez de escaparos. Estando en Portugal con Junot, custodiaba a un preso. Quiso fugarse, le cogí el cuello con la izquierda y con la derecha dile tan fuerte martillazo sobre el cráneo que ahorré algunos cartuchos a los tiradores que le aguardaban en el cuadro...

Luego quiso tomar en brazos al Empecinadillo, diciendo:

—Dame un beso, amor mío, que me voy. Despídete de tu querido papá.

El chiquillo se aferró a mi cuello con toda su fuerza, y ocultando el rostro, sacudió sus patitas que azotaron la cara del formidable zapador. Gruñendo y jurando alejose este, después de darme las buenas noches con muy mal talante.

La débil esperanza que me había reanimado por un momento, desaparecía.

XXV

Puse al Empecinadillo sobre mis rodillas, y le dije:

—Pobre niño, esperé que me salvarías; pero Dios no lo quiere.

Pareció que me comprendía y se puso a llorar.

—No llores, no llores... a ver, come de este pastel que el señor Plobertin ha traído para ti. Parece que está bueno.

La soledad y profunda tristeza en que me encontraba, me inducían a comunicarme con mi compañero, cual si fuese una persona capaz de comprenderme.

—Considera tú si no es una iniquidad lo que van a hacer conmigo. ¡Matarme, asesinarme...!, porque es un asesinato, hijo mío, ¿no lo crees así? ¿Qué he hecho yo? Servir lealmente a la patria. Esos esclavos de Bonaparte, que le obedecen como máquinas y le sirven como perros, no comprenden el sentimiento de la patria.

El Empecinadillo me miró con sus dulces ojos azules llenos de luz y expresión. Creyendo advertir en su mirada un categórico asentimiento a mi discurso, proseguí de este modo:

—¡Glorioso es morir sin culpa! ¡Gran premio del bien obrar, de la inocencia y de la virtud, es esa inmortalidad gozosa que la religión nos ha ofrecido, niño mío! Pero mi alma no está tranquila; mi alma no tiene bastante serenidad ni bastante entereza para afrontar los horrores del tránsito, y se apega un poco a la tierra. ¡Qué infeliz soy! Bien lo sabes tú. En mi vida agitada, triste y dolorosa, sin padres, sin familia, sin fortuna, obligado a luchar con el destino y a vivir con mis propios esfuerzos, solo dos personas me han amado con desinteresado y santo cariño. Esas dos personas están a punto de ser víctimas de una infame acción, y aquí me tienes imposibilitado de socorrerlas, preso, dispuesto a morir, casi muerto ya. ¡Qué triste momento! ¿No me dices nada, no me consuelas?

El Empecinadillo se comía su pastel.

—Come, hermoso animalito, no tengas reparo de comer —continué—; aprovecha el tiempo, aprovecha las horas de tu inocencia, estas horas en que siempre hallarás personas caritativas que te den el sustento, que te abriguen y consuelen. Pero crecerás, crecerás; la carga de la vida empezará a pesar sobre tus hombros hoy libres; ¡sabrás lo que son penas, luchas, fatigas y dolores!

Le abracé y besé con dolorosa emoción. Era la única forma viva del mundo delante de mí, y su pequeño corazón, que yo sentía palpitar entre mis brazos, parecía indicarme la despedida de los sentimientos que yo había logrado inspirar en la tierra. Le apretaba contra mí, como si quisiera metérmelo en el pecho.

—¿Me quieres mucho? —le pregunté.

—Sí —me respondió, añadiendo mi nombre, desfigurado por su media lengua.

—¿De veras me quieres mucho? —le pregunté de nuevo experimentando las más puras delicias al oírle decir que me amaba—. ¿Y quieres que me maten?

Movía la cabeza negativamente y sus ojos se llenaron de lágrimas.

Yo experimentaba una angustia insoportable y el corazón se me deshacía. Nuevamente me sentí atacado de la desesperación, y levantándome impetuosamente y corriendo a la reja, intenté moverla con colosales esfuerzos. La reja, bien clavada en el muro no se movía, y aunque sus barrotes no eran muy gruesos, tenían la robustez suficiente para no ceder al empuje de manos humanas, aunque fueran las del zapador Plobertin.

—Y si pudiera romper esta reja —dije para mí—, ¿de qué me serviría, si la salida de la huerta está cerrada, y todo custodiado por centinelas?

Corrí por la habitación como un demente; aplicaba el oído a la cerradura de la puerta, tocaba con mis manos las vigas del techo por ver si alguna cedía, golpeaba con violentos puntapiés las paredes. No había salida por ninguna parte.

En tanto mi compañero, bien porque tuviera frío, bien porque se asustara de verme en tan lastimoso estado de locura, empezó a llorar a gritos.

—Calla, mi niño, calla por Dios... —le dije—; tus llantos me hacen daño. ¡Plobertin va a venir y te comerá!

No me engañaba. Al poco rato sentí que descorrían los pesados cerrojos, y entraron un sargento que hacía de carcelero y tras él Plobertin muy irritado, diciendo:

—¿Por qué llora ese niño? Desde abajo le he sentido. Le estáis mortificando, señor oficial, y os las veréis conmigo... ¿Qué te ha hecho este judío, amor mío, qué quieres?

—Señor Plobertin —dije—, hacedme el favor de no molestarme más con vuestras visitas. Me quejaré al comandante.

—Señor oficial —dijo él furiosamente—, os advierto que si seguís mortificando a la criatura, no podréis decirle nada al comandante, porque aquí mismo... Ya me conocéis... Contento está el comandante de vos... No entro de guardia hasta la madrugada; estaré abajo; y si siento llorar otra vez al pequeño Claudio... Sin duda os habréis comido las golosinas que traje para él...

—Vámonos, Plobertin —dijo el sargento—. El comandante ha mandado que se le deje tranquilo.

Se fueron. El muchacho calló. Arropándole para que durmiera, le dije:

—Empecinadillo, no hay más remedio que resignarse a la muerte. Duerme, niñito mío; recemos antes. ¿Sabes rezar?

Sus labios articularon dos o tres vocablos de los más feos, atroces e indecentes de nuestra lengua.

—Eso no se dice, chiquillo. ¿Mamá Santurrias no te ha enseñado el Padre nuestro, ni siquiera el Bendito?

Me contestó en la lengua que sabía.

—Chiquillo, ¿tú no sabes que hay un Dios, el que te da de comer, el que te ha dado la vida, el que ahora ha dispuesto que me la quiten a mí?

Esto no lo entendía, y me miraba atentamente. En mi pecho se desbordaba el sentimiento religioso, y mi alma, en su exaltación, buscaba otra alma que armonizase con ella, que la acompañase, guiándola en su misterioso vuelo.

—Empecinadillo —proseguí sin caer en la cuenta de que hablaba con un niño—, recemos. Dios dispone del destino de las criaturas. Dios da la vida y la muerte. Yo elevo mi espíritu al Supremo bien, y le digo: «Señor que estás en los cielos, recíbeme en tu seno.»

El huérfano, repentinamente atacado de una jovialidad inagotable, pronunciaba, recalcándolas con complacencia infantil, las palabrotas de su repertorio. Yo quisiera poderlas copiar; pero el pudor del lenguaje me lo veda, quitando todo su interés a la escena que describo.

—Niñito mío —le dije—, olvida esas barbaridades que te han enseñado. Pero eres un ángel, y en tu boca el fango es oro. Pide a Dios por mí. ¿Tú sabes quién es Dios?

Sin responder nada, miraba al techo.

—Dios está arriba —añadí—, encima del cielo azul, ¿sabes? Recemos juntos, y pidámosle piedad para la desgraciada víctima de las pasiones de los hombres... Pero tú no entiendes esto... Duérmete, pobrecillo, que es locura hacerte participar de mi congoja.

Quise rezar solo y no podía, porque no se puede rezar mintiendo. Las palabras formuladas en mi pensamiento, sin pasar a la boca, expresaban piadosa resignación con la muerte; pero la voz de mi corazón repetía dentro de mí con estruendo más sonoro que el eco de cien tempestades: «quiero vivir.»

—Empecinadillo —grité dando rienda suelta a mi dolor—, no duermas, no, no me dejes solo. Pidamos a Dios que me dé la libertad y la vida.

El niño abrió los ojos y me habló... como él sabía hablar.

—¡No blasfemes, por piedad! —exclamé horrorizado—. ¡Dios mío! Las palabras de los hombres, ¿llegan hasta ti?

Mi compañero sacó los brazos de su envoltorio, y empezó a dar palmadas y a reír.

—¿Por qué ríes, ángel? Tu risa me causa inmenso dolor.

Arrojose sobre mí, besándome y acariciándome.

Después me dio varias bofetadas, que acepté sin ofenderme. Le cogí en brazos, y mi mano chocó con un cuerpo extraño, que anteriormente había tocado; pero en el cual hasta entonces, por circunstancias especiales del espíritu, no fijara yo la atención. Con avidez registré las ropas, mejor dicho, los envoltorios que cubrían al Empecinadillo, y encontré una cavidad, un inmundo bolsillo lleno de baratijas. Saquélo todo, y vi un pedazo de cazoleta, un cordón verde, dos o tres botones, una corona arrancada a un bordado y una lima, un pedazo de lima como de cuatro pulgadas de largo, bastante ancha, con diente duro y afilado.

Un rayo de luz iluminó mi entendimiento. ¡Una lima! Era fácil limar uno o dos de los hierros de la reja y desengranar los demás. Levanteme de un salto... Me creía salvado, y di gracias a Dios con una sola frase, con una exclamación pronunciada por todo mi ser... Corrí a la reja... probé la herramienta... Era admirable, y comía el hierro con su bien templada dentadura.

—¿De dónde has sacado esto? —pregunté al Empecinadillo.

—*Mocavelde* —me contestó.

—Ya... se la robaste a Moscaverde, el cerrajero de la partida... Hiciste bien... Dios bendiga tus manos de ángel. Duérmete ahora que voy a trabajar, y cuidado cómo lloras.

XXVI

Empecé mi tarea. El hierro cedía fácilmente; pero la faena era larga, y no parecía fácil terminarla en toda la noche, a pesar de no ser grande el grueso de las barras. Yo calculé que si lograba arrancar dos, estas me servirían de palanca para quitar las otras. Fiando en Dios, cuya protección creí segura, no calculé que una vez abierta la salida, encontraría después obstáculos quizás más difíciles de vencer. Tenía a mi favor algunas circunstancias. El furioso viento que había empezado a soplar entrada la noche, impedía a mis carceleros oír el chirrido de la lima. Además la lluvia glacial que inundaba la tierra, ¿no haría perezosos a los centinelas? ¿No era probable que se retirasen, que se durmieran, que se helasen o que se los llevara el demonio?

—¡Dios está conmigo! —exclamé—. Adelante... Veremos lo que dice Plobertln, si logro escaparme. Aquí le dejaré su pequeño Claudio, mi ángel tutelar, mi salvador.

Al mismo tiempo examinaba la configuración del terreno en lo exterior. Como a tres varas de la reja había un balcón largo y ruinoso, el cual estaba a bastante altura sobre el suelo, a diez varas próximamente según observé desde arriba. Aquella fachada daba a una huerta triangular: por el costado derecho la limitaba una construcción baja, que debía ser granero, cuadra o almacén, y por el izquierdo un muro de tres varas de alto daba a un patio donde los franceses jugaban a la pelota durante el día. En el ángulo del fondo había una puerta, por la cual podía salirse (siempre que estuviese abierta) a una pequeña explanada, donde había una choza que servía de garita al centinela. En aquel momento no podía distinguir los objetos a causa de la oscuridad de la noche; pero durante el día había visto que detrás de aquel muro había un precipicio. La casa como todo el pueblo de Rebollar estaba construida sobre una gran peña al borde de la honda cuenca del Henares.

—Necesito hacer una cuerda —dije para mí—. De aquí al balcón es fácil saltar; pero del balcón al suelo necesito ayuda... me escurriré por la huerta, para lo cual me favorecen las matas... y luego entra lo difícil, saltar la tapia por el ángulo... El declive que baja al Henares no será muy rápido y podré descender a gatas... En tal caso, la operación puede hacerse sin que me vea el centinela que debe estar en aquella choza de la explanada. Ánimo, Dios es conmigo. Señora condesa, Inés de mi vida, rogad a Dios por mí. Llegaré a tiempo a Cifuentes...

Las manos me sangraban, heridas por los picos de la lima rota; pero seguía en mi trabajo, deteniéndome solo cuando calmado el viento, reinaba en torno a la casa el grave silencio de la noche. Me parecía que no solo mis manos, sino mis brazos, eran una lima, y que mi cuerpo todo estaba erizado de dientes de acero. Rascaba sin descanso el hierro, que oxidado por algunas partes, cedía blandamente.

Al fin establecí la solución de continuidad en una de las barras; pero no pude arrancarla, por estar engastada en las otras. La ataqué por otra parte, y al fin a eso de la media noche quedó en mis manos. Usela como palanca; mas no me fue posible adelantar nada; emprendila con otra barra, y al fin, señores, al fin, después de esfuerzos inauditos, cuando hirieron mis oídos las campanadas de un reloj lejano que marcaba las tres, la reja estaba en disposición de dar salida al pobre prisionero.

Faltaba la cuerda. Con la misma lima, desgarré en anchas tiras mi capote, quedándome completamente desabrigado. No siendo ni con mucho suficiente, tomé la manta del Empecinadillo, y con los diversos lienzos torcidos y anudados convenientemente, fabriqué una cuerda que bien podía resistir el peso de mi cuerpo. No hay que perder tiempo. ¡Afuera! —exclamé con toda mi alma.

Pero una contrariedad inesperada me detuvo. El Empecinadillo, sintiéndose sin abrigo, empezó a llorar; a dar gritos como los que a prima noche habían hecho subir al fiero zapador Plobertin.

—Estoy perdido —dije acariciándole—. Por Dios y por todos los santos, Empecinadito de mi alma, si gritas soy perdido. Calla, calla, desgraciado.

Pero no callaba, y yo ardía en impaciencia y temblaba de terror.

—Calla —repetí—. Pero, hombre, no seas cruel; hazte cargo de que me pierdes. ¿No ves que quiero escaparme? ¿No ves que me van a matar? Fuiste mi salvación y ahora me pierdes.

Cuando le tomé en mis brazos, calló; pero desde que le abandonaba, su voz de clarinete atronaba la estancia. Había que optar entre estos dos extremos; o dejarle allí tapándole la boca, lo cual equivalía a matarle, o llevármelo conmigo. Fueme preciso tomar esta resolución, que no dejaba de ofrecer algún peligro. El infeliz comprendió que yo me marchaba y se colgó de mi cuello, adhiriéndose a mí con brazos y piernas.

Semejante carga me molestaba en mi huida; pero la acepté con gusto. No me fue difícil saltar al balcón; pero del balcón a la huerta el descenso fue bastante penoso, porque mis manos ensangrentadas y ateridas de frío, empuñaban con torpeza la cuerda. Debilitado también mi cuerpo por el insomnio y el no comer, hallábame en estado poco a propósito para la aventura; mas la ansiedad y el deseo de verme libre avivaban mis fuerzas.

En la huerta me detuve un instante. Cuando paraba el mugido del viento, el silencio era profundo. No se sentía rumor alguno de voces humanas. Avanzando despacio por entre las matas sin hojas, hundíanse mis pies en el lodo, y en tan poco tiempo la lluvia me había empapado la ropa. Seguía con precaución hasta el ángulo final y allí observé que la choza que servía de garita en la explanada de la derecha estaba ocupada por un centinela. Le sentí toser y vi el débil fulgor de una pipa encendida. A pesar de esto se podía escalar la tapia por el ángulo y saltar afuera, siempre que hubiese terreno donde poner los pies del otro lado.

Estreché a la criatura contra mí. Con los ojos le mandé callar, y el pobrecito, participando de mi ansiedad, apenas respiraba. Escalé la tapia, valido de la fuerte cepa de una parra que en ella se apoyaba, y al llegar al borde, donde me puse a horcajadas, el espanto y la desesperación se apoderaron de mí. ¡Maldición y muerte!

Era imposible saltar afuera, porque del otro lado de la tapia no había terreno, sino un precipicio, un abismo sin fondo. Levantada la pared en la cima de la roca, desde los mismos cimientos empezaba un despeñadero horrible, por donde ni el hombre ni ningún cuadrumano, como no fuera el gato montés, podían dar un paso. El agua de la lluvia, al precipitarse por allí abajo de roca en roca, entre la maleza y los espinos producía un rumor medroso, semejante a quejidos lastimeros. El burbujar de la impetuosa corriente, la presteza con que el abismo deglutía los chorros, indicaban que el cuerpo que por allí abajo se aventurara sería precipitado, atraído, despedazado, masticado por las rocas y engullido al fin por el hidrópico Henares en menos de un minuto.

El borde, a pesar de la oscuridad, se veía perfectamente: lo demás se adivinaba por el ruido. Allá abajo el murmullo y zumbido de un hervidero indicaban el Henares, hinchado, espumoso, insolente riachuelo que se convertía en inmenso río por la lluvia y el rápido deshielo.

Comprendí la imposibilidad de saltar por allí, a menos que no quisiese suicidarme. No había más salida que por la derecha, saltando a la explanada. Era esta pequeña y había en ella dos cosas, un cañón y la choza del centinela. Saltar cuidadosamente, deslizándose sin ruido a lo largo del muro, y escurrirse por detrás de la choza, era cosa dificilísima, pero no imposible del todo. Aunque la abertura de la garita daba frente a frente a la tapia, restaba aún la esperanza de que el centinela se durmiese. ¡Oh, Dios magnánimo y misericordioso! Si se dormía, yo podía escaparme.

Avancé, pues, cuidadosamente por lo alto del muro, con peligro de resbalar sobre los húmedos ladrillos. Entonces comprendí cuán mal había hecho en traer al Empecinadillo, que estorbaba mis movimientos, cuando debían ser flexibles y resbaladizos como los de una culebra. Por un momento se me ocurrió dejarle en la huerta; pero esta idea fue prontamente desechada. Resolví perecer o salvarme con él.

Por fin llegué a traspasar el espacio en que las ramas de un árbol seco me resguardaban de la vista del centinela. Halleme cerca de la garita, y me agaché para ocultarme todo lo posible. Si en aquel instante supremo el centinela no me veía, era señal evidente de que Dios había cerrado sus ojos con benéfico sueño. Medí con la vista el espacio que me separaba del piso de la explanada, y lo hallé corto. Podía saltar sin peligro, sosteniéndome con las manos en las junturas de los ladrillos, aun a riesgo de perder la mitad de los dedos. Observé el interior de la garita. Estaba oscura como boca de lobo, y no se distinguía nada en ella.

Ya me disponía a saltar, cuando una voz colérica me hizo estremecer gritando:

—¡Eh! ¡Alto!, ¿quién va?

De la garita salió un hombre alto, fuerte, terrible. El terror que su vista me causara en aquel momento, en aquel lugar, le engrandeció tanto a mis ojos, que creí ver la punta de su sombrero tocando el cielo. El obstáculo que me detenía era tan grande como el mundo... Quedeme helado y sin movimiento. Ya no había esperanza para mí, y cuando el coloso me apuntó con su fusil, exclamé reconociéndole:

—¡Fuego, señor Plobertin! Tirad de una vez.

El Empecinadillo había roto el silencio.

—Os escapáis... ¿Lleváis el muñeco con vos? —dijo el zapador dejando de apuntarme—. Ahora mismo os volveréis por donde habéis venido; ¡sacrebleu! Agradeced a esa criatura, pegada a vuestro cuerpo, que no os haya dejado seco de un fusilazo... Adentro pronto; bajad a la huerta, o aquí mismo... Hombre cruel y sin caridad, ¿no veis que ese niño va a morir de frío?... Ya os ajustaremos las cuentas. ¡Adentro!

—Señor Plobertin, volveré a mi prisión: no os sofoquéis. Estos ladrillos son resbaladizos, y es preciso andar con precaución sobre ellos.

—¿Habéis roto la reja? ¡Por la sandalia del Papa, os juro!... Si os hubieran despachado esta mañana como yo decía...

—He escapado por un milagro, ¡por un milagro de Dios! Vuestro pequeño Claudio me ha salvado.

El soldado se acercó a la tapia con actitud que más indicaba curiosidad que amenaza.

—Yo estaba durmiendo —continué— cuando me despertó una música sobrenatural. Vi al pequeño Claudio delante de mí, rodeado de otros ángeles de su tamaño y todos inundados en una celeste luz, de cuyos resplandores no podéis formar idea, señor Plobertin, sin haberlos visto. Corrieron todos a la reja y el pequeño Claudio, con sus manecitas delicadas, rompió los hierros cual si fueran de cera. La visión desapareció enseguida, recobrando el muñeco su forma natural. Quise huir solo; pero vuestro niño se pegó a mí con tanta fuerza, que no pude separarle. Dios lo ha puesto a mi lado para que perezca o se salve conmigo.

No podía distinguir las facciones de Plobertin, pero por su silencio comprendí que experimentaba cierto estupor. Cuando esto dije deslíceme trabajosamente hacia el sitio desde donde había explorado el despeñadero, y exclamé:

—Señor Plobertin, no he salido de mi encierro para volver a él. Si no me permitís la fuga estoy decidido a morir. Dad un paso hacia mí, hacedme fuego, llamad a vuestros compañeros, y en el mismo instante veréis cómo me precipito en este abismo sin fondo. Estoy resuelto a salvarme o a morir, ¿lo oís bien, señor Plobertin?, ¿lo oís?... En cambio si me dejáis escapar, os devolveré a vuestro pequeño Claudio, para que gocéis de él toda la vida. Decidlo pronto, porque hace mucho frío.

—Gastáis bromas muy raras. ¿Me juzgáis capaz de creer tales simplezas?

—Imbécil —exclamé con exaltación, y poseído ya del vértigo que a la vez el abismo y la muerte producían en mí—. Tu alma de verdugo es incapaz de comprender una acción semejante. Prefiero darme la muerte a caer otra vez en tus manos.

—¡Alto, bergante! —me dijo—. No deis un paso más y hablaremos... Bajad a la huerta y yo entraré en ella.

Al instante abrió la puerta que comunicaba la explanada con la huerta, y se puso junto a la tapia y debajo de mí. Estirándose todo, alargó la mano y tocó el pie del Empecinadillo.

—Está muerto de frío —dijo—. Dádmelo acá.

—Poco a poco —repuse—. Va conmigo a visitar la corriente del Henares. Apartaos de la tapia y respondedme sin pérdida de tiempo si puedo contar con vuestra bondad.

—Soy un hombre que nunca ha faltado a su deber —dijo—. Sin embargo, os dejaré marchar. ¿Cómo saltasteis del balcón?

—Con una cuerda.

—Pues bien, poned la cuerda en el tejado de los graneros, para que mañana crean que os fugasteis por las eras del pueblo.

—Es un trabajo penoso del cual podéis encargaros vos, señor Plobertin. La ocurrencia es hábil y no podrán acusaros mañana.

—Pero dadme acá ese *bebé* que se muere de frío. Le subiré otra vez a la prisión para que se crea que le dejasteis allí.

—Muy bien pensado; pero no me fío de vos.

—Cuando Plobertin da su palabra... Os digo que podéis huir tranquilo. Yo os indicaré la vereda.

—Jurádmelo por vuestro niño muerto, por la señora Catalina, por el alma de vuestros padres.

—Yo soy un hombre de honor, y no necesito jurar; pero si os empeñáis lo juro... Echad acá ese muchacho.

—Es que todavía necesito deciros algunas condiciones que había olvidado.

—Acabad.

—Necesito un capote; he hecho trizas el mío y me voy a helar por esos campos... Dadme el vuestro.

—No sois poco melindroso... Bien, ¡rayo de Dios!, os daré el capote.

—Necesito algo más.

—¿Más?, a fe que sois pesado.

—No puedo emprender mi camino sin algún arma para defenderme. ¿Tenéis una pistola?

—El demonio cargue con vos... No sé cómo tengo paciencia y no os dejo que os estrelléis por ahí abajo... ¿Y para qué queréis la pistola?

—Para lo que os he dicho, y además para que me sirva de defensa contra vos, si me hacéis traición. En cuanto chistéis a mi lado os levantaré la tapa de los sesos.

—¡Dudar de mí! No sois caballero como yo. Dejad caer el muchacho sobre mis brazos y tendréis la pistola.

—Si os parece bien, dadme el arma primero.

—¡Tomadla, con mil bombas! —exclamó sacándola de la pistolera y alargándomela cogida por el cañón.

—Parece cargada... bien. Ahora hacedme el favor de ir al otro extremo de la huerta y dejar allí vuestro fusil.

Plobertin hizo lo que le mandaba. Cuando volvió al pie de la tapia, bajé sin cuidado y le dije:

—Tened la bondad de marchar delante de mí. Si gritáis o intentáis engañarme os haré fuego. Cuando esté fuera del campamento cambiaremos el muñeco por el capote. En marcha.

Plobertin abrió la puerta, seguile y me condujo a una vereda por donde podía fácilmente huir sin necesidad de atravesar el Henares, rodeando el pueblo para subir a la sierra.

—Tomad vuestro niño —le dije cuando me creí seguro—. Dios lo resucita y os lo devuelve en pago de vuestra buena obra... Escribid a la señora Catalina el hallazgo y dadle memorias mías. Es una excelente señora, a quien aprecio mucho.

—¡Ah, no sabéis bien todo lo que vale! —dijo con la mayor sencillez.

—Adiós, vuestro capote abriga bien... No os olvidéis de poner la cuerda en el tejado de la cuadra. No os acusarán de mal centinela. Decidme: ¿el señor de Santorcaz ha salido para Cifuentes?

—Sale al rayar el día.

—Quedad con Dios.

Un momento después, yo corría por la sierra buscando el camino de Algora.

XXVIII

La lluvia había disminuido un poco; pero los senderos estaban intransitables. Además, no era fácil atravesar la sierra sin perderse, y a cada instante corría peligro de caer en poder de los destacamentos franceses. Esperaba hallar auxilio en los caseríos no ocupados por el enemigo y quien me proporcionase lo más necesario, es decir, ropa seca, comida, armas y sobre todo un caballo. Caminé largo trecho sin encontrar a nadie, y ya de día como sintiese ruido de cabalgaduras, aparteme de la senda y oculto tras un matorral observé quién pasaba. Eran españoles y franceses, a juzgar por algunas voces de los dos idiomas que oí desde mi escondite, y figurándome serían renegados les dejé pasar ocultándome mejor hasta que les consideré bastante lejos. Su paso, sin embargo, fue un bien para mí, porque me sirvió de guía, y algunas horas después salí de la sierra, pisando el camino real.

Pedí hospitalidad en una casucha donde había un anciano inválido y una mujer joven, ambos muy afligidos por las vejaciones que sufrieran de los franceses el día anterior, y cuando les conté cómo había escapado, con gran gozo diéronme de comer y alguna ropa que troqué por la mía húmeda y desgarrada. Pero no pudieron proporcionarme lo que más deseaba, y los dejé, continuando mi marcha hacia el Mediodía.

En un caserío cerca de Algora encontré algunos españoles, a quienes al punto conocí. Eran de la partida de Orejitas. Nos felicitamos por el encuentro y me dieron noticias de don Juan Martín.

—Dicen que don Juan vive y ha ido con algunos hacia la sierra —me dijo uno—. Está juntando la gente, y nosotros vamos en busca suya. Orejitas está herido y don Vicente no tiene novedad.

—Pues vamos todos allá —repuse—. ¿Decís que hacia Cifuentes?

—No; en Cifuentes está el francés.

—De todos modos, amigos míos, yo quisiera que me proporcionarais un caballo.

—¡Un caballo! Por medio daríamos nosotros un ojo de la cara.

—Entremos en esta casa a tomar un bocado.

—¡Muchachos, a correr! —gritaba uno viniendo con precipitación hacia nosotros—. ¡Que vienen, que vienen!

—¿Quién viene?

—Los franceses.

—¿Cuántos son?

—Diez.

—Nosotros seis —dije contando las filas—. Tenemos buenas armas. Pero ¿dónde están esos señores?

—Acaban de entrar en el pueblo —añadió el mensajero— y se han metido en la posada junto al molino. Son de caballería.

—Pues ataquémosles, muchachos —exclamé resuelto a todo—. Si hay alguno entre nosotros que prefiera hacer a pie la jornada, que se retire.

—Esto debe pensarse —dijo uno, que era sargento veterano en la partida—. Perico, ¿los has visto tú, o tu miedo?

—¡Los he visto!

—¿Han dejado los caballos y se han metido en la posada para comer y beber?

—No: están en el corralón, todos a caballo, trasegando el tinto. Parece que van a seguir su camino. Son tiradores. Llevan carabina, sable y pistola. Da miedo verles.

—¡A ellos! —grité sin saber lo que decía—. Les quitaremos los caballos.

—Están prevenidos —repuso el sargento—. Pero por mí no ha de quedar. Vamos allá.

—¿El posadero es nuestro?— pregunté.

—No; pero su mujer es capaz de cualquier cosa.

Algunos, considerando altamente peligrosa la hazaña, no querían seguirme. Pero al fin, echándoles en cara su cobardía, pude convencerles, y desviándonos del camino nos metimos en el pueblo por las callejas del Norte, acercándonos sigilosamente a la posada y al molino del señor Perogordo. Entramos por una puerta excusada que nos condujo a la cocina y desde allí subimos a la parte alta del edificio para explorar las fuerzas enemigas y escoger posición. Miraba yo hacia el patio por un ventanillo abierto en la alcoba de la señora Bárbara, esposa de Perogordo, mientras los compañeros aguardaban mis órdenes en la pieza inmediata, cuando sentí que por detrás me tiraban del capote. Al volverme vi a la señora Bárbara que en voz baja me dijo:

—¿Se atreven ustedes a mandar al infierno a esos herejes?

—De eso me ocupaba, señora —repuse observando a los franceses que estaban a caballo en el patio, recibiendo el vino que les servía el criado de Perogordo.

—En la cocina —añadió la posadera— tengo un gran calderón de agua hirviendo. Lo puse al fuego para pelar el cerdo que matamos esta mañana; pero voy a rociar con él a esos marranos.

—No se precipite usted —dije deteniéndola—, porque puede malograrse el patriótico pensamiento de arrojar el agua.

—Aquí tiene usted la escopeta de mi marido, el hacha, el cuchillo grande y dos pedreñales.

—¡Magnífico arsenal!

Entró el señor Perogordo, diciendo:

—Es preciso tener prudencia. Esos condenados me quemaran la casa.

—Eres un mandria, Blas —repuso la señora Bárbara—. Si les hubieras echado en el vino esos polvos que te dio el boticario para los ratones, reventarían todos, sin necesidad de hacer aquí una carnicería. Te veo yo muy agabachado, Blas... Ea, tengamos la fiesta en paz.

—Señor oficial —me dijo Perogordo—, lo mejor será que usted y los suyos salgan al camino para esperar fuera a los franceses.

—Señor Perogordo —repuse—, haré lo que me convenga para acabar con ellos. Tienen magníficos caballos que nos hacen mucha falta.

—¡Qué bien parlado! —exclamó la posadera—. Estos tres que están bajo la ventana grande, parece que están pidiendo el agua del Santo Bautismo. Voy allá.

Y diciendo y haciendo, la diligente y más que diligente patriota señora Bárbara corrió a la habitación inmediata, y empuñando las asas de un enorme caldero de agua caliente, que poco antes había subido, vaciolo por la ventana sobre los cuerpos de los franceses, que, a pesar del frío no recibieron con agrado aquel sistema de calefacción. Oyéronse gritos horribles, relincharon con espantoso alarido los caballos, y en el mismo instante, mi gente empezó a hacer fuego desde las ventanas altas, mientras doña Bárbara, su hija y la criada arrojaban con esa presteza propia de las mujeres feroces, ladrillos, piedras y cuanto habían a la mano.

—Cese el fuego —grité furioso—, abajo todo el mundo. Atacarles cuerpo a cuerpo.

Corrimos abajo y la emprendimos con los imperiales, embistiéndoles con tanta energía, que no pudieron resistir mucho tiempo. Además de que la sorpresa les tenía desconcertado, tres de ellos habían quedado incapaces de defensa, con el horrible sacramento administrado por la atroz posadera. Los caballos les estorbaban dentro del corralón. Alguno echó pie a tierra y nos recibió a sablazos, descalabrando con fuerte mano a todo el que se acercaba; pero al fin pudimos más que ellos, porque la gente del pueblo

acudió con hoces y azadas, y la señora Bárbara con su hija se dio la satisfacción de arrastrar a uno hasta el brocal del pozo arrojándole dentro, sin duda
para curarle con agua fría las heridas ocasionadas por la caliente.

Cuatro de ellos huyeron, corriendo a uña de caballo y los demás o
quedaron fuera de combate, o se dejaron maniatar para permanecer allí
como prisioneros de guerra, bajo la vigilancia de la señora Bárbara.

Perogordo se me acercó después del combate, y con gran aflicción me
dijo:

—Señor oficial, ¿y quién me paga el gasto? Esa loca de mi mujer tiene
la culpa de todo. Detrás de estos franceses vendrán otros, porque ahora
dominan en el país, y ¡pobre casa mía!

Pero yo no me cuidaba de contestarle, y recogiendo del campo de batalla
un sable, dos buenas pistolas y una escopeta, monté en el caballo que me
pareció mejor. En el mismo momento agolpose la gente del lugar en la porta-
lada del corralón, y mirando todos con espanto hacia lo alto del camino,
decían:

—¡Los franceses, los franceses!...

En efecto, venían en la misma dirección que yo había seguido; pero no
eran dos ni tres, sino más de cincuenta. No quise detenerme a contarlos,
y picando espuelas lancé mi caballo a toda carrera por el camino abajo en
dirección a Cifuentes.

—Cuatro leguas largas hay de aquí allá —decía para mí—. Aunque el
caballo está cansado, podré recorrerlas en dos horas. Esos que entraban
en Algora cuando yo salía, deben ser Santorcaz y algún destacamento que
les acompañe. Llegaré antes que ellos a Cifuentes y podré, si no ponerlas a
salvo, al menos prevenirlas. Vuela, caballo, vuela.

Pero el caballo, desobedeciendo mis órdenes, no volaba, y un cuarto de
hora después de la salida, ni siquiera corría medianamente. Al fin dio en la
flor de pararse, insensible al látigo, a la espuela y a los denuestos, y solo
con blandas exhortaciones podía convencerle de que me llevase al paso y
cojeando. Mi ansiedad era inmensa, pues temía verme alcanzado y cogido
por los franceses que castigarían inmediatamente en mí la escapatoria de
Rebollar y la diablura de Algora. Apenas había andado una legua después
de hora y media de marcha, cuando llegué a un caserío donde ofrecí cuanto

llevaba (la suma no era ciertamente deslumbradora), si me proporcionaban un caballo; pero todo fue inútil. Imposibilitado de marchar con rapidez, seguí, resuelto a abandonar la cabalgadura y a internarme en el monte, en caso de que me viera en peligro de caer en manos de los que venían detrás.

Era cerca de media tarde, cuando sentí el trote vivo del destacamento que había entrado en Algora mientras yo salía; hundí las espuelas a mi caballo; mas el pobre animal, que apenas podía ya con el peso de su propio cuerpo, dio con este en tierra para no levantarse más. A toda prisa me aparté del camino. Cuando pasaron cerca sorprendiéronse de ver el animal en mitad del camino; algunos sospecharon que yo estaría oculto en los alrededores y les vi abandonar la senda como para buscarme; pero sin duda no faltó entre ellos quien creyese más oportuno seguir camino adelante, y en efecto, siguieron. Distinguí perfectamente a mosén Antón.

Después de este suceso perdí toda esperanza. Ya no podía llegar a tiempo a Cifuentes. Mi desesperación y rabia eran tan grandes que eché a correr camino abajo deseando seguir a los jinetes. Mi sangre hervía, mi corazón iba a estallar, rompíase mi cerebro en mil pedazos y el sofocado aliento me ahogaba. Arrojeme en el suelo, maldiciendo mi suerte y evocando en mi ayuda no sé qué potencias infernales. Mis ojos distinguían por todos lados inmenso horizonte y en toda aquella tierra no había un caballo para mí. Fijé la vista en el fango del camino y todo él estaba lleno de las huellas que deja la herradura. ¡Tanto animal yendo y viniendo y ni uno solo para mí!

Aún entonces conservaba alguna esperanza.

—Ellos se detienen mucho en los pueblos —me dije—. Beben y comen en todos los mesones. Si se detuvieran más de tres horas en otra parte quizás no lleguen a Cifuentes hasta la noche. De aquí a la noche bien pueden andarse cuatro leguas. Ánimo, pues.

Seguí adelante. En el camino unos pastores dijéronme que el Empecinado y don Vicente Sardina habían pasado muy de mañana por la sierra y que caminaban hacia Yela. Pregunté sobre los atajos que podrían llevarme más pronto a Cifuentes; pero sus noticias eran tan vagas que juzgué prudente seguir por el camino para no perderme. Avanzando siempre encontré antes de llegar a Moranchel un obstáculo en que hasta entonces no había pensado, un obstáculo invencible y aterrador, el Tajuña, bastante crecido para que nadie intentase vadearlo. La barca estaba al otro lado abandonada y sola.

XXIX

Senteme en una piedra junto al río y pensé en Dios. Al punto vino a mi memoria la Caleta de Cádiz y mi habilidad natatoria. Extendí la vista por la superficie del agua: agitome una bullidora inquietud, y aquella fuerza secreta que me impelía a seguir adelante, redoblose en mí. Pensarlo era perder el tiempo. Arrolleme el capote en torno al cuello, abandoné la escopeta, y cogiendo el sable entre los dientes me lancé al agua.

Los primeros pasos en ella me dieron esperanza; pero al poco rato sentime transido de frío; mis pies fueron dos pedazos de inmóvil hielo, mis piernas rígidas no me pertenecían y en vano se esforzaba la voluntad en darles movimiento. Aquella muerte glacial invadía mi cuerpo subiéndome hasta el pecho. Tendiendo la vista con angustia a las dos orillas, vi mas cerca aquella de donde había partido: mis brazos remaron en el agua para acercarme a ella: hice esfuerzos terribles; pero no podía llegar porque la corriente me arrastraba río abajo además la masa de agua profunda me chupaba hacia adentro. Recordando sin embargo que la serenidad es lo único que puede salvar en tales casos, me esforcé por adquirir tranquilidad y aplomo. Felizmente aún podía disponer de los brazos; trabajé poderosamente con ellos; pero aquella orilla no se aproximaba a mí tanto como yo quería. Por fin ¡Dios misericordioso!, una rama que besaba las aguas estuvo al alcance de mí. Agarrándome a aquella mano del cielo que me salvaba, pude al cabo pisar tierra. Había perdido el capote en el agua y me moría de frío en la misma ribera de donde partí.

A pesar de tan horribles contratiempos, la tenacidad de mi propósito era tan grande que aún creí posible seguir mi camino. Sin embargo mi estado era tal que si no me guarecía bajo techo, estaba en peligro evidente de perecer aquella noche. Y la noche venía a toda prisa, lóbrega, húmeda, helada, espantosa. Miré en derredor y no vi casa, ni cabaña, ni choza, ni abrigo. Estaba desamparado, completamente solo en medio de la naturaleza irritada contra el hombre. Todo en torno mío tendía a exterminarme y no podía considerar sino que aquel suelo, aquel viento, aquellas pardas nubes venían contra mí.

Otro hubiera cedido, pero yo no cedí. Tenía delante el aparato formidable de la naturaleza y de las circunstancias que me decían «de aquí no pasarás»; mas ¿qué vale esto al lado del poder invencible de la voluntad humana, que cuando da en ser grande, ni cielo ni tierra la detienen?

Corrí para vencer el frío; pero las articulaciones me lo impedían con su agudo dolor. Procurando animarme, hablé conmigo en voz alta y canté, como los niños cuando tienen miedo. El sonido de mi propia voz me halagaba en aquella soledad horrorosa y a ratos sentía no ser dueño de mi pensamiento. Corriendo en diversas direcciones vencí un poco el frío; pero las ropas empapadas no querían secarse. Me parecía que llevaba todo el Tajuña encima de mí.

Después que cerró completamente la noche, sentí ruido de voces.

—Gracias a Dios que está habitado el planeta —dije para mí—. El género humano no ha concluido.

Las voces sonaban del otro lado del río hacia la barca.

—Alguien pasa el río —exclamé con alegría—. Dejarán la barca en este lado y podré pasar después.

Al punto conocí que eran franceses, porque algunas palabras llegaron hasta mí. Escondime aguardando a que pasaran... ¡Ay! ¡Cómo bendije su aparición! ¡Con qué gozo sentí el suave rumor del agua agitada por la pértiga! ¡Cómo conté los segundos que duró el viaje y los que emplearon en desembarcar y marcharse! Pero se me heló la sangre en las venas, cuando vi desde mi escondite que uno de ellos quedaba en la embarcación, y que otro de los que se alejaron le dijo:

—Espera ahí, pues volveremos antes de media noche. Que la barca no se mueva de esta orilla.

El peligro, sin embargo, no era invencible. Un hombre no es un ejército. Acérqueme lentamente a la orilla, miré a la barca y vi a mi marinero dispuesto a pasar bien la noche, abrigado en su capote.

—No hay tiempo que perder —dije—, echémonos encima.

En efecto de buenas a primeras, llegueme a él y le di un sablazo de plano sobre la espalda. Saltó el maldito gritando:

—¿Quién va?... ¿qué quiere usted?

—¿Qué he de querer? Pasar.

Al punto reconocí en él a un renegado que había servido con mosén Antón.

—No se pasa —repuso—. ¡Qué modos, hombre! ¿Y quién es usted?

—Ya me conoces bien. Si quieres ir al agua ahora mismo, ándate con preguntas y no desates la barca.

—Es Araceli —dijo—, vamos a ver, ¿y si no me diera la gana de pasar?

Sin hacerle caso, me metí en la embarcación y con la pértiga la empujé hacia la otra orilla. El renegado no puso obstáculo, y ayudándome, me dijo:

—Pero ¿no le fusilaron a usted esta mañana?

—Parece que no.

—¿Sabe usted que andan azorados?

—¿Quiénes?

—Los *musiures*. *Paeje* que don Juan está en la sierra con alguna gente. Yo me voy otra vez con don Juan. Nos han engañado.

—Dime, ¿has visto a mosén Antón?

—Ha quedado con los demás del destacamento y el señor don Luis en una venta que hay a mano derecha del camino a una legua de Cifuentes.

—¿Les has dejado allí? ¿Sabes si se detendrán mucho?

—Me *paeje* que sí. Están todos borrachos. Se conoce que no tienen prisa. Trijueque y el jefe francés han tenido una riña por el camino. Creo que nos empecinamos otra vez.

—¿Tienes qué comer?

—Medio pan puedo dar a usted. Ahí va.

Antes de poner pie en tierra, comí con ansia. Luego que desembarqué, despidiéndome del renegado, seguí precipitadamente mi camino. Todavía tenía esperanza de llegar a tiempo.

—Como saben que nadie les ha de estorbar —dije para mí—, irán con calma. Dios alargue su borrachera... Sin embargo, si resuelven poner en ejecución su plan a prima noche, es cosa perdida. Si le dejan para mañana... ¡Dios poderoso, llévame pronto allá!

El frío me mortificaba mucho, sin que me fuese posible vencerlo con la velocidad de la carrera, porque lleno mi cuerpo de dolores agudísimos, me era muy difícil andar a prisa. No llovía, y a causa del recio viento que reinara durante el día, el piso estaba algo duro, además de que la fuerte helada de aquella noche petrificaba el suelo. A poco de alejarme del río, noté que necesitaba gran esfuerzo para seguir andando; quería avivar el paso, pero mientras más a prisa marchaba, más viva sentía aquella resistencia de mis piernas a llevarme adelante. Senteme para recobrar fuerzas, y al sentarme aumentó mi malestar. Dentro de mí surgía una inclinación enérgica al reposo, un deseo profundo de no mover brazo ni pierna. Quise sacudir la pereza y anduve otro poco; pero al corto trecho sentí que desde las rodillas abajo mi persona no era mi persona, sino un apéndice extraño, una extremidad de madera o de hierro que me obedecía sí, pero ¡de qué mala gana!

Moví los brazos, y ¡cosa singular!, encontreme sin manos, es decir, perdí la sensación de poseerlas. Esto me produjo mucha congoja; pero aún permanecía potente en medio del invasor enfriamiento el horno de mi corazón que no anhelaba descanso sino carrera.

—Tú no te enfriarás, corazón —exclamé—. Mientras tú conserves una chispa de calor, el cuerpo de Gabriel marchará adelante. Si es preciso me daré de palos.

Quise gritar y cantar; pero mi garganta se negó a articular sonidos. Parecía que una invisible mano me la apretaba.

—Esto no es nada —pensé—. Ninguna falta me hace la voz. Ánimo, corazón. Parece que llevo una fragua dentro de mí. Pero la fragua se iba extinguiendo también. Bien pronto mis rodillas fueron una masa dura, rígida, mohosa, un gozne roñoso y sin juego. Al notarlo, hice lo que me había prometido, me apaleé. Pero ¡ay!, mi brazo derecho no pudo manejar el sable, que se me escapó de la mano... Anduve más... quise de nuevo correr, y mis piernas se doblaron. ¡Qué sensación tan extraña! El suelo helado me parecía caliente.

Erguí la cabeza, moví el cuerpo, pero nada más. Mis manos que aún conservaban alguna sensibilidad, tocaron unos objetos largos, inertes y fríos, y al notar que eran mis piernas, no pude evitar una sonrisa fúnebre. Mi voluntad poderosa quería reanimar aquel vidrio que había sido mi carne y mi sangre; pero no pudo. El corazón latía con furia y en mis oídos un zumbar monótono me enloquecía con lúgubre música. De momento en momento me achicaba. La conciencia corporal iba estrechando los límites de mi persona:

y sentí que el mundo exterior, el cosmos, digámoslo así, aunque parezca pedantería, empezaba en mi cintura y en mis hombros.

—Tremendo es —pensé— que esté uno metido dentro de una cosa que se hiela como el agua... ¡Dios inhumano, un rayo que me derrita!

Yo tenía un alma y me reconocía piedra.

Mi cuerpo tendía cada instante con más fuerza a la inmovilidad absoluta. Como el moribundo desea la vida, deseé que alguien viniese y a martillazos me machacara.

Con ansiedad inmensa mi vista exploró el camino, y allá lejos, muy lejos, observé gente que venía. Sonaba rumor de caballos, que acrecía acercándose.

—Serán franceses —me dije—. ¡Malditos sean! Me salvarán, y otra vez estoy en poder de esa canalla.

Efectivamente, eran franceses, si bien cuando estuvieron próximos, a pesar de que iba yo perdiendo el claro uso de mis sentidos, creí distinguir voces españolas empeñadas con las francesas en viva disputa. Venían también algunos renegados. Después de tantos esfuerzos, de tantas luchas, cuando se había agotado la energía de mi cuerpo y de mi espíritu, volvía a encontrarme prisionero. Casi anhelé que pasaran de largo sin hacerme caso. Pero oí a mi lado la voz de mosén Antón, que decía:

—Aquí hay un hombre helado. Es Araceli. Es preciso llevarle al mesón.

XXX

Hallábame después de un espacio de tiempo cuya longitud no puedo apreciar, en el interior de una venta, y en una habitación tan parecida a mi famosa prisión en Rebollar de Sigüenza, que pensé que no había salido de ella. Pero una observación atenta me hizo ver alguna diferencia y principalmente el montón de paja con que me habían cubierto, y cuyo suave calor me volvía lentamente a la vida. A mi lado estaban algunos renegados y mosén Antón. El local era la parte alta de una venta del camino ocupada por los franceses con los caseríos inmediatos.

—Estoy otra vez prisionero— dije instintivamente.

—Sí señor —repuso el clérigo con cierta socarronería—. Y ahora no se nos escapará usted.

—¿Qué hora es? —pregunté.

—¿Para qué quiere usted saberlo?

—Es que quisiera marcharme, señor Trijueque. ¿Qué distancia hay de aquí a Cifuentes?

—No es mucha; pero aunque pudiera usted salir, amiguito, y fuera a donde desea, no conseguiría nada. Otros le han tomado la delantera.

Ya había previsto la noticia, y la pena y rabia que sentía apenas se aumentó.

—Supongo que estos bandidos me castigarán por haberme escapado de Rebollar y por lo de Algora.

—Los castigos y crueldades de esta gentuza —me dijo mosén Antón acercando su rostro a mi oído y expresándose en voz muy queda—, honran y enaltecen a la víctima.

Algunos renegados salieron, y los franceses que quedaron en la habitación, dormían. Trijueque pudo hablarme con más libertad.

—Ya llegó a su colmo mi paciencia —me dijo—, y estoy decidido a romper con estos pillos. Son más orgullosos que Rodrigo en la horca y a los que nos hemos pasado a sus banderas, nos humillan tratándonos con un desprecio... Mi rabia es tan grande, Araceli, que les ahorcaría a todos sin piedad, si en mi mano estuviera. ¿Querrá usted creer que siguen prodigándome insultos, y que su insolencia para conmigo va en aumento? No satisfechos con llamarme *monsieur le chanoine*, se empeñan en denigrarme más, y hoy un oficial me llamó *monseigneur l'éveque*.

—Mosén Antón, ¿los demás renegados que están aquí piensan lo mismo que usted? —le pregunté, sintiendo que por encanto me restablecía.

—Lo mismo. Todos desean volver allá.

—¿Cuántos son?

—No llegamos a veinte.

—¿Y los franceses?

—En esta venta y en las casas inmediatas hay más de ciento. La lucha sería muy desigual.

—La traición ha vuelto cobarde al gran Trijueque. Somos pocos; pero vale más morir que ser juguete de esta chusma.

—Sí, y mil veces sí —exclamó el cura con exaltación— Araceli, veo que hay un gran corazón dentro de ese cuerpo. Con que... Pero déjeme usted que le explique —añadió bajando la voz—, he sabido que Juan Martín está vivo y ha reunido alguna gente.

—También yo lo he sabido. ¿Y dónde están?

—Un pastor me dijo que Sardina había ido a parar a Grajanejos... Juan Martín pasó ayer tarde por la sierra. Muchos dispersos estaban en Yela.

—Es fácil que se hayan reunido y traten de reconstituir el ejército.

—Creo que sí, y harán bien —dijo el ogro—. Me alegraría de que diesen una paliza a esta gente. Si mi previsión militar, si mi conocimiento del país no me engaña esta vez —añadió bajando más la voz—, Juan Martín y Sardina reunirán su gente en Cíbicas que está a legua y media de aquí... ¡qué admirable posición para caer sobre este destacamento y hacerlo polvo!... Si yo estuviera en su lugar... pero ni el uno ni el otro ven más allá de sus narices.

—Hay que hacer un esfuerzo para salir de aquí. Nos uniremos a don Juan y usted, luego que le pida perdón...

—¡Yo perdón!... ¡perdón! —dijo el guerrillero con voz cavernosa y ademán sombrío—. Eso jamás.

—Nos presentaremos al Empecinado...

—Yo no; mi decoro, mi dignidad... —añadió balbuciendo—. En suma, mosén Antón se cortará con sus propias manos su gran cabeza, que envidiarán más de cuatro, primero que volver atrás del paso que dio. Los hombres de mi estambre no retroceden, y lo que hicieron hecho está. Mi intento ahora es renunciar a la guerra y marcharme a morir a Botorrita.

Después de meditar un momento, mosén Antón se levantó para marcharse.

—No me deje usted solo —le dije deteniéndole.

—No puedo estar aquí más... Quiero correr fuera... quiero huir. ¿No he dicho a usted que Juan Martín está en Cíbicas?

—Mejor.

—Figúrese usted —añadió con espanto— que viene aquí, que sorprende a estos bolos, que nos coge a todos, que me ve...

—¡Oh! Ese suceso es demasiado feliz para que pueda suceder. Estamos dejados de la mano de Dios.

—Yo me voy.

—¿En dónde está Albuín?

—No lo sé ni quiero saberlo. ¡Ojalá se lo tragara la tierra!... Condenado Juan Martín: si tuviera dos dedos de frente, podía caer encima de este destacamento y aniquilarlo. Todos los generales del mundo son unos zotes. Si yo tuviera un ejército, ¡me reviento en...!, si yo tuviera un ejército de españoles, de franceses, de griegos, de chinos o de demonios... ¡Maldita sea mi estrella!... ¡Oh, qué gozo sería que Juan Martín aplastara a esta vil gentuza! Yo sin tomar partido por unos ni por otros, aplaudiría desde lejos; sí señor, aplaudiría... ¡Llamarme *monseigneur l'évèque*, ultrajar a un guerrero como yo!... Dan el mando de media compañía al hombre que puede coger cincuenta mil soldados en la palma de la mano y sembrarlos sobre el campo de batalla, sin que ninguno caiga fuera de su natural puesto... a mí, que salgo al campo, doy un resoplido, huelo media España y ya sé por dónde anda el enemigo; a mí que soy capaz... pero no quiero hacer elogios de mí mismo.

—Señor Trijueque, usted está corroído, abrasado por los remordimientos.

—¿Yo?... ¡qué desatino! —exclamó con enfado—. Señor Araceli, de mí no se burla un mozalbete. ¿Soy algún muñeco para que se ponga en duda la entereza de mis acciones?

—Hagamos una hombrada, señor cura. Hable usted a los renegados que están en la venta. Sublevémonos contra esa canalla, y así acabaremos de una vez. O muerte o libertad.

Trijueque se frotó las manos y arqueó las cejas, más negras que la noche.

—¡Admirable suceso! —dijo—. Nos sublevamos, vencemos ¿y después...?

—Nos uniremos a don Juan Martín.

El cura frunciendo el ceño, demostró disgusto.

—No... ¡me voy, me voy a mi pueblo! —exclamó con febril inquietud—. ¿Y quiere usted que nos sublevemos, que pasemos por sobre los cuerpos de estos cobardes?... Después de hecho eso no podemos permanecer solos. Necesitamos buscar a Juan Martín, y si nos unimos a él, forzosamente me tiene que ver.

—Bien, ¿y qué?

—Y si me ve, me dirá algo.

—Y usted le confesará que se equivocó, que se alucinó.

—¡Rayos y centellas! —gritó con furor—. ¿Soy niño de teta?... Araceli, este hombre de bronce, esta naturaleza de gigante, este Trijueque a quien Dios formó por equivocación con el material que tenía preparado para veinte hombres, no se doblega ante nadie. ¿Por qué he de exponerme a que él me vea? En este momento no temo a todos los ejércitos franceses, no temo a todo el mundo armado contra mí; pero si Juan Martín entra por esa puerta y me mira, y me echa encima el rayo de sus ojos negros, caigo rodando al suelo... ¡Váyase Juan Martín con mil demonios! Quiero huir de la Alcarria; quiero irme a Aragón y pronto, ahora mismo...

—Hagamos antes la gran calaverada. Yo estoy enfermo. Solo no puedo nada; pero al lado de mosén Antón me encuentro capaz de todo. Los renegados tienen buenas armas.

Trijueque iba a contestarme cuando sentimos gran ruido abajo, ruido de gente de armas a pie y a caballo, que acababa de entrar en la venta.

—Ahí están —dijo el clérigo—. ¿No conoce usted una voz entre todas las voces? Es la de su amigo de usted el señor don Luis de Santorcaz.

Ciego de ira me lancé hacia la puerta; pero un francés que la custodiaba, me detuvo, amenazándome con ensartarme en su bayoneta. Al principio no vino a mi mente palabra bastante dura para manifestar mi cólera: luché un rato con el atleta que me prohibía salir, y grité repetidas veces...

—¡Bandidos! ¡Infame Santorcaz, embustero y falsario!

Trijueque llegose a mí y con una sonrisa de brutal estoicismo que me hizo el efecto de un bofetón, me dijo:

—Señor Araceli, es increíble que un guerrero animoso tome tan a pechos este sainete de amores.

—Quite usted de en medio a ese miserable que me impide salir y veremos.

Eché mano a la empuñadura del sable que el guerrillero llevaba en el cinto; pero con rápido movimiento Trijueque detuvo mi mano. En el mismo instante, sentí gritos de mujer que helaron la sangre en mis venas. Pugné de nuevo por salir; pero manos poderosas me sujetaron. Mi cuerpo ya no era hielo, era una antorcha en que se enroscaban las abrasadoras llamas de mi odio. Respiraba fuego.

Entró precipitadamente un hombre que no era otro que el señor don Pelayo, el cual dijo:

—¿Dónde está el señor obispo?... ¡Ah!, ya le veo... Necesitan abajo a *Su Ilustrísima*.

—¿Para qué, deslenguado y sin vergüenza? ¿Va a marchar mi compañía?

—No señor. Es que se han atascado las ruedas del coche en que llevamos a esa señorita, y como la mula no podía tirar de él, dijeron: «¡Que venga Su Ilustrísima!» ¡Pronto abajo... a tirar del carro... arre!

—Don Pelayo —dijo Trijueque—, no te estrangulo por conmiseración. Dile al falsario y bellaco que te mandó, que tire del carro, si gusta.

—Don Luis está más borracho que una cuba —repuso don Pelayo riendo—. ¡Oh, qué noche! Y todavía no sé cuánto voy ganando. Me ha prometido hacerme oficial de la guardia del rey José...

Imposibilitado de hacer movimiento alguno, vomité los denuestos más horribles sobre aquel miserable.

—Muy bravo está el señor Araceli —me dijo envalentonándose al ver que no podía hacerle daño.

—Infame tahúr, pide a Dios que no te deje caer en mis manos, si algún día puedo hacer uso de ellas. Sentí otra vez angustiosos gritos de mujer que pedía socorro. Al verme hacer colosales esfuerzos para desasirme, al oír mis alaridos de furor, Trijueque, poseído de indignación, si no tan ruidosa, tan intensa como la mía, abandonó la estancia, diciéndome:

—Esto no se puede tolerar... Mi sangre hierve.

Don Pelayo, riendo como vil bufón, exclamó:

—¿Se enfada también porque chilla la de Cifuentes?... ¡Qué guapa es! Mimos y suspiritos por todo el camino... Nos traía locos... Será preciso taparle la boquirrita con un pañuelo... Araceli, que pase usted buena noche. Adiós.

Todo esto se ofreció a mis sentidos como las imágenes de un delirio. «¿Estoy despierto?» me preguntaba. Mi cuerpo se blandía entre las lazadas de la cuerda con que aquellos bárbaros le habían sujetado y no me quedaba libre más que la voz para echar por su conducto en forma de improperios horribles toda mi alma. Cuando pasado algún tiempo, quedó en silencio la venta y alejáronse los que poco antes entraran en ella, yo había sufrido una transformación horrorosa. Me había vuelto imbécil. Surgían en mi pensamiento las ideas con un aspecto entre risible y monstruoso, y dominado por un pueril terror no podía expresar cosa alguna sin reír, sin desbordarme en una hilaridad atrabiliaria que desgarraba mi pecho, envolviendo en sombras tristísimas mi alma.

XXXI

A pesar de mi singular situación de espíritu, entendía perfectamente lo que a mi lado hablaban.

—Este fue el que escapó de la casa de Ayuntamiento en Rebollar de Sigüenza —dijo uno—. Bravo mozo.

—Y el que dirigió la matanza de nuestros compañeros en la batalla de Algora —afirmó otro—. No se asesina a los franceses impunemente. Es preciso quitaros de en medio.

—Sin embargo, merece un vaso de vino —digo un tercero, acercándolo a mis labios.

Un comandante subió y estuvo examinándome largo tiempo.

—Parece que se finge demente este joven para evitar el castigo. Desatadle y veremos.

Hicieron lo que se les mandaba.

—Si os pusiera en libertad —me preguntó el comandante— ¿qué haríais?

—¡Matar! —repuse con siniestra calma.

—¿Es cierto que os escapasteis de la prisión en Rebollar?

—Sí.

—¿Y asesinasteis a los tiradores que llevaban un parte mío al general Gui?

—Yo quería un caballo —respondí.

—Responded a lo que os pregunto —dijo con enfado—, y no hagáis el tonto. Puedo mandaros fusilar al momento.

—Es lo que deseo —repuse, sintiéndome otra vez invadido por la risa.

—Si pensáis salvaros así, es peor. Estoy inclinado a la benevolencia, porque ha intercedido hace poco por vos una persona a quien estimo, un español de orden civil que sirve lealmente al rey José.

La imagen de Santorcaz pasó sangrienta y terrible por delante de mis ojos.

—No le hagáis caso —dije—. Es un borracho, como vos y como vuestro rey José.

Dije esto, no como quien habla, sino como quien escupe. Con tales palabras pronuncié mi sentencia. Pero había llegado a una situación física y moral tan deplorable, que la muerte era para mí un accidente sin importancia. Me sentía enfermo otra vez, mortificado por acerbos dolores; y además, la idea de que Dios me había abandonado en mi noble empresa decretando el triunfo del crimen, dábame un profundo desaliento, en virtud del cual casi empezaba a morir. Recordaba los sucesos de aquella noche con la vaguedad indiferente y triste con que el alma inmortal parece ha de recordar en los instantes que siguen a la muerte los últimos accidentes del mundo recién abandonado, de cuya esfera el infinito acaba de separarla.

Cuando me bajaron, apenas me podía mover; mas los franceses, con inhumanidad indisculpable, me empujaban golpeándome. Un oficial, sin embargo, me tomó la mano y con noble delicadeza rogome que descansase en uno de los bancos de piedra que había en el patio. Allí escuché claramente estas palabras, dichas al comandante por otro oficial:

—Este joven no debe de estar en su sano juicio.

—Interrogadle otra vez —ordenó el comandante, alejándose.

—¿Habéis servido mucho tiempo a las órdenes del general Empecinado? —me preguntaron.

Entrome de nuevo el ansia de reír y les contesté de un modo que no les satisfizo.

—¿Estuvisteis en la acción de Rebollar, donde murió el célebre don Juan Martín Díez?

Al oír esto contúvoseme la risa y sentí alguna claridad en mi espíritu.

—Don Juan Martín no ha muerto —respondí.

—¿Vive ese buen hombre? —dijo con ironía uno de los oficiales—. ¿Por dónde lleva ahora sus fabulosos ejércitos de bandidos?

—Si vive —añadió otro de los que me observaban—, no debe tener un solo hombre consigo, pues disuelta la gran partida, unos están con nosotros y otros han formado cuadrillas de salteadores.

Solté de nuevo la risa, y el oficial afirmó:

—El miedo y los padecimientos le vuelven imbécil: haced un esfuerzo y fijaos bien en lo que os pregunto. ¿No sabéis a dónde se ha retirado lo que quedó del disuelto ejército de don Juan Martín?

Un rayo de luz entró en mi mente.

—El ejército de don Juan Martín —respondí con serenidad—, no se ha disuelto. Se dividió y ha vuelto a reunirse.

—¿En dónde está?

Desde el patio donde nos encontrábamos se veía todo el país cercano por Occidente. Era la hora en que las primeras claridades del alba comienzan a iluminar la tierra, y sobre el turbio cielo se destacaban vagamente unos cerros escalonados. Mirando al horizonte, señalé con mi mano temblorosa, y dije:

—Allí.

—Allí —repitieron los oficiales—. En esa dirección, a legua y media de distancia, hay una aldea llamada Cíbicas. Sabemos que a prima noche merodeaba por allí una cuadrilla de bandoleros. ¿Es ese el ejército que decís? ¿En qué os fundáis para asegurar que allí se han reunido los grupos disueltos del ejército empecinado?

—Lo adivino —repuse experimentando otra vez el sacudimiento nervioso que me hacía reír.

—El estado de este joven —dijo uno de ellos— es tal que debe suponerse no existe en él verdadera responsabilidad.

—Sois demasiado jurista, Saint-Amand —dijo otro—. Los guerrilleros son gente astuta. Acordaos de aquel bárbaro patriota gallego que después de haber envenenado a treinta franceses, se fingió tonto para eludir el castigo.

Otro de los oficiales se apartó de mí para dar algunas órdenes y vi que varios soldados marchaban de acá para allá. Entonces oí claramente que un zapador que acababa de entrar en el patio dijo a los demás:

—Los escuchas han anunciado la aproximación de alguna gente del lado de Cíbicas.

—Merodeadores y gente menuda.

—Pienso que se debe enviar media compañía a vigilar el sendero que hay en aquel cerro. ¿Dónde está el comandante?

—Duerme —repuso otro—, y ha mandado que no se le despierte, a menos que venga aviso del general Gui.

Oyose un disparo.

—Ha sonado un tiro en las avanzadas. ¿Qué es eso?

En el mismo instante el vivo redoblar de un tambor llegando hasta nosotros, infundió cierta inquietud a aquella gente, y empezaron a no ocuparse gran cosa de mí.

—No es nada —indicó uno.

—¿Cómo que no es nada? —exclamó azoradamente un oficial que con precipitación acababa de entrar en el patio—. Por el sendero de Cíbicas ha aparecido mucha gente. Se corren por ese cerro de la izquierda que está sobre nuestras cabezas. ¡A las armas!

—Llamar al comandante.

—Es preciso escarmentar a esos miserables. Son ladrones de caminos.

Oí un disparo y después otro, y luego muchos.

Varios soldados franceses aparecieron corriendo con precipitación, y un grito terrible resonó en aquel recinto, un grito que al punto puso gran pánico en el ánimo de aquellos desapercibidos guerreros. El grito era:

—¡Los empecinados! ¡A las armas!

En efecto eran los míos. El movimiento previsto por la atrevida mente de mosén Antón se había verificado, y las tropas que asediaban el destacamento francés eran unos quinientos hombres que con gran trabajo había logrado reunir Sardina. Las guerrillas no necesitan, como los ejércitos, mil prolijos melindres para organizarse. Se organizan como se disuelven, por instinto, por ley misteriosa de su inquieta y traviesa índole. Desparrámanse como el humo, al ser vencidos, y se condensan como los vapores atmosféricos, para llover sobre el enemigo cuando menos este lo espera.

Bien pronto se entabló la lucha. Los guerrilleros atacaron con brío, como gente ofendida y rabiosa que quiere vengar un agravio. Los franceses se defendieron bien; mas no les fue posible contener a mis amigos, que tuvieron tiempo de acercarse en silencio y escoger la posición y el punto de ataque que les pareció más ventajoso. Un pelotón de imperiales, colocado al abrigo de una casucha inmediata al edificio en que yo estaba, resistieron con sublime denuedo; pero no tenían los franceses bastante gente, y los de Sardina entraron por distintos puntos de la aldea atropellándolo todo. No he visto nunca mayor saña para acorralar y destruir a un enemigo que se replega y cede después de haber hecho colosales esfuerzos. Los empecinados no daban cuartel a nadie y ¡ay de aquel que se oponía a su paso!

Cuando entraron victoriosos en el patio, grité con toda la fuerza que me permitía mi voz:

—¡Aquí, bravos compañeros! Dadme un sable, que todavía os puedo ayudar. En la cuadra de la derecha se han escondido algunos... Otros tratan de escaparse por el arroyo... ¡A ellos! Rematadlos.

Me sentí poseído del trágico furor de la matanza, y las crueldades de mis camaradas con los franceses enardecían mi alma. En medio del patio, un espectáculo terrible puso límite a mi exaltación. Un hombre bajó precipitadamente de las habitaciones altas. Era el comandante francés. Viendo a los suyos que saltaban las tapias para huir, o se escondían en los sótanos, gritó blandiendo el sable:

—Deteneos, miserables, y ved aquí a qué precio vende su vida un guerrero de las Pirámides y de Austerliz.

Y acometió a los nuestros con furia, más propia de leones que de hombres.

—¡Atrás, bandidos! —gritaba—. No hay más rey de España que José I.

Diciendo esto, cayó en tierra para no levantarse más.

Poco después me estrechaba en sus brazos el bravo y noble Sardina.

XXXII

La partida victoriosa tornó al punto a la sierra. Diéronme ropa, un caballo, y medianamente enfermo les seguí. No me fue posible adquirir noticia alguna de la dirección que había tomado Santorcaz con su presa, y mientras la Providencia me deparaba alguna luz, resolví bajar a Cifuentes, que estaba a muy corta distancia del sitio donde hicimos alto al medio día. No había peligro alguno en tal expedición, porque acordadamente con la marcha de Sardina, don Juan Martín había hecho otra sobre Cifuentes, cuya guarnición puso a tiempo pies en polvorosa.

Bajé, pues, a la villa, donde me recibió don Juan con gran agasajo. Tenía un brazo derecho en cabestrillo, a consecuencia de la fuerte contusión alcanzada cuando *se salvó*, como dice la historia, *echándose a rodar por un despeñadero abajo*. Contome cómo pudo allegar alguna gente y congregarla sin descanso, gracias a la docilidad y buenas prendas de los que a todo trance le seguían; y yo a instancias suyas le referí los lances de mi prisión y las dos entrevistas que tuve con el gran Trijueque.

No me detuve con él en largas conferencias, porque impaciente por ver a Amaranta, corrí sin perder tiempo al célebre castillo. Encontrela en estado tan deplorable de cuerpo y de espíritu, que tardó en reconocerme cuando me presenté. ¡Cómo había decaído en el breve espacio de algunos días aquella incomparable naturaleza tan potente en su fenomenal hermosura, que parecía destinada a no ajarse ni con los años ni con las pesadumbres, cual inalterable modelo de una raza perfecta! Aumentada con la palidez y la demacración la intensa negrura de sus ojos, había perdido aquella dulce armonía de su rostro. Ya no era esbelto y flexible su talle, y un enflaquecimiento repentino desfiguraba los hermosos hombros y garganta, que no habían tenido rival. La voz, cuyo timbre producía antes inexplicable sensación en los que la escuchaban, se había debilitado y enronquecido, y por la congoja del pecho, necesitaba hacer dolorosos esfuerzos para hacerse oír.

Cuando me reconoció, arrojose llorando en mis brazos, estrechándome en ellos durante largo tiempo con fuerza nerviosa y un ardiente anhelo de que solo es capaz el maternal cariño. Ni ella ni yo podíamos hablar. Sus lágrimas mojaban mi seno.

Mirome luego, asombrándose de encontrarme tan desfigurado como yo la encontré a ella. Volvиome a abrazar con efusión, y me dijo:

—¡Hijo mío! ¡Cuánto has padecido!

—Inútilmente —repuse sentándome junto a ella y besando sus manos—, porque he llegado tarde.

Callamos de nuevo, sin acertar con las palabras propias para expresar nuestra congoja.

—¡La hemos perdido para siempre! —exclamó elevando al cielo los ojos bañados en lágrimas—. ¡Bien sospechaba yo que ese hombre no me perdonaría jamás! ¡Ha esperado largo tiempo la ocasión de su venganza, y al fin la ha consumado!

—Señora —le dije—, no se ha perdido todo. Yo buscaré a Inés por toda España, por todo el mundo, si es preciso, y al fin, con la ayuda de Dios, espero encontrarla.

La infeliz, sin contestarme de palabra, expresó en su rostro la más dolorosa duda.

—No —repitió—, ya sabía yo que ese hombre no me perdonaría... Pero esto me parece un sueño. Mi hija desapareció de mi lado sin que hasta ahora me haya sido posible averiguar cómo y a qué hora. Sé que unos aldeanos la vieron conducida en un coche y custodiada por españoles y franceses... y nada más. El corazón me dice que no la volveré a ver... ¿Piensas tú lo mismo? Ese hombre me impondrá condiciones ignominiosas que no podré aceptar sin deshonrarme.

Cubriose el rostro con las manos.

—Señora —le dije—, o no valgo nada, o la arrancaré del poder de ese hombre. Es para mí una deuda de honor y a satisfacerla me consagraré, mientras tenga un aliento de vida. Este infame atropello me hiere en lo más delicado de mi ser. He sido robado, señora, vilmente robado, porque Inés es mía, ¿no lo sabía usted?

—Es tuya —respondió la condesa—. No me atrevo a negarlo. En este momento terrible, cuando me siento herida, castigada sin duda por Dios; cuando veo por tierra mi orgullo; cuando volviendo a todos lados los ojos, no veo más que ruinas; en esta triste ocasión, en que considero disipadas mis glorias, oscurecido el lustre de mi casa, perdido mi prestigio y valimiento; ahora que me veo enferma y quizás próxima al sepulcro, me parece que el mayor, el único consuelo de mi alma es estrecharte entre mis brazos y llamarte mi hijo. Gabriel, te prometo, te juro que si encuentras a Inés, si me la devuelves, será tu mujer. ¿Quién puede oponerse a esto?

—Nadie, señora —respondí con orgullo—. Nadie.

Estreché sus hermosas manos entre las mías. Era el único lenguaje que mi emoción me permitía.

—Solo en el mundo, abandonado a mí mismo —le dije después de una larga pausa— me echo de hoy para siempre en los brazos de la que fue mi ama y hoy representa para mí la familia, la amistad, el amor, todo aquello que me ha faltado, y que busco con el afán del sediento en mi solitaria vida.

—Y yo te recibo en ellos —exclamó—. ¿Por qué no? ¿Quién me lo impide? Dios ha lanzado tu vida con la nuestra y todas las potencias de la tierra no pueden separarla. ¿Debo atender a mi familia? Pero yo estoy loca. ¿Acaso tengo familia? Perseguida por mis parientes, olvidada de todos, Dios ha dispuesto las cosas de modo que mi único amparo, mi único consuelo sea este generoso joven, tú, Gabriel, que con mi pobre hija llenas el vacío de mi corazón. ¡Cómo se elevan las personas, Dios mío, cómo triunfan finalmente las dotes elevadas del alma, abriéndose camino por entre la miseria, la humildad y el olvido del mundo, para establecer su imperio sobre las gentes! ¿De qué valéis, grandezas exteriores, títulos vanos, fortuna y pompas de los hombres? Como ejemplo de lo que sois, aquí me tenéis. En cambio, ¿quién puede negar que existe una aristocracia de las almas cuya nobleza, aunque la ahoguen desgracias y privaciones, al fin ha de abrirse paso y llevar su dominio hasta las mismas esferas donde campean llenos de hinchazón los orgullosos? Ejemplo eres tú, ¡hijo mío!... Me siento desfallecer al darte este nombre que trae a mi espíritu desconocidas alegrías... Gabriel, búscala, búscala por piedad, pronto, hoy mismo. De eso depende que veas en mí la más desgraciada o la más feliz entre las mujeres nacidas; de eso depende el cariño que te debo tener, que tengo ya por ti; de eso depende todo, querido mío. Vas a probarme la energía de tu voluntad, el temple de tu alma y si eres digno de aquello que con tan noble audacia has deseado y solicitado, desafiándome a mí, a toda mi familia y al mundo entero.

—Señora y madre mía —exclamé puesto de rodillas frente a ella, con la solemne expresión de quien descubre ante Dios lo más hondo de su conciencia—, no hay dentro de mí una sola gota de sangre que me pertenezca. Pertenezco a mi familia, por quien desde hoy vivo. Si no amase a Inés como la amo, la buscaría por la tierra y moriría cien veces por devolverla a la persona que con cuatro palabras ha engrandecido mi alma a mis propios ojos, abriéndome los horizontes de la vida; haciéndome ver que los latidos de mi corazón no eran un esfuerzo solitario, inútil y perdido en el caos de los sentimientos humanos; llenando de una vez este vacío y poblando esta soledad espantosa que desde el nacer me rodea. Si no la amara como la amo, y aun con la certidumbre de que no había de ser para mí, yo emplearía toda mi voluntad, toda mi fuerza y la vida toda en rescatarla de sus infames secuestradores. Tengo la seguridad de que lo conseguiré. Señora, Dios está con nosotros; y si en la ocasión terrible que acaba de pasar no nos ha favorecido, es porque nos exige mayores y más nobles esfuerzos para merecer el galardón de su misericordia infinita. Señora condesa —añadí levantándome—, ánimo. Dios está con nosotros.

La desgraciada madre se arrojó de nuevo en mis brazos. Entonces advertí su deplorable situación en lo relativo al vestir y a las diversas comodidades domésticas que una persona de su posición exigía. Contestando a mi pregunta, dijo:

—¿Pero no sabes que los franceses al retirarse esta mañana se llevaron todo lo que había en la casa? Hace ya días que me quitaron el último dinero que tenía. Hoy no han dejado ni una pieza de ropa, ni una manta de abrigo, ni un mantel. Rompieron toda la loza porque no podían llevársela. Nada te digo de la plata y vajillas de valor, pues todo eso pasó hace tiempo al tesoro del rey José. En suma, hijo mío, esta mañana he necesitado un alfiler, y he tenido que pedirlo prestado. Esta ropa con que me visto es de la tía Pepa, mujer de uno de los guardas del monte. ¿Verdad que estoy guapa?

—Poco a poco se irá usted curando de su afición a los extranjeros —le dije con melancólica jovialidad.

—No, ya estoy curada por completo... Pero di, ¿qué piensas hacer? ¡En qué horrible trance nos hallamos! ¿Has averiguado algo de la dirección que tomaron esos bandidos?

—Es demasiado pronto. No será imposible averiguarlo. Debe tenerse en cuenta que su vida no corre peligro. Además, para ocultarla de un modo absoluto, Santorcaz tendrá que ocultarse también él mismo, y un hombre que funda su poder en un cargo público, ha de estar visible en alguna parte. La situación no es desesperada ni mucho menos. Santorcaz es un hombre, no un demonio.

—¿Podrás darme hoy mismo alguna esperanza, alguna noticia satisfactoria? —me preguntó con amargo desconsuelo.

—Es difícil. Entre tanto, procure usted reposar de tanta fatiga, calmar un poco las angustias de su corazón destrozado... Es urgente proporcionar a usted algunas comodidades.

—No te preocupes de eso, ni emplees en mí un tiempo precioso. Yo estoy bien así.

—Escribiremos a Madrid para que el administrador de la casa envíe a usted ropas, vajilla y dinero.

—Es inútil —me respondió sonriendo—. Mi señor administrador tiene orden del jefe de la familia para no darme nada mientras yo misma no escriba a dicho jefe, pidiéndole perdón de mis... faltas. Y como antes que dar este paso pediré limosna de puerta en puerta...

Esta revelación me indujo a tristes meditaciones.

—Ya te he dicho que vienen penosísimos y horribles días para mí... Hablan de mis faltas. Sin duda he cometido alguna muy grande, inmensa... —dijo cerrando los ojos como aletargada o para rodearse de las sombras que le permitieran explorar con ojo seguro su conciencia.

La contemplé largo rato, lleno de tristeza y consideraba a qué extremo de desventura había descendido la que yo conocí en el apogeo de la grandeza, de los honores y del orgullo. Después de largo silencio, abrió los ojos y mirándome inmóvil a su lado, me tomó la mano y besándola me dijo:

—No tengo más amparo que mi paje del Escorial en aquellos tiempos felices en que yo era una de las más poderosas personas de la monarquía, cuando repartía bandoleras, prebendas, mitras, canonjías y ejecutorias. ¡Dios mío, cuánto he descendido!

XXXIII

Di a la condesa todo el dinero que llevaba, y además todo el que pude lograr que me prestasen mis amigos. Después bajé a la plaza en busca de noticias.

Don Juan Martín había resuelto permanecer en Cifuentes dos o tres días para rehacer sus fuerzas y organizar convenientemente su partida. No había peligro alguno en estacionarse allí, porque esperábamos de un momento a otro en el mismo Cifuentes a las tropas de don Pedro Villacampa, el cual venía de Murcia para regresar a Aragón pasando por Cuenca a la Alcarria alta. Todo aquel país estaba seguro de franceses, mientras los dos célebres guerrilleros lo ocupasen, así como de Algora para arriba no había un palmo de terreno de que pudiera llamarse rey el señor don Fernando VII. El Empecinado para no permanecer ocioso había mandado destacar pequeñas cuadrillas que recorrían la sierra y vertiente izquierda del Tajuña para observar al enemigo y sorprender algún destacamento que se descuidase, lo cual, como se ha visto, ocurría con harta frecuencia.

En la mañana siguiente del día en que me presenté a la condesa, estaba don Juan Martín conferenciando con Villacampa en la portada del convento de dominicos, cuando vi llegar a Sardina, que jovialmente decía:

—Le hemos cogido, Juan, hemos cazado a la pobre bestia azorada que no sabía en cuál agujero de estos montes meterse.

—Apuesto a que me hablas de Trijueque —dijo don Juan Martín con disgusto—. No quiero verle.

—Es un pícaro de tal calidad, que si no se hace un escarmiento con él, no podremos en lo sucesivo fiarnos ni aun de nuestra propia camisa —dijo Sardina—. La gente le ha querido fusilar, y él lo pide a gritos; pero he mandado que antes te lo presenten.

—Que no me le traigan acá —voceó don Juan Martín—. Que no me le pongan delante, porque si una vez maté un asno a puñetazos en Perales de Tajuña, no quiero hacer estas gracias todos los días.

No tardó, sin embargo, en aparecer mosén Antón. ¡Horrible espectáculo! Traíanlo con las manos atadas a la espalda, y los más pillos, desvergonzados y crueles voluntarios de aquella partida asían la larga cuerda por el otro extremo, obligándole con repetidos golpes y puntapiés a marchar delante. Mosén Antón había enflaquecido, se había vuelto más pálido, más verde, más negro, y hasta parecía haber crecido en su descomunal estatura en el breve espacio de dos días. La siniestra cara estaba de tal modo desfigurada, tan contraídas las enérgicas facciones, y al mismo tiempo había tal ferocidad en la delirante expresión de su mirada, que esta constituía toda su fisonomía. Su rostro eran sus ojos sanguinolentos y espantados. Había perdido la gorra y pañizuelo que cubrían su cabeza, mostrando la convexidad lobulosa y deforme de su calva. Su sotana veíase ya reducida a un compuesto de jirones que se enlazaban unos con otros, dejando entre sí agujeros disparatados e irregulares, por cuyas luces se veían las piernas del héroe traidor, que no temblaban de frío ni de miedo.

—¿Dónde le habéis cogido? —preguntó don Juan Martín, contemplando con estupor la triste imagen del que fue su amigo.

—Hacia Canredondo —contestó uno—. Venía hacia acá con otros cuatro. Nosotros gritamos: «Mosén Antón, date, date» y corrimos tras él.

—¿Hizo resistencia?

—Ninguna. Vino derecho hacia nosotros diciendo: «Aquí me tenéis, amigos. Disparad sobre mí...» Cuando le atamos para traerle aquí se puso furioso y por poco... Verdad que éramos dieciocho contra cuatro y no nos acobardamos...

—¡Ya estás otra vez delante de mí perro! —exclamó el Empecinado apretando los puños y las mandíbulas, pálido de cólera—. ¿Dime qué debo hacer contigo, infame traidor que me vendiste al enemigo?

—A los traidores de mi clase se les fusila sin piedad —dijo mosén Antón frunciendo el torvo ceño y sin mirar al general—; no se les pasea por el campamento como a una mona o a un perro gracioso para hacer reír a los soldados...

—Dime, alma más negra que la de Satanás —gritó don Juan—, ¿hay algún castigo que sea para ti más terrible que la muerte? Porque la muerte para ese corazón tan grande como una montaña, es menos sensible que un rasguño.

—Haces bien en creer que no temo la muerte —dijo Trijueque—. Mil veces he despreciado la vida en beneficio tuyo, por conquistarte honores, grados, fama... Mátame de una vez, bárbaro, y no me insultes.

—Antes has de confesar que cuanto hago en contra tuya, lo tienes merecido —dijo el general—. Has de confesar que para tu infame traición la muerte es benevolencia y caridad. Desgraciado, ¿hay en esa alma alguna otra cosa que bravura?

—Sí —repuso el cura sombríamente—. Hay algo más, hay ambición de gloria, de llevar a cabo grandes proezas, de asombrar al mundo con el poder de un solo hombre; hay una ansia horrorosa de que ningún nacido valga más que yo, ni pueda más que yo; hay la costumbre de mirar siempre para abajo cuando quiero ver al género humano.

—Bárbaro envidioso —exclamó don Juan—, eres capaz de vender a Dios por... envidia, sí, por envidia de que Él haya hecho el mundo y tú no... En fin, Trijueque, confiesa delante de mí tu infame alevosía, y te perdonaré la vida.

—¡Yo... confesar! —exclamó mosén Antón, como quien oye el mayor absurdo—. Lo que hice, hecho está.

—Todavía sostiene que estuvo bien hecho —dijo el Empecinado—. Todavía sostendrá que pasarse al enemigo, hacer armas contra sus compatriotas, vender a su general, tenderle una emboscada para cogerle prisionero son acciones que merecen premio. Este hombre es así: si le ahorcan cien veces, y cien veces resucita, no confesará su crimen.

Don Pedro Villacampa, que oía este diálogo, rompió al fin el silencio, diciendo:

—¡Desgraciado Trijueque!... ¡Lástima que tan grandes guerreros no tengan una conciencia a prueba de sobornos! Y después de todo, el buen cura recibiría una bicoca... ¡Que hombres tan bravos se vendan por mil o dos mil duros!...

Mosén Antón expresó en su semblante la más amarga ira.

—Señor Villacampa —dijo—, agradezca usted que estoy amarrado como una bestia salvaje; que si no, mosén Antón no se dejaría insultar villanamente. En todo el mundo no hay bastante dinero para comprarme: sépalo usted y cuantos me oyen.

—De eso respondo —dijo don Juan Martín—. Trijueque es capaz de pegar fuego al universo por despecho; pero si ve a sus pies todos los tesoros de la tierra, no se bajará a cogerlos. Dentro de este animal hay tanto orgullo que no queda hueco para nada más. Por orgullo se hizo francés.

—¡Yo francés! ¡Qué dices, desgraciado! —exclamó el cura haciendo esfuerzos por desasirse de la cuerda que le sujetaba—. No hay paciencia para soportar tal injuria. Yo no soy francés. Huí de mi campo, no por servir a los franceses, sino porque ellos me sirvieran a mí. Huí de mi campo para castigar tu fiero orgullo, para desposeerte de un puesto que, en mi entender, me pertenecía, para emanciparme de una superioridad que me era insoportable, porque yo, mosén Antón Trijueque, no quepo debajo de nadie, ni he nacido para la obediencia; porque yo he nacido para llevar gente detrás de mí, no para ir detrás de nadie; porque yo, que siento las maniobras de la guerra, como sientes tú la pulga que te pica, necesito dar pasto a mi iniciativa, porque mi cerebro pide batallas, marchas, movimientos y operaciones que no puede realizar un subalterno; porque yo necesito un ejército para mí solo, para mi propio gusto, para llenar todo este país con mis hazañas, como lo lleno con mi guerrero espíritu. Por eso te abandoné; por eso rompí los hierros que me sujetaban y levanté el vuelo, graznando a mis anchas sin traba alguna. Por eso traté de coparte, y adiviné tu movimiento, y me subí a los riscos de Rebollar, donde tú no habías subido jamás, y me dispuse a caer sobre ti y aniquilarte para que vieses cómo se burla esta águila poderosa de los cernícalos que te rodean; por eso llamé a los franceses en mi ayuda, y si no te cogimos fue porque los franceses no quisieron hacer lo que yo decía y me despreciaron, figurándose ¡oh, inmundas y rastreras lagartijas!, que era un traidor adocenado... Yo desprecio a los franceses, yo desprecio a todos: me basto y me sobro. Fuerte soy en la adversidad y no bajo, no, del alto picacho donde clavo los garfios de mis patas y desde donde os veo, como ratas que corren tras una miga de pan... ¡Quieres que cante el *yo pecador* y me humille ante ti...! ¡Eso jamás, jamás, jamás! Reconozco que me salió mal la empresa y estoy consumido por la rabia.

—Por los remordimientos, dilo de una vez, espantajo —exclamó el general—. Estoy viendo tu miserable alma cómo se retuerce dentro del cuerpo, cómo se hace un ovillo, ¡caramba!, y se muerde a sí misma porque no puede soportar su afrenta. Vuelve la vista a todos lados. ¿No te espantan las miradas de todos esos bravos soldados que te desprecian? ¿No conoces que el peor de todos vale más que tú? ¿No te cambiarías por el último condenado furriel de mi ejército?

—¡La muerte, la muerte! —exclamó Trijueque con desesperación—. No estoy arrepentido, no, de mi acción, pero estoy furioso. Por no haber sabido triunfar, merezco que me echen del mundo a fusilazos o que me corten esta gran cabeza, esta montaña cuyo peso no puedo resistir.

—Cura de Botorrita —dijo gravemente don Juan—, eres un desgraciado, y principio a tenerte compasión. Dime una palabra, una palabra sola que sea no súplica humillante de perdón, sino una palabra que me demuestre que en esa alma hay un tantico así de sentimiento por haber vendido al jefe y al amigo... Tengo ganas de perdonar, ¡rayo de Dios!

—¿Quieres oír la palabra? —dijo Trijueque lúgubremente—. Pues óyela: «Fuego» esa es la palabreja. Fuego sobre mí. No quiero vivir: me ahogo en el mundo. Estoy como un hombre a quien dijeran: «Camina cien leguas dentro de un barril de aceitunas.» Fuera, fuera de aquí... Muchachos, allí hay una pared... preparad vuestros fusiles, y matadme como gustéis, bien o mal, y apuntad a donde os plazca, con tal que me apuntéis.

—Cura de Botorrita —dijo don Juan Martín con voz grave y poniéndose pálido—, en esta ocasión terrible quiero también que mi voluntad esté sobre la tuya. Te perdono. Irás al pueblo de donde en mal hora te saqué, y predicarás, y dirás misa, que es tu verdadero oficio.

—Mi oficio es enseñar el arte sublime de la guerra a los tontos —repuso el cura sintiéndose herido en lo más sensible de su orgullo con lo del curato.

—Marcha a tu pueblo —repuso el general sin hacer caso del dardo—. Los clérigos no toman las armas. Te perdono y te destituyo. Ea, muchachos, arrancadle esa charretera que lleva en el hombro. Tan noble insignia no debe adornar el cuerpo de un infame traidor.

La canalla que rodeaba al pobre guerrillero destituido no esperó segunda orden para arrancarle la charretera. Mosén Antón dio un salto y cayó al suelo.

—Ahora desatadle y que se vaya con Dios.

—¡Me perdonas tú, miserable!... —exclamó con gran coraje la víctima—. ¿Y quién te ha pedido ese perdón que arrojas como un hueso? No soy perro hambriento, y no roeré tu perdón Recógelo.

Empezaron a desatarle. Con furor salvaje revolviose Trijueque contra los que le rodeaban, y gritó:

—Juan Martín, no mandes desatar a Trijueque, no dejes en libertad las manos de Trijueque.

—Desatadle —repitió el general.

Mosén Antón quedó al instante libre.

—¿Piensas que te temo? —añadió don Juan—. Cura de Botorrita, vete a tu iglesia, arrodíllate delante del altar y pídele a Dios que te perdone tu crimen como te lo perdono yo.

Diciendo esto, entró con Villacampa y Sardina en el convento de dominicos.

Los soldados, cuando el general se marchó, dieron en mortificar a mosén Antón. Este abriéndose paso con el empuje de sus brazos de hierro, gritó:

—Acabad conmigo de una vez.

Con la presteza y la iniciativa propias de la verdadera travesura, uno de los circunstantes había hecho un gorro de papel y lo encajó en la calva cabeza del guerrillero exonerado, diciendo:

—Ya tiene el señor obispo su mitra. Échenos la bendición.

Otro quiso ponerle en la mano una caña, y dijo:

—Aquí tienes el báculo.

—Santurrias —dijo Viriato—, trae aquel pedazo de estera vieja para hacerle la capa pluvial.

—Matadme —gritó la víctima—; pero no insultéis al que ha sido vuestro coronel.

Por mi parte sentía viva lástima del infeliz guerrillero, y recordando además que me había salvado la vida después del paso del Tajuña, no pude menos de interceder en su favor. Lo libré primero de las insignias episcopales, y tomándole luego el brazo, traté de llevarlo fuera del pueblo para que huyese.

Gran trabajo me costó conseguir esto último, porque la multitud le hostigaba, insultándole del modo más despiadado y atroz.

—Señor cura, diga una misa por su propia alma que se ha llevado el demonio.

—Señor cura, si los franceses pagan a mil doblones un coronel ¿qué dan por un soldado?

—Señor cura, que se metió a general y no sirve más que para tirar de una carreta... ¿Pues no quería mandar un ejército?

—De gallinas tal vez o de monagos.

—Si es un bobo: los franceses lo destinaron a que les limpiara las botas...

Además de injuriarle con estas y otras frases, a cada paso tiraban de la larga cuerda que aún llevaba atada en su cintura, y que le arrastraba detrás como un largo rabo.

Empujando aquí y allí, haciendo valer mi autoridad contra tan ruin gente, logré al fin sacarlo de la villa. Hice que todos volviesen atrás dejándonos solos y señalando la sierra, le dije al despedirle:

—Huya usted por aquí, desgraciado, y que Dios dé paz a su conciencia.

Le observé bien. Estaba horrible, con los ojos húmedos, las mejillas amoratadas, la boca espumante, y todo tembloroso y convulso.

—Hace mucho frío esta tarde —le dije, ofreciéndole mi capote—. Lléveselo usted.

Mas en vez de aceptar la oferta y darme las gracias, rechazola, diciéndome bruscamente:

—No necesito nada. Adiós.

Y sin dignarse mirarme, se internó en la sierra.

XXXIV

Figuraos cuál sería mi indignación, cuando en la plaza de Cifuentes (media hora después de la partida de mosén Antón) vi que se me acercaba con semblante risueño y sin duda con el injurioso intento de abrazarme, el señor don Pelayo en persona. El infame me dijo riendo con toda la desvergüenza tunesca de las Universidades de aquel tiempo.

—Al fin Dios me depara el gustazo de ver sano y salvo al señor de Araceli. ¡Qué inaudita alegría! ¿Cómo va de salud, señor y dueño mío?

—¡Ah, miserable ladrón falsario! —exclamé con violenta ira, cogiéndole por el cuello y arrojándole al suelo con intento de deshacer contra las piedras tan execrable reptil.

—¡Oh! —dijo con dolor—, me ha deshecho usted las rodillas, querido señor mío. Ya, ya comprendo la causa de su disgustillo, poca cosa, una broma mía.

—Ahora mismo vas a morir, infame, estrellado contra estas piedras —grité golpeándole sin piedad.

—Perdón, perdón, señor de Araceli, perdón para este delincuente. Déjeme usted decir dos palabras, dos palabricas, y luego será más amigo mío que Pílades lo fue de Orestes.

—Dime, ¿te cogieron con mosén Antón?

—Quia: yo vine esta mañana. Cuando vi la cosa mal parada allá, me abracé a las banderas de la patria y entré en Cifuentes gritando: «¡Viva el Empecinado y Fernando VII...!» Otros cuatro y yo pedimos perdón al general, diciendo que nos habían engañado.

—Truhán redomado. Ahora mismo vas a dejar de existir, si no me dices a dónde llevasteis tú, Santorcaz y demás bandidos a la desgraciada joven que robasteis en esta villa.

—Señor de Araceli —repuso—, déjeme usted respirar un poco y diré lo que sé... por piedad, quietas las manos. Pues por la salvación de mi alma, señor y dueño mío, juro y rejuro que no sé dónde está aquella hermosa señorita. Si miento que me muera aquí mismo.

—Tú saliste con ellos de la venta.

—Es cierto; pero como había llegado a mí noticia que don Juan Martín estaba en Cíbicas, vi la cosa mal parada y corrí a presentarme a él. Pregunte usted al mismo general si no me le presenté de madrugada.

—Mientes como un bellaco y vas a morir.

—Señor, querido señor Araceli, por el que murió en la cruz, juro que digo la verdad. ¿Sabe usted quién puede informarle del pueblo a donde llevaron a la novia de usted?... ¡hermosa novia a fe mía!

—¿Quién lo sabe?

—Mosén Antón. ¿Por qué no le preguntó usted?

—¿Mosén Antón fue con Santorcaz?

—Sí, Trijueque condujo el convoy hasta no sé qué pueblo donde parece que la dejaron y luego regresó.

—¡Y ese desgraciado huyó sin decirme nada! —exclamé con viva inquietud—. Corro a buscarle.

Salí precipitadamente del pueblo, internándome en la sierra por la misma senda que había seguido el cura guerrillero. Como principiaba a anochecer y concluía oscurísima la tarde, era inútil que tratase de buscarle con la vista delante de mí. Corriendo, grité varias veces:

—¡Mosén Antón, mosén Antón!

Pero nadie me respondía. A un cuarto de legua de Cifuentes y cuando me disponía a regresar creyendo que el cura había tomado dirección distinta, divisé un bulto negro, un cuerpo y los jirones de la hopalanda agitada por el viento. ¡Qué horror! Todo esto colgaba, sacudiéndose aún de las ramas de una poderosa encina.

—¡Judas! —exclamé con pavor alzando la vista para observar aquel despojo.

Recé un Padre nuestro y me volví a Cifuentes.

FIN

Diciembre de 1874.

Libros a la carta

A la carta es un servicio especializado para

empresas,

librerías,

bibliotecas,

editoriales

y centros de enseñanza;

y permite confeccionar libros que, por su formato y concepción, sirven a los propósitos más específicos de estas instituciones.

Las empresas nos encargan ediciones personalizadas para marketing editorial o para regalos institucionales. Y los interesados solicitan, a título personal, ediciones antiguas, o no disponibles en el mercado; y las acompañan con notas y comentarios críticos.

Las ediciones tienen como apoyo un libro de estilo con todo tipo de referencias sobre los criterios de tratamiento tipográfico aplicados a nuestros libros que puede ser consultado en Linkgua-ediciones.com.

Linkgua edita por encargo diferentes versiones de una misma obra con distintos tratamientos ortotipográficos (actualizaciones de carácter divulgativo de un clásico, o versiones estrictamente fieles a la edición original de referencia).

Este servicio de ediciones a la carta le permitirá, si usted se dedica a la enseñanza, tener una forma de hacer pública su interpretación de un texto y, sobre una versión digitalizada «base», usted podrá introducir interpretaciones del texto fuente. Es un tópico que los profesores denuncien en clase los desmanes de una edición, o vayan comentando errores de interpretación de un texto y esta es una solución útil a esa necesidad del mundo académico.

Asimismo publicamos de manera sistemática, en un mismo catálogo, tesis doctorales y actas de congresos académicos, que son distribuidas a través de nuestra Web.

El servicio de «libros a la carta» funciona de dos formas.

1. Tenemos un fondo de libros digitalizados que usted puede personalizar en tiradas de al menos cinco ejemplares. Estas personalizaciones pueden ser de todo tipo: añadir notas de clase para uso de un grupo de estudiantes,

introducir logos corporativos para uso con fines de marketing empresarial, etc. etc.

2. Buscamos libros descatalogados de otras editoriales y los reeditamos en tiradas cortas a petición de un cliente.

www.ingramcontent.com/pod-product-compliance
Lightning Source LLC
Chambersburg PA
CBHW020637250626
47154CB00008B/2717